KB126344

누군가의 꿈속으로 호출될 때
누구는 내 꿈을 꿀까

정영선

1995년 『현대시학』을 통해 시인으로 등단했다.

시집 『장미라는 이름의 돌멩이를 가지고 있다』 『콩에서 콩나물까지의 거리』 『나의 해바라기가 가고 싶은 곳』 『누군가의 꿈속으로 호출될 때 누구는 내 꿈을 꿀까』를 썼다.

파란시선 0106 누군가의 꿈속으로 호출될 때 누구는 내 꿈을 꿀까

1판 1쇄 펴낸날 2022년 9월 15일
지은이 정영선
디자인 최선영
인쇄인 (주)두경 정지오
펴낸이 채상우
펴낸곳 (주)함께하는출판그룹파란
등록번호 제2015-000068호
등록일자 2015년 9월 15일
주소 (10387) 경기도 고양시 일산서구 중앙로 1455 대우시티프라자 B1 202-1호
전화 031-919-4288
팩스 031-919-4287
모바일팩스 0504-441-3439
이메일 bookparan2015@hanmail.net

ⓒ정영선, 2022, printed in Seoul, Korea

ISBN 979-11-91897-30-2 03810

값 10,000원

누군가의 꿈속으로 호출될 때
누구는 내 꿈을 꿀까

정영선 시집

시인의 말

나무의 의지가 방향을 튼
땅에 닿는 비명 마디마디에
봄이 해 준 건
향기의 숨이다 꽃이다
복숭아밭, 가위 손이 울린 자리에서다

너의 슬픈 목에도 봄을 둘러 줄 수 있다면

차례

시인의 말

제3부 나비가 기억되는 방식

제4부 가을이면 제 노랑 존재를 드러낸다

해설

제1부 구르는 돌은 울음이다

얼굴의 문장

저항과 굴복 사이 비참이어서
금기의 꿈꾸기는 비애여서
붉은 못 박힌 자리마다 떨어지는 검은 눈물이어서
전부를 놓게 하는 박해여서 너는
번개가 은유처럼 훑고 갈 때
무엇을 위한 생인지 비로소 던지는 질문
생은 시간의 뼈대에 새긴 기억이라고

도끼를 수용한 날
기록이 열렸다
고독과 대면했던 무늬가
먹산수화로 그려져 있다
먹감나무 살아 내려 몸부림한 흔적이 몸을 내보인 거다

굴나무

나무에서 나무로 활공을 금지당한
날도마뱀의 감정입니다
내가 나에게로 몰입하는
몽상을 전지한 가위는 모릅니다

머리를 밀리고서
주입식 교육을 받아요
초록의 국경지대에서 호기심을 감시받아요

아침이면 쓰다듬고 저녁이면 잠적하는 얼굴은 몰라요
내 안 꿈틀거리는 열망
꽃의 자책
돌의 자의식
악몽의 밤은 퇴적되고 있어요

검은 현무암 얕은 담이 바라보입니다
어떤 바람은 통과하고 어떤 바람은 저지하는
선을 긋지만 누군가에게는 마구 퍼 주는 마음 같습니다

새 날아간 흔들림의 잔상에

밤의 악몽, 기다림, 배신, 햇빛
마지막 내 눈물을 섞은 밀반죽에서
국수처럼 금빛 사랑을 뽑아낸다고
소식을 전하는
당신은 누구인가요

이해력

—

분류에 묶이지 않는 잔여
빈 공간이 보여 네게서
유형에서 미끄러진
너의 그 공백을 달항아리라 부르고 싶다

항아리 심연에는
뚝 끊기다 이어지는 울음, 검은 창문에 돋는 검정고양이
눈들, 언덕 나무에서 목매단 이의 그림자, 기차가 지나가
자 사라진 여자, 이장지의 뼈들, 매립지의 연기가, 허기가
어둠에서 피어나는지도

내가 던지고 네가 받던 말들
굴러 내려 메아리로
항아리 내벽을 울리면
네 혀끝에선 말들 묶이고 입술은 돌을 문 듯 무거워지지
바람 불기 시작하고 너는 무섭게 흔들리지

죄가 푸릇푸릇 돋는 슬픔을 물고
얼굴을 드는 눈이 새빨간 짐승을 본 것 같아

—

어디에도 소속되지 않으려는 외로움을
뭉뚱그려 싣고 기차가 네 항아리에서 내 항아리로 지나
간다

너는 침묵의 역에서 너에게로 가고
나는 기다림의 역에서 나에게로 가고

사랑하면 투명해진다는
순진한 시절을 실은 열차는 돌아오지 않는다
애달파하는 마음도 데리고 갔다

끝내 추적 안 되는 항아리를 품은 너를
차창 풍경처럼 사람들은 지난다
어쩌면 그들도 모양 다른 항아리를 내면에 지니고 있는
지도

할 수 있는 건 항아리에 대한 예의
말할 수 없는 것은 침묵으로 지나가라는 말이 생각난다

슬픈 짐승

지하철 계단에 얼굴 묻고 동그랗게 말은 몸에게
먼지 속에 서서 이 먼지, 저 먼지를 쫓아 전단지 내미는
손에게
신발이 편해야 한다는 발의 노래를 들려준 게
오늘 한 일이다

채널마다 비추는 아프리카 아이들의 큰 눈은
물동이를 인 빼빼로 검은 여인은
왜 그리 빨리 마음을 횡단하고 잊히는가
새벽 깬 잠은 왜 이리 오래 마음에 눌러앉아
한 뼘 잠을 연연해 하는가
오늘 한 고민이다

검은 털의 짐승에 가슴이 씹힌 걸까
흡혈귀에 피를 빨리면 흡혈귀 되듯
무정에 물려 무정이 된 듯

꽃으로 눌러놓은 짐승이 기지개를 켠다
둘레를 유리 벽으로 두른 우리에 쪼그리고 앉아
자기애로 말린 공벌레

사람이 그리울 때면 불빛 찾는 염소
두려우면 숨는 생쥐
먹이에 울어 대는 하이에나를 본다

펼친 기억의 층층 페이지에 활자가 없다
따뜻한 심장
뜨거운 열정인 줄 알았던 건 모두
붉은 꽃에서 빌린 이미지

하늘에서 웃음 담은 풍선이 터진 듯 너털웃음 소리 들린
다

내가 송두리째 짐승에 먹힌 걸까

안에 있는 짐승을
밖의 내가
거울 보듯 본다

●슬픈 짐승: 모니카 마돈의 소설 제목에서 빌려 옴.

구르는 돌은 울음이다

금이 간 마음을 안고 억만년 버틴 바위들이다 팜스프
링의 돌들. 눈 오면 습기를 못 견뎌 천년 마주 보던 나무
가 숨을 놓는다 그때면 바위 한쪽 어깨는 쪼개졌으리 그
때부터 구르고 있는 돌들은 구르는 시간이다 울음이다 돌
들이 떠받치고 있는 산은 아슬한 지구의 표면 죽은 나무
둥치들이 누워 있다 언제 사랑이 흘러갔는지 언제 가슴을
쓰다듬던 손이 지나갔는지 언제 애도를 멈추었는지 기록
은 읽을 수 없다 메마른 골짜기 메마른 봉우리에 기록은
봉인되어 있다

죽음이 조용히 다가와 살을 떼먹고 아침은 여일한 얼굴
로 온다 바위가 한 걸음 떼는 걸 보지 못한다 얼굴 황달이
언제부터 너를 파먹었는지 모른다 다만 네가 떠났다는 소
식은 돌멩이가 황황히 굴러가듯 질서 안의 어마어마한 돌
폭풍. 마침표 찍는 생과 바위틈에서 몇 십 세대를 번식해
가는 장지도마뱀과 바위가 서너 걸음 떼는 것을 같은 선
상에서 바라보는 눈을 생각한다

구르는 돌은 지구의 눈물이다

석고 캐스트

몸이 울었던 구멍이다
살려고 격렬히 뒤틀던 몸을
죽음이 고요히 바라보던 구멍이다
뛰어가다 엎드린 장딴지 힘줄
급습하던 유황 냄새에 급히 코를 막던 포갠 손 선연하다

화쇄암이 덮친 도시
술병은 새긴 그림을 붙들고 버텼다 이천여 년을
도자기 그릇은 무늬와 함께 잔해를 지켰다
문을 똑똑 두드릴 누군가를
재를 덮어쓰고서 기다렸다

부르던 이름이 사라지고
살랑거리는 머리카락, 입술
굴리던 생각, 갈망, 설렘도 흔적 없어진 자리
저토록 슬픈 자세의
몸 구멍 하나씩 남겼다
저 구멍이 애걸복걸을 실은 삶의 원형이다
의욕 애욕 슬픔을 담은 몸 그릇의 원천이다

청동거울이 고대인의 심연을 비췄다면
아크릴 거울은 내 심연을 비춘다
나는 허기이고 절벽이고 도화선이고
사랑에의 갈구이고 흐르는 시간이다
그 전부는 예정된 구멍
몸이 건널 절명의 순간을 숨긴 구멍이다
아직 오지 않은 시간이 나를 지나간다
절절한 질문을 던진다
그렇다면 오늘 어떤 자세로
어느 방향으로 걸어야 할지를

허공은
몸이 빠져나간 구멍들이 겹겹 누운 시간의 심연이다

목줄을 풀어 주지 못한 개에 대한 죄책감
목줄을 당기며 앞발을 세운 개의 핏빛 눈과 헐떡거림은
구멍에 찍힌 영원한 지옥도다

그날 올리브나무 아래
빵이 구워지길 기다리는 줄에는

그날 처음 눈을 맞춘 연인도 있었을 텐데

●석고 캐스트: 고고학자 피오렐리는 폼페이 화산재가 덮은 구멍만 남은 자리에 석고를 부어 죽은 사람의 자세를 복원했다.

모순

한강대교는 차량 행렬로 금가루 뿌린 모드였다
그녀는 그의 매끄러운 말에 미끄러졌다 울고
밤의 허구들, 말의 허상들 찬란하다

모래사장에 올려진 배
육지에서 배는 구멍 난 줄 모른다
그녀는 믿고 싶은 말을 믿은 거였다
말로 뚫린 구멍은
마음의 하수구로 이어졌고
꽃봉오리들은 쓸려 나갔고
낭비는 아름답지 않아 보였다
나의 구멍이 보였고
구멍이 무서워 보였던 날이었다

못에 말을 걸었던 날들 떠올랐다
슬픔의 습기로 못이 녹슬 때 붉어진 말
음해한 자는 잊은 듯, 사과는 없었다
용서를 구하지 않는 용서에서 나를 내렸지만
기억 상자를 닫아도
녹슨 말은 마음에 구멍을 내고

무의식의 바다를 귀신고래로 유영할지도

그녀 바다에 꽃 파편들은 무엇이 되어 헤맬까

구멍을 덮느라 몸 던지는 사람이 있고
구멍을 계단 삼아 조명으로 가는 사람이 있다는 말
진실을 무기 삼는 말이 진실과 가장 먼 말이 될 수도 있
는데

위로의 꽃을 손에 쥐어 주었으나
수치의 두꺼비로 뺨에 붙은 적 있어
그녀 흐느낌을 조용히 바라보았다

말의 환등을 타고라도
생은 뜨고 싶은 배
배 띄우면 구멍을 알고
구멍을 알면 배가 가라앉는 모순을 어쩌나

극락조

날 듯 새의 포즈로 핀 꽃이다
날고 싶은 갈망에다
이대로 괜찮다는 평형추를 달고 있는 꽃이다
깃털 공간을 두고 얼굴은 서로 멀다

꽃의 허세처럼
끼리끼리 정치인 종교인 예술인들이 빨간 깃털을 달고
변화를 이끄는 듯 변화를 뭉개는 듯
끼리끼리 상찬하면서 비하하면서
모호함의 조명 환해서
포즈 군락을 보이는 밤이다

날 듯 세상을 제스처로 사는 틀
그 틀에 붙잡힌 손을 놓을 수 없다
버리려다 다시 꺼내는 헌책 같기도
다시 걸치는 헌 옷 같기도 한 그것

눈 흘기면서, 눈여기면서 닮을 때
내 생각의 목을 비트는 손은 누구?
시력 놓은 장님, 청력 잃은 귀머거리 될 거냐고

갱생을 대기해
주물공장을 기다리는
앗, 뜨거워하면서 깨어나는 쇠의 정신을 쥐려는
비 맞고 있는 녹슨 고철들을 보았냐고
엄히 묻는 눈은 또 누구?

시뻘겋게 녹여져 거푸집에 부어지거나
벌겋게 달구어져 쇠망치에 두들겨 맞는다면, 무서워
어둠 속에서 나 떨고 있을 때

벼려진 쇠도 세상 녹물에 금방 삼켜지니
그냥 살라고
속삭이는 밤이 있다
밤의 속삭임에 기울이는
내 귀를 찢고 나온 여우 두 귀가 있다

파묻힌 사람

월식이면, 발자국들은 깨어나 지표면을 떠돌고 서로 엉켜 교통체증을 일으킬지도 몰라 너를 만나러 갔다가 칼에 저민 마음으로 딛던 발자국도 깨어나 뉴욕, 서울 거리에 초끈처럼 움직이고 있다면, 지구는 발자국들을 떠안고 돌고 있는 거다 발자국 범람, 그 파동은 각기 다를지 몰라

잠 속에서 분홍 구두를 찾아 신고 계단을 뛰어내려 간 건 너의 파동이 내 밤을 건드린 때문이야 무작정은 꿈에서도 무작정이어서 자면서 발을 떨었지 끌려다닌 낮의 손목에서 놓였기 때문이지

과부하 발자국을 쓸어버려야 할 때면 소나기가 퍼붓겠지 꽃잎 떠가고, 너 나의 울음 발자국도 떠내려가면 기억은 기억을 말갛게 지울까?

데스밸리 마른 호수 바닥엔 바위 둘이 끌린 두 줄 흔적이 있대 죽은 여자를 업고 남자가 걸었던 두 사람 무게를 실은 발자국 같은, 월식엔 바위도 맨발로 걸음을 뗀 거지

기적에 귀를 담그면 죄가 씻겨질까 입에서 입으로 돌다

지는 소문의 꽃일 뿐이지 상처가 꽃을 입는 기적을 보고 싶
다

　두 줄 바위가 끌린 자국처럼 마음 바닥에 불가항력 끌
려진 자국은 남을 거야 어떤 빗줄기에도 씻기지 않아서

　비 오는 날 창가에 앉아 골똘히 나를 응시하면 내 안
에 파묻힌 사람이 있어 꺼내 주길 기다리는, 기억의 감옥
에 유배된 너이다가, 나이다가, 모두의 얼굴로 바뀌는 그
가 있어

거품들

1.

몸의 기억을 가진 비누 거품들
수챗구멍에서 둥글게 뭉쳐 돌아보더니
먼지 기억에 쓸려 갈 건지, 쓸고 갈 건지
망설임 같다가
의문을 남겨 두듯

2.

벚나무 거품들은 아름답다
삽시간에 번지는 꽃 거품들
굳은 몸을 펴는 나무
비바람에 처음 한두 잎, 우수수 우르르 떠나보내다
꽃잎들 점점이 길 가장자리에 몰린다
단명함은 시간의 거품
아름다움이 정신의 때를 씻긴다

3.

연애의 말 부풀어서
기꺼이 거품에 뛰어든다 너는
구름 모자를 쓴 말 거품
모자 속에서 모자 밖으로 거품들은 넘친다
모자가 벗겨지면
소나기가 쏟아지면 네가 한없이 쓸쓸해하는 이유이다
너무 넓다 슬픔의 면적

4.

은행으로 들어가는 문은 유리문이다
거품 조장하는 사람
거품 꾸고 싶은 사람
거품 아니라고 부정하는 사람
거품 배경이 갖춰진다
단 거품 책임은 거품이 질 것을 녹취한다

지우개

안개는 지우개다 지워지는 기분은 자유로움을 준다 초
원 끝 안개를 두른 희미한 겨울 나뭇가지는 대지의 우울
을, 세계의 비애를 허공에다 늘인 그림자 같다 곧 사라질
것만 같아서 나는 뛴다 그쪽으로. 두근두근 이목을 벗고
아무래도 괜찮다는 포즈로. 슬픔에 익숙해 과격하게 슬픔
편에 서는 듯. 영산홍 꽃 더미 앞에서는 하지 않던 자세다

상담 선생님 앞에 앉았을 때 선생님은 내가 나를 말하
도록 물끄러미 바라보았다 나는 안개를 피웠다 가난의 문
제는 덮고 존재론으로 선생님을 몰고 갔다 그때 선생님은
말없이 안개 너머 내 자존심을 훤히 읽고 있었는지도. 부
끄러워져 안개 속으로 한 발짝 더

구름옷을 입은 양들이 뭉쳐 있다 안개 이불이 그 몰림
을 덮고 있다 양들도 나도 뭉침 밖에 놓이면 몰림 이불에
발이라도 넣고 싶어진다 누구 눈도 손도 잡을 수 없는 안
개 시간을 어릴 적부터 겪었다 그 안개 시간을 끈으로 이
으면 지구 몇 바퀴 돌다 멈추는 지점 있을 거 같다 그 지점
에 서 보고 싶다 안개 시간을 둘둘 만 두루마리를 해바라
기로 봉인해 당신께 맡기고 싶다 후일 두루마리 펼쳐 안

개 무늬를 어떤 꿈의 재료로든 쓰시라고

문지기

문 앞까지 갔다
유행하는 옷, 모자를 쓰고
오늘도 들어갈 수 없다는 말을 듣는다
그의 기분을 살핀다

문지기가 오만해질수록
비굴해진다 유행어를 상납한다
저 안으로 들어가고 싶은 그리움은 커진다

알아 달라는
믿어 달라는
확인해 달라는 구애의 순간들이 문지기 손에서 흘러간다

오로지 문지기에 연연한 세월
오고 가며 구두가 닳은 시간
문지기, 그가 누구인지
저 문안으로 들어가야 하는 이유도 묻지 않은 채

대면을 원하던 눈도
진실을 읊조리던 입술도

매사 호기심을 갖던 얼굴도 마른 귤 조각이 된 즈음

문지기는 문을 조금 열어 보인다
그러나 아직 들어갈 수는 없다고 한다

주파수가 맞지 않는 잡음 끓는 소리가 들린다
모두의 마음에 들려고 했던 게 실수라고
세상이 심은, 세상에 매수된 문지기라고

문지기는
이제 문을 닫아야겠다며 말한다

당신에게 고용되었는데
당신 자신이 채용한 사실을 잊어서
오래 주인 노릇을 해 왔다고

불임의 돌

늪에 빠진 돌로 사는 기분 알겠니
그리 빨리 연두를 버리는 봄처럼

네 어깨에 어깨를 주지 못하는 건
나만으로도 무거운 돌이기 때문이야

세계의 절망을 비눗방울로 보고
국경을 넘는 난민을 고대사로 읽는다
안구에 흙이 들어간 걸까

겨울로 갔는데 여름으로 가고 있고
좁은 길에 섰는데 대로를 구른다

나다운 사람이 되는 건 의심받는 일이라며
먹구름 아래 선다

중국 수향마을 정원에서 비싼 관람료를 내고 본 적 있다
백 년 연못에 누워
몸의 석회를 빼내고서 건져진 돌의 망각을
비 와도 이끼 끼지 못하는

불임의 돌로 지상에 끌려온 돌의 절망을
돈이 된 괴이한 돌을 슬프게 바라보았는데

내게서 눈물, 사랑, 믿음이 빠져나가고 있는 거 같아
연못에 누운 돌처럼
의식하면서, 의식 못 하면서 나는 불임으로 가고 있는 돌
마치 내가 나 없이 나일 수 있다는 듯이 말이야

나 지금 어디에 있는 걸까

재를 긁는 여자

귀는 바늘귀처럼 예민하다
문 미는 소리
유르트 안이나 밖은 새까만 어둠이다

재만 남은 식은 난로
갈탄의 여지를 위해 그녀는 재를 긁어낸다
설산의 녹은 물이 흘러갈 때
황토 흙을 만나면 황토 흙에게
처음의 흰빛과 거품을 주듯
재는 에너지를 주느라 스스로를 태운 찌끼다
그녀의 이마 전지가 둥근 빛을 만든다

차가 돌길 덜컹거릴 때
가벼운 과오들은 굴러떨어졌을 거다
내 옳음을 주장하다 그의 옳음을 무시하던 차곡 쌓인
시간들은
내 잠을 할퀴었는데
밤새 유르트를 돌면서
생의 재를 긁는 그녀는 노련해서
내 비밀에 묵묵하다

36

군불 때던, 슬픔이 얼룩진 엄마 얼굴과 닮아
고단함을 웃지만
그녀는 해맑다
눈동자에는 눈 녹은 물이 흐른다
도시에서 옮겨 온 오염을
자신의 눈으로 씻는 걸 모른다
제 아름다움을 몰라서
아름다운 여인

창고 세일

1.

창고는 창고 이름을 걸고
안감 깊숙이 넣은 어둠, 외로움
바퀴벌레가 음모하는 구석
그 계절에 팔리지 못한
회전문처럼 한 계절 또 한 계절을 돌아온 기다림을 대처
분했다
창고에 덕지덕지 붙은 시간의 잔해들
냄새를 고스란히 떠안음으로 값을 치뤘다 나는

2.

푸른 집 창고 대들보에 들쥐가 잠입해 갉아 왔다는 소식
쥐 오줌 냄새가 도시를 덮은 건 그 때문이었다고
건물마다 고장 난 환기구는 악취를 흩뿌리고
우리는 절망을 흡입했다

그때 팔리지 못한 그가
아무래도 괜찮다고 자신의 창고로 들어갔다

잎은 금빛을 빛내고
열매는 구린 냄새를 장총으로 쏘아 대는 나무 아래서였다
냄새는 일상으로 번지고 있었다

시로 수식한 시인의 가면이 벗겨진 것은 그즈음이다
그는 냄새 너머로 오르려는 우리의 사다리를 차 버렸다

멀리 황사가 매연에 더해지기 위해 온다는 소문이다
야생 고양이들은 창고로 몰려와
아무 데서나 오줌을 지렸다

곰팡이 핀 희망도 뒤집어 햇빛, 바람에 말리면
희망 되는, 희망을 창고 개방한다는 전단지가 뿌려질 날
을 기다린다

창고 열쇠를 물속에 던진 혐의를 서로의 손에서 찾는다
플라타너스 온몸에 버짐이 피는 동안

갈대들의 기쁨은 말라 버렸다
해일이 닥치면, 가장 먼저 해를 입을 갈대족들이 해일을

기다린다

제2부 나를 지나가는 문을 잡는다

구명환

돌풍에 떠밀린 육체가
영혼을 돌려받는 거기까지
눈을 찌른 눈이 빛을 인지하는 거기까지
손을 턴 손이 꽃을 쥐는 거기까지
이름을 버린 이가 이름을 찾는 거기까지
천사 눈은 부릅떠 있다
온몸이 눈이다
문명의 역풍에 불시착한 천사일지도

눈썹달과 별 하나가
강변 천사를 희미하게 읽는 저녁이다

●파울 클레의 「새로운 천사」 참조.

유치원 마당

고개를 들었을 때 유리창 너머 담에 기댄 붓과 페인트 통, 휴식하는 사다리, 그리고 여름을 보았다 카페에서였다

버스가 유리창 건너편에서 정차했다 은행나무 그늘과 칠이 끝난 노란 벽과 붓통을 버스는 실었었다 그들은 어느 계절에 내렸을까

겨울에 내린 은행나무 그늘을 본다 붓질 자국 노랑 벽은 여전한데 마당은 가랑잎들로 어둡다 잎들은 나무가 여름 내 뿜은 숨이었고 뻗치는 힘이었고 그늘을 생산하던 푸른 정신이었는데, 잊힌 채 마당에 붙잡혀 있다 나무는 벌거벗 긴 채 허공에 붙들려 있고 사랑을 끝낸 그들 사이에 겨울 이 있다 만나지지 않는 거리다 나는 여름의 편지를 겨울에 전해야 할까 기억이 소환되지 않는 공간이다

유치원은 폐쇄되는 걸까 아기를 낳지 않는다는 소문이 그들 행성에 닿았기 때문일까 그해 행성으로 돌아간 울 고 간 아기 때문일까 소문은 늘 뿔을 달고 있다 닫힌 대 문, 겨울의 깊은 그늘은 유치원을 떠나보낼 형상이다 태 어나지 않은 아기들이 미래를 보러 가랑잎 사이를 소요

하고 있는 것 같다 마당은 모종의 비밀을 품고 있다 바람
이 왔다 간다

나를 지나가는 문을 잡는다

구름이 조각조각 찢겨 날리고 있다 하늘에서 내려다보던 땅의 기억 목록을 품었던 조각들이다 버스 종점 여자의 오버코트에 내리는 눈은 북방 병사가 우는 여자를 남겨 두고 말에 오른 기억을 지닌 눈인지도 모른다 기다림의 파편들이다 모래 안개 피우다 쓰러지던 기억 파편들은 그 포즈이듯 강으로 뛰어내려 절멸하는지도

어떤 눈은 퍼즐처럼 목록을 맞추려 앉을 데를 찾는다 제 잎들을 쓸어버린 그 나무의 등에 기댄 싸리 빗자루의 휴식을 본다 눈은 그곳을 거처로 삼는다 푸른 영혼은 휘발해 버린 죽은 그리움, 죽은 미움, 죽은 사랑이 남긴 편지체를 모은 자루가 그 곁에 불룩해 있다 눈은 푸근히 덮는다 싸리는 밤 속으로 발을 들이밀고 구름 기억을 따라간다 초신성이 폭발할 때의 먼지가 비질 자국으로 나 있는 곳. 눈은 세계를 바라보는 아이의 경이 같은 시간의 문을 열어 보인다 마법 빗자루가 보인다 가장 아린 사랑도나를 잡지 못해 나를 지나가는 문을 잡는다 자루 안의 생은 푸른 시간으로 재생되어 싸리 빗자루에 매달려 폭설 속으로 난다 날아

흑화

빛이 움직일 때 빛의 뒤로 또 뒤로 도는
어둠의 그림자가 손짓할 때
얼굴 없는 유희에 여자는 끌렸네

달의 계곡
붉은 사암 지대일지라도 그림자는 검고
빛나는 눈, 흰 웃음은 보이지 않아
빵을 생각하지 않는 희미한 저녁만이 있었네

그림자는 눈물이 없다
그림자 노래를 타고
별 너머로 닿아
세계는 웅숭깊고, 세계는 포옹인 듯

회화나무 허공 건너는 외발들, 손가락들 거기 있어
땅에 길게, 짧게 그림자놀이는 이어지는데

그림자를 실체보다 진실이라 엮는 그는 철학자
표현할 적확한 단어 선택은 고심했지만
점심 메뉴 선택은 고민했지만

여자를 열 때는 지갑을 열 듯 고뇌 없이
자책, 죄책감 없이

그림자도 수척해진다
발끝 그리움에 매달리고
손끝 쓸쓸함을 울부짖고

그림자는 그림자일 뿐임을 알아도
그녀는 마음 가는 데서 마음을 거두지 못해

그림자가 지상에서 사라졌을 때
실체를 대면했지
한 사람의 반려자로 아이들이 장성하는 동안
그가 그림자의 연애를 멈추지 않았음을

진실이 추함은
몸에 새겨진 그림자 기억을 파내지 못하는 것
그림자를 패고
그림자를 쓰레기통에 던지고
그림자를 불에 던지지만

그림자는 죽지 않아
그림자의 밧줄에 옭매여 있어
여자는 슬픈 눈을 뜨고
자신을 응시하고, 또 응시하고

호박밭의 미학

하늘의 광활한 페이지다
샌디에이고 호박밭 이 끝에서 저 끝까지는
수천의 금빛 호박들이 그 페이지 안에서 뒹군다, 축제다
햇빛은 과격해지다 유순해지다, 과격해지기도

늦게 도착한 가을은 호박 하나씩을 들어
아름다움의 무게를 잰다

크기 색깔 용도 흠집 잘생긴 대로
층화, 배치될 호박들

이름 대신 호박이라 불렸던 일 생각난다
그렇게 고정관념은 만들어진다
호박에서 도망치고 호박으로 돌아오는 여정은 길었다

가을은 판결을 내린다
크건 작건, 삐뚤어졌건 호박 아름다움의 무게는 똑같다
고 땅땅
여름을 달린 성실의 무게도 같다고 땅땅

천의 시간을 달려 할로윈데이에 집중한
사건이 되는 호박도 섞여 있지만

가을은 죽음 당의정을 계량하느라
이미 저울을 들었다는 시간에 전작권을 넘기고
또 다른 가을로 출발한다고

증언

읽어 봐, 읽어 봐

발자국들은 웅성웅성 모여든다
황금 뱀 팔찌가 전시된 유리장 앞에서다

여자가 사라졌다 연대기 속 이름처럼
팔목이 사라졌다 오크 통 마셔 버린 술처럼
팔찌는 그녀의 부재를 품고 있다

뱀은 기억을 핥는다
기둥에 기댄 여자는 팔찌를 뱅글뱅글 돌린다 웃음 흘리
며
어깨로 미끄러지는 옷
뱀 머리 메두사의 대리석 입은 분수를 뿜고
남자는 여자에 홀린다, 팔찌에 아찔한다
암흑 한끝에서 여자는 보였다 사라진다
유혹의 신전에서 먼지로

그녀 부재를 안은 뱀은
불멸을 아파할까

어떤 시대와도 불화하는, 미화하는 죽음의 증언자
내부의 폐허는 묵음으로만 울린다
누구도 듣지 않는다

스르르 금방 똬리를 풀 듯
날름대는 금 혓바닥, 돋은 금 비늘들
고대 금세공의 정교함에 말들은 출렁다리를 탄다
금 중량을 현금 환산해 보는 거품 잔해만을 남기고
아무도 슬퍼하지 않는다

●황금 뱀 팔찌: 국립박물관 폼페이전에 전시된 팔찌.

폐허의 방식

—

필요를 빨리고 나면 폐기되는 사물
필요를 채우면 떠나는 사람

봉분 지나 가까운 쑥대밭
막가파 술꾼처럼 토막 난 둥치들이 방치되어 있었다
둥치들은 아편 맞은 듯 종균 자국들을 안고 있었다

참나무 베어진 기억에서 실패와 죽음이 뒤섞일 때
고문처럼 삶이 연장될 때
뜨이지 않는 눈을 떴을 때
몸속 무엇이 밀고 나가는 걸 느꼈을 때
그건 줄 게 있어
아님 도둑맞을 게 있어 살아 있다고 생각했을까

권투 장갑만 한 표고들, 상품이 못 되는, 규격을 벗은 표
고들을
맷집이듯 달고 있었다
스파링할 상대도 없이

— 한때 쓸모 있었음을 대변하는 쓸모없음

쓸모를 다한 후의 연민만 남았다

누구건 무엇이건 폐허를 안고 사는
서늘함을 느꼈다
검은 비닐봉지에 연민을 담았다
잔해를 둘러보았다
탈영혼의 신호를 받고 개미 떼들이 줄지어 오고 있었다

아우성이듯
벚꽃 잎들은 눈물의 형식으로 뿌려지고 있었다

시동을 걸었다

동의어

유리잔이 바닥에 박살 났다
새는 날아갔다
유리잔이 유리잔 되게 하던 꿈을 부수고

결혼에도 꿈꾸는 새가 있다
새장의 꿈을 꾼 새는
꿈이 무화되면 새장 너머로 날고 싶어 한다
새는 폭탄이다

하나 되게 하던 끈끈한 꿈은
파편으로 돌진하는 힘이다

바다주의자인 내가 식단에 비린 것을 올리고
채식주의자인 네가 비린 냄새로 수저를 놓는 것도
먼빛만으로 마음이 금 가는 것도 새 때문인가

꿈이 시들해진 새가
거품 몰린 해변의 긴 혀를 물고 죽는다면,
새의 시간이 지상에서 사라진다면
거리는 광장과 건물뿐인 기리코의 그림처럼 적막하겠지

혁명의 꿈을 달고 나는 새가 있었다
지구의 꿈을 들고 나는 새가 있었다

혁명은 무거워 바닥에 떨어트려
수많은 사람들이 거기 깔려 죽었지
새는 지구를 반 바퀴 돌려 내려놓지 못했지
세계는 균등해지지 못했지

새의 날개를 붙안고 나는 날아 보는 연습을 하는 중이다
새가 없으면 나도 없고
새 없으면 너 또한 없을 것 같아서

언 강을 보러 갔다

오리들이 모여 자맥질하는 것처럼 보였다
다가가면 돌멩이들이었다

저 돌들은 정말 얼었는지, 얼마나 얼었는지 던진 의심이
었다
돌은 의심을 물고
강 하류까지 돌멩이 새 떼를 이루고 있었다

누가 더 아팠을까
의심을 하는 쪽
의심을 받는 쪽

마음을 떠보라고 단단해진 게 아닌데
사랑을 의심하라고 침묵하고 있는 게 아닌데

의심은 의심의 부정을 얻고 싶은 것인데
부정의 부정은 긍정인데
그러나 의심은 무거워
돌을 물고 마음 바닥에 가라앉는 걸 택할 수도

현상을 유보하면서
오래 의심을 궁글리는 걸 택해 왔다
믿음의 푸른 구슬을 쥐고서 역동적일 수 없었던 이유이
다

네가 내게 바라던 결정은
내가 네게 바라는 것이었는지도
오래 결단을 미루어 왔다

안개 두건 속에서 연인들은
안개를 더듬듯 서로를 더듬는다

언 강가를 걸으며
살얼음판을 걷게 한 네게 용서를 구하는 마음이다

밤은 잠을 수거해서 어디다 모으는가

— 　불 꺼진 방은 난파선이다
　의식과 무의식 사이, 배의 고물에서 썩은 사과 자루가
풀어진 냄새
　밤의 후각은 예민하다

　상한 사과 하나를 집어 본다
　카페에서 다변은 던지고 받은 셔틀콕이었는데
　네트에 걸린 말들
　소소한 감정에서 비웃는, 찌르는
　말의 이빨이 박힌 사과들이 깜빡 고개까지, 잠은 추적
된다

　또 하나 뭉개진 사과를 들어 본다
　너란 콘크리트 벽에 맞선 나의 벽
　네가 던진 사과는 벽에 얼룩을 만들고 깨졌다
　내가 던진 사과는 바닥에 파열되었다
　상한 냄새가 난파선을 돌고 돈다
　얕은 잠의 고개에서 잠은 밀린다

— 　또 하나 썩은 사과

카슈끄지의 피 냄새가 난다
지배의 탐욕에서 기원된 살해의 잔해
땅의 죄에서 나도 제외되지 않는다고 집요하게 묻는 잔
해
언덕 저편으로 말끔히 잠은 밀쳐진다

몸의 바다 바닥까지 가라앉게 하는 우울

옥상에는 양철모 쓴 그가 밤 근무를 하고 있다
빙글 바람이 부리는 대로 빙글 바람을 부려
하수구에 고인 감정 찌꺼기까지 빨아올리는

죄를 묻는
사과 자루를 들고 환풍구를 더듬는다

밤이 밤을 건너고 있는 밤이다

●카슈끄지: 피살된 사우디아라비아의 기자.

이사

영혼이 육체와 함께 있다는 것도, 우리에게
영혼이 없다는 것도 불가해하다
―『팡세』에서

가구 흠집 기억들이 널빤지에 올랐다

전기 사다리가 주르륵 내렸다

기억을 반성하는 거울은 휘청했다

꽃나무 기억들은 아름다워 조심스러웠다

덜어 내고서 남은 살림의 잔해

뒤적거리면 사랑, 미움이 연기 피울 듯

사다리가 몇 번 오르내렸는데

생의 반복은 끝났다네

병원 집기를 내던지며 자기 실존에 항거한 사르트르는

지상에서 붙잡은 것에 붙잡혔다던데 끝 무렵

몸 벗어난

외따로 선 영혼

허공 속 블랙홀을 통과해서

무차별적으로

무조건적으로

무의도적으로

미지의 별 초대에 응해야 하는 건지도

시간의 문

조금만 더 오르면 평지 나온다고 그는 독려한다 희망에 무수히 깨지며 생을 오르는 길 입시에 낙방했고 애인도 돌아섰다 절망 뒤쪽은 희망이라 뒤로 그 뒤로 돌았지만 늘 절망은 앞에 있었다 헛꿈을 진통제처럼 먹었다 앞선 사람을 따라 허둥허둥했다 용감하게 길을 접는 사람도 있었다 쉬운 길을 희망이라 오해했다 올라가서야 알았다 오름과 내리막은 하나의 길임을

내리막은 쉽다고 그가 말한다 몽골 유목민은 내리막을 갈 때 더 위험하다 했다 내리막이 존재를 위협하면 짐을 버리고 가축까지 버리고 간다는데 버리는 게 내리막을 가는 묘수라는데. 숨 거둘 때 현금 든 베개를 벤 이가 있었다 그는 얼마나 무거웠을까 설렘이나 기대조차 무게일까 설렘의 물기, 기대는 어디에 버렸나 생존에 애걸하는데 생존은 당당하다 산 넘자 폐사지가 보였다

불상들은 돌로 돌아갔다 요르단 암반 신전 페드라는 남았고 나바테아인들은 사라졌다 사찰은 사라졌으나 우리는 살아남았다 폐허로 가는 매초의 순간들은 구원 가능성의 문이라 했는데 왜 문은 매번 다음 기회로 미루어

지는 걸까

●폐허로 가는 매초의 순간들은 구원 가능성의 문이라 했는데: 벤야민의 역사테제에 나옴.

귤껍질

콩을 품은 콩깍지가 있고
조개를 안은 조개껍데기가 있고
귤을 감싼 말랑 귤껍질이 있다

먹구름 얹은 네 표정은 생각의 껍질인가 내용인가
귤을 보면 귤의 안과 밖이 파악되는데
쪼개진 알맹이가 모두 귤인데
너는 알 수 없거든

말의 가면을 쓴 사람
명분 뒤에 민얼굴은 금방 드러나는데
그 사람만 속는데
너는 모르겠거든

SNS의 거침없는 말은 껍질인가 알맹이인가
때로 말의 홍수에 알맹이를 띄워 보는 얼굴은 숨어서 용
감하다

뒤풀이에서다 친구는 두 사람을 동시에 사랑했다고 호
언한다

여기저기서 동조했다
그때 사랑이란 말은 포장지인가

TV는 매일 오늘을 비춘다
오늘은 언젠가의 하루를 짐승 가죽처럼 덮어쓰고 나오
는데
너는 여전히 모르겠거든

짧은 그림자

육교에서 코트가 놓아 버린 단추를 보았다 시멘트에 박혀 눈뜨고 있었다 단추는 몸을 열고 닫는 한곳을 고수하던 자랑이었다 옷을 완성시키는 손끝이었다 실이 낡아 갈때 단추도 닳아 가고 어디로든 가겠냐고 실밥이 물으면 어디로든 가겠다고 호기를 부렸다 이제 태양 발바닥의 무게를 받아 내고 있었다

생의 이변처럼 음해의 그림자가 덮친 날이었다 대면과 대피 사이 손은 단추를 만지작거렸다 매달려 땅을 굽어보던 실밥의 위태함은 가젤이 치타에 쫓기는 거리였을까 망설이는 내가 미워져 단추는 그날 실밥을 놓아 버린 걸까 단추가 나의 위태함을 본 날이다 덜렁거리는 생을 꿰매지 않은 나를, 시절 모르고 피는 가을 철쭉처럼 무작정 생에 끼어든 자라고 읽은 날이다

이제 나의 단추여 안녕!

●짧은 그림자: 벤야민의 『일방통행로』에서 차용.

제3부 나비가 기억되는 방식

부유하는 시간

　방금 전 구름이었던 기억을 가진 눈송이들이 공중에서 부유한다 바람을 부른다 선택을 미루는 춤을 춘다 누구의 손을 잡을까 유리창이 손 내민다 길거리 붕어빵 봉지가 내민다 피자 배달 손가방이 내민다 구름을 떠나는 순간 중력의 지배로 들어가는 걸 안다

　장난감 고르는 시간을 길게 늘이는 아이 재촉을 받아도 결정을 미루는 아이 오랜 숙고 후 택한 장난감은 자신의 일부인 걸 아는 아이 자라서는 사랑의 고백을 미루는 아이 기쁨을 배가하기 위해 기다릴 줄 아는 아이 상대를 자신 속에 키우는 시간을 갖는 아이 연인의 마음속에 자신을 숙성시키는 시간을 주는 아이

　언제부터인가 아이가 사라졌다 오래 발효되는 모과 향을 맡을 때면 아이가 지나간다

아름다움이 우리를 구원할 때

무늬목으로 가린 골목 저쪽에 그는 살고, 나는 이쪽에 산
다
동에서 서만큼이나 먼 우리의 양극을
양팔 벌려 안는 은행나무가 거기 서 있다

늦가을 비 오면
우수수 쏟아지는 은행잎 비를 우산 받고 가는
뒷모습을 보인다 그는

오고 간 아픈 말들
빙벽을 사이에 둔 애정이
가을 외투를 한 겹 껴입는 기억은 아름답다
핸드폰이 불러오는 돌담을 넘는 꽃나무 사진처럼

등의 빨간 방울을 본 적 없어
무당벌레만 모르는 무당벌레의 무늬처럼

우리 사는 아름다움을 우리만 모를 때가 있지 않을까
의문이 든다

●아름다움이 우리를 구원할 때: 샤를 패팽이 쓴 책 제목.

봉인

—

　엄마 오른쪽 가슴을 깊게 도려낸 구덩이에 파도는 몰아쳐 울음, 근심을 남겼을 거다 파도를 건디다 엄마는 몸으로 덮었을 거다 두껍아 두껍아 내 구덩이를 메워 다오 외출 때면 엄마는 두꺼비를 초대했다

　엄마는 옷을 입으면 봉긋하게 떠오르지 않는 달을 아파하지 않는 줄 알았다 섭섭함이나 아픔도 엄마에게 오면 물로 흘러가는 줄 알았다 얼마나 나직하게 엄마의 가슴이 엄마의 악동들을 견뎠는지 우리는 몰랐다 자그만 몸은 마법 자루 같아 우리를 담아내는 데 모자라지 않았다 거동이 불편해졌을 때엔 사라진 한쪽 가슴을 가끔 만지셨다 엄마 가신 후 유품을 정리했는데

　서랍을 여니 두꺼비 브로치가 봉인하듯 작은 상자에 놓여 있었다 상자를 열었다 엄마 유방 수술 후의 소견서가 접혀 있었다 싹 난 지팡이 기적이라 믿어 온, 한쪽 가슴을 내주고 생명을 돌려받은 감사를 간직한 소견서 봉인이 해제되는 순간이었다 사십 년 만에

—

　종양이 아니라는 영어로 쓴 단 한 줄 소견. 그렇게 크게

만져져 그렇게 깊게 도려낸 멍울이 종양이 아니었다고. 기
도는 끝난 후였다

엄마의 생을 조용히 닫았다

흙내

불볕 보도블록에 물을 뿌리는 사람이 있네

기억의 암반을 밀고 올라오는 흙내
매니큐어 지운 발톱을 내려다본다
발톱에 불타는 빨강 지웠다
맘껏 현란하려다 닳아 버린

가난한 아이는 양은 주전자로 흙바닥에 원을 그리며 물을 뿌렸다
흙의 숨 같은 흙내를 동그라미 속에서 아이와 마셨지

배추벌레가 야금야금 파먹은
이파리에 뚫린 구멍처럼
그때 내 마음은 그렇게 구멍이 숭숭 뚫렸다
여름이 시킨 거지

학교에서 구멍을 숨기느라 말을 멈출 때도
나는 흙내를 맡았다
구멍은 구멍을 키워 갔지

구멍으로 사랑이 빠져나갔다
그때면 풍선을 불고 바람이 빠지는 걸 바라보았다
아이와 숨 쉬던 흙내를 잊었지

새빨갛게 핀 달리아 눈길을 받고 싶을 때
해바라기 꽃잎들을 하나씩 뜯어내며 아이를 잊었지

햇빛은 퍼부어 빨래를 말렸고
눈물도 말렸지
기울여 부어 내지 못한 울음통을 내내 짊어지고 다녔지

지운 불타는 빨강의 행방이 묘연하다
찰랑 넘칠 듯해도 쏟아 내지 못한 울음으로 갔는가
나 모르게 아이 주전자가 물을 준 가난에 대한 윤리로 걸
었는가

흙내를 깊이 들이마신다

백 일을 건너는 건 너만이 아니다

병산서원 쪽문은 나무는 숨기고 목백일홍 꽃가지 하나
를 내보인다
꽃의 비밀, 한 꽃이 백 일을 건너는 건 아니란다

꽃 군단들, 내가 지면 네가 피고 그가 지면 그녀가 피고
한 나무에서 얼굴들이 스치다 가고 간다는 꽃
붉은빛은 아름다움의 정점
슬픔을 배면에 깔아 놓았다

학림을 오르는 계단은 조용했다
대학로 플라타너스 큰 키들은 도열해 있었다
그때 망토를 걸치고 걷는 네 뒷모습을 보았다
네 뒤를 천천히 걸었다 돌아보지 않았음에도
네 전부를 받은 느낌
그 후 너는 사계절 내내
내 안에서 피고 지고 피고 지고 피고 했다

새재를 비우고 노출된 평야에서 적을 맞은
장수의 뒤늦은 절망을 듣는다
그때 나는 복병이었을까

78

들키고 싶은 마음이 없는 건 아니었지만
거리 속에 나를 두었던 게 기억에 꽃을 심은 거 같다면

서울 들어오니
빗속, 자동차의 불빛 꽃잎들이 아스팔트에 만발해 있다

승자였고 패자였고, 웃었고 울었던
백 일 가는 꽃들은 빗속에서도, 내 안에서도 찬연하다

집

쓰러지고 있는 집이 있다
종이 집 같은
없는 너는 종지기처럼 종을 치고
나는 들리지 않는 종소리를 듣곤 했다

해 질 녘이면 없는 너는 창가에 앉는다
서쪽 하늘이 분홍으로 번지면 너의 부재도 분홍으로 물
든다
그리워하는 부재 속에서만 너는 살아 있다

누구도 초대하지 않는다
생각은 엎드려 있다

폭우가 쏟아진다
집이 익사할까 봐
나는 바깥에서 벽을 붙든다
사방연속무늬 벽지가 다 젖는다

집은 이제 집을 놓아 달라 말한다
외로움은 외로움을 놓고 싶어 한다

여수로 태백으로 가는 기차를 탄다
시끌벅적함에 묻혀 맛집으로 자리를 옮긴다
문득 거울을 보면 집은 따라와 있다

밤이면 물속의 시간을 열고 땅의 시간을 닫는
낡은 집의 영혼
집 안까지 밀려온 파도에
집은 짐승처럼 운다

집을 부수고 새집을 지으라는 말을 듣는다

이미 외로움에 봉헌된
나를 어떻게 부수겠는가
희미하게 빛이 내린 벽면에 손바닥을 대 본다

집 이름을 새로이 지어 보라는 말을 듣는다
그런데 당신은 언제 내 집에 들어왔나요

갈대숲에 나를 두고 왔다

갈대숲에 달이 떴다 달빛이 갈대를 빗질하는 거기
나로 살아가는 부채(負債)인 나를 두고서 가장 먼 길로
돌아왔다

불의 나, 얼음 속 불
의심에 싸인 믿음 같은
불씨는 들판에 불의 편지를 날리자는 설득
이윤 밝히는 검은 새들 날아드는 재의 들판 되면
새들 어쩔래, 얼음과 논쟁하는 불의 나를 두고 왔다

물의 나, 아무 그릇에나 담겨 주는, 쉬워 보이는 나
나르시시즘의 이마를 짚는 손이 세상을 훔칠 때면
물 폭탄을 던지고 싶은 나
근데 그 손이 나일 수 있다는 슬픔에 묶인다
나를 들키는 창밖 낙엽송에게
땅 밑을 흐를까 묻는 물의 나를 두고 왔다

바람의 나, 바람 창고를 열어
유행병, 사이비 종교, 열등감 같은
먹구름을 흩는

구름 감옥의 문패를 날려 버리고 싶은 바람인데
비겁에 펀치를 날리는 만용의 바람인데
바람 열쇠를 쥐고 노마드를 꿈꾸는
이발사처럼 나만 아는 죄를 발설하는 바람의 나를 두고
왔다

흙의 나, 늑대 눈빛을 반만 묻은
구애하는 거짓 손목을 가끔 꺼내 읽는
옮겨 다니는 발 없는 그리움에 물을 주는
초조해 보이지 않게 가면을 쓰는 흙의 나를 두고 왔다

그 밤
머리 흰 갈대들이 달을 안고 내 이부자리에서 자고 있다

스타벅스와 꽃집 사이

실내가 뒤집어져
알바생이 거꾸로 서서 커피머신기를 붙들고
탁자에 앉은 소소한 일상과 미어지는 웃음이 쓸려 간다
면 하고
스타벅스가 말 걸 때
옆집 무늬목 합판 덧댄 꽃집
옆구리 누더기 벽이 가려져 잠시 자기 아름다움에 취해
있다

함석지붕까지는 가리지 못한 부끄러움
먼지 지붕을 기는 늙은 구렁이 고무관 무거워
납작 지붕이 부들, 붕괴한다면
꽃집을 들고 달리는 건 임차인일까 임대인일까 꽃집이
물을 때
스타벅스 떠나겠다 말하며 우는 여자 말은
붙잡아 달라는 뒤집은 표현이라 말한다

꽃집과 스타벅스 사이 같은
그런 때가 있었다
함께 있어도 같이 있지 않았다 그때 우리

따로따로 관심을
나에게로 너에게로 당기는 건
주권 쟁투였다
피를 뽑는 잔인한 관심이었다

골목의 은행나무 큰 그늘은 꽃집과 카페를 품고 있다

두 집이 한 그늘에 싸이는 것을 본 날이다
너를 넘겨줄 줄 알게 된 날이다
나를 남겨 둘 줄 알게 된 날이다

빈 식탁 둥근 의자의 고독을
저물녘이 조용히 기대어 오는 것을

혼자 바라보면서 둘이 되는 것
둘이 보면서 혼자될 줄을 안다 비로소

나비가 기억되는 방식

―오즈로 가는 길에서 1

졸음이 왔다 아른아른 나비가 날았다 노랑 날개를 손끝으로 만졌을 뿐인데 과꽃에서 과꽃으로 여름의 끝물을 마시고 있었다 마실수록 마시고 싶었다 그 꽃물을 마시면 영원히 나비로 살 거라는 말을 아득히 들었다

어떤 손에 붙들렸다
흥정하듯 매미들이 울어 댔다

어둠을 열고 닫는
두 개의 나무판 이음새에
노랑 날개는 활짝 펼쳐졌다
못 박는 소리 쟁쟁했다

누군가 내 슬픔에 보자기를 덮어도
빠져나온 슬픔에 부르르 떨었다

구석에 앉은 나비장은 하염없어라
닫힌 어둠에서 기억의 누더기를 꺼내는 손이 있었다
기억을 훑는 자석 손이었다
쓰디쓴 기억들이 쇠붙이처럼 딸려 나왔다

86

내 것 아닌 아름다움을 헤맨
허방 세월이 나비 날개에 얹힌 거였다
경계 너머로 가 본
경첩에 준 날개는 펄럭여지지 않았다

기억에서 빼거나 더하고 싶은 허상들이 사라졌다
내게서 나를 뺀, 나를 더한 나비장은 슬픔이어라
나비의 불멸을 털고 싶어라

못이 빠졌다 백 년 내 꿈, 아니 저주에 함몰되어 온
헐거워진 몸에서 들리는
상여꾼의 삐거덕 소리 듣는 밤이다
별똥별 떨어진다

나비의 감옥에서 몸 뒤틀며 빠져나오는
나를 내가 바라보고 있다

과수원
—오즈로 가는 길에서 2

사과 농장을 지나는 버스를 타고 있었는데 철조망 친 태양 숲에 어떻게 들어왔는지 은박지를 버적버적 밟으며 우르르 사과 뺨을 어르는데 누군가 사과를 툭. 과감해진 사람들은 줄기를 비트는데 재미에 대담해지는데 사랑한다면 이쯤이야 대수겠냐는 말에 끌리는데 덜커덕 문 잠기는 소리가 나는데

어스름이 발을 밀어 넣는데 철조망은 완강하고 우르르 문을 찾는데 깜깜해지는데 무서워지자 누가 먼저 사과를 땄는지 심문이 시작되는데 모두 나를 지목하고 나를 표적 삼아 두려움을 던지는데 분노로 맞는데 사과들이 머리로 두두두 쏟아져서 죄를 묻던 이들도 나도 부들부들 떠는데 시계 찬 사람이 없는데 아침을 몰고 올 버스가 머릿속을 헛바퀴처럼 도는데 말이 안 나오는데 만져 보니 입술이 없는데

이것은 항아리 이야기가 아니다
—오즈로 가는 길에서 3

　한 사람의 항아리 속은 한없이 넓기도 하다 한 잎이 한 나무로 직립해 있는 빈터가 있다 이파리 그림자가 땅에 얼룩얼룩 흔들린다 흔들림의 배후는 달빛. 고적한 이곳까지 달빛이 따라왔다 젖꽃판에 달빛 주의 경보가 닿았는데 늦었다 옆구리에서 달이 깨운 악어는 벌써 꿈틀한다

　한 사람의 항아리 속은 한없이 비좁기도 하다 몸을 둥글게 말아 누운 항아리 속, 다리를 뻗으면 툭툭 채이는 항아리. 숨이 막힌다 바람에 날리던 날을 바람 소리가 던진다 뒤트는 악어 꼬리에 항아리 박살 나기 전 떠나야 할까 하얀 봄밤 내 안의 악어의 요동은 어제 같고 수년 전 같은데 항아리는 변함없고 하염없고

　항아리는 나를 토해 내지 못한다 깨어지면 흩어질 파편을 붙들고 있다 항아리를 벗어나 그 둥근 배를 밖에서 보듬고 싶은데

　악어는 달빛 물이 들고 나는 떠날 채비를 끝냈는데 발이 떨어지지 않는다 구두가 아교풀에 붙은 것 같다 정강이뼈 아래가 움직여지지 않는다 항아리 밑을 뚫고 뿌리를

내리는, 다리에서 점점 가슴까지 나무가 되는, 아니 악어
가 목까지 밀고 올라, 목구멍에서 소리가 나오지 않는, 항
아리에게 사랑한다는 말 아직 못 했,

수치의 기둥
—오즈로 가는 길에서 4

기둥에 묶여 있다
수호성인이 성당 문 위에서 천 년째 마을을 들고 서 있는
광장이다
귓속에선 예식 집전의 소리 들리는 듯하고
머리에선 가스 불에 계란 삶는 냄비를 올린 게 어렴풋
하고
여긴 시간 안인가 밖인가
별빛이 소금처럼 내린다

종소리가 광장을 덮었다
사제관을 벗어나는 길에서 부딪혔다
장미 울타리에서
붉은 치마를 날리며 집시 춤을 추는 나를 보는
사제의 눈빛이 타는 걸 보았다
그 얼굴의 어둠을 만진 손은 기억한다
고백 못 해
번뇌가 깊어진 미간을
짐승처럼 앓는 신음을
피 흘림 없이 죄를 벼리는 칼은 누구 손에 있는가

내 죄의 패를 내가 읽는다
새장 문을 열어 두고 새가 날아들기를 기다리는 유혹의
마녀

마음을 훔친 죄와 마음을 살해한 죄를 저울질한다
가슴을 열고 심장을 도려내는 통증
묶인 손은 모을 수 없다
막다른 때가 바로 그때라 하는
시간 밖으로 가는 배는 올 것인가

부엌 천정에 연기 자욱하고
새카매진 냄비에 불이 붙기 직전이었다

원통 유리 집
―오즈로 가는 길에서 5

눈떠 보니 유리로 된 원통 속이다
어디가 문이고 벽인지 구분이 안 된다
아는 얼굴인데
손 내밀면 전혀 모르는 얼굴이다
재미있다는 듯 발을 걸어 나는 넘어진다
어디까지 견뎌 볼 거냐고
원래 무른 사람 아닌데 물러 보이려 한다고

발아래 유리를 내려다본다
까마득 원통 절벽이다
빨강 색이 원통을 두르고 있다
빨강 자물쇠가 빨강 창문을 잠그고 있다
빨강 옷 입은 여자들이
빨강 옷 입은 남자들이 줄타기하듯 창문에 매달려 있다
빨강이 시대 모드니 가담하라고
호랑이가 떨어졌다는 피범벅 수수밭이 떠오른다
늘 높아지려는, 타는 갈증이 생각난다
피는 죗값을 물리는 방식인데

밀어 버리기 전

스스로 뛰어내리는 용기를 보이라고 충동질한다
발이 후둘거린다
위를 본다
눈부신 빛 속에서
한 마리 귀뚜라미가
또 한 마리가 노래를 타고 내려온다

감옥은 언제나 나 자신이었는데
여긴 내 안인가 밖인가

실종
—오즈로 가는 길에서 6

팔이 여럿 달려 있었다 발이 여러 개인 것보다 유용하다 생각했다 이마에 앉은 파리를 탁 치는 손 옆에 피자로 팔 뻗는 손이 있었다 즐거워 손뼉을 치려는데 어느 손과 손이 마주쳐야 하는지 팔들이 질서를 잃었다 빨갛게 노랗게 눈뜬 나무 아래였다 죽고 싶다 살고 싶다는 잎들을 나누는데 손끼리 다투었다

한 손이 질서를 잡으려는데 아무 손도 따르지 않았다 문제는 끝까지 문제를 밀고 가야 해 풀리는 건 없어 논쟁에 익숙해 분쟁에 익숙해 팔들 손들 부추겨야 해 동정심을 보이면 얕보이는 거지 고집엔 고집으로 편견엔 편견으로 폭탄엔 폭탄으로 핵엔 핵으로

팔들은 등 뒤로 손을 감추었다 쪽방 할머니의 등을 긁게 될까 봐 합심해서 노숙자 냄새를 밀어냈다 손들이 내 입에 넣는 순대 그만, 우동 그만 해도 자꾸 날아왔다

잠자리 두 겹 날개를 단 전봇대들이 띄엄 서 있는 겨울 벌판, 꽃 소식을 살래 천금의 비트코인 소문을 살래 손들이 와글와글 했다 한 손이 소금을 던졌다 다른 손이 설탕을 던졌다 손이 손에게 맞고 팔이 팔에 맞아 설탕 소금이 쌓인 바닥에 스무 개의 팔과 손을 매달고 서 있는 나는 나인가 팔들, 손들을 통제할 하나의 손이 절실해

유리 다리
—오즈로 가는 길에서 7

절벽과 절벽을 이은 다리였다 아래는 강이 악어 입을 벌리고 있었다 한 발 내딛으면 다리 끝은 한 발 멀어지는 느낌이었다 햇빛이 부셨다 줄당기기하던 연인이 생각났다 그가 한 발 다가오면 나는 한 발 물러서는 연인이었다 난간 까마득 아래서 나무들을 층계처럼 딛고 나무들을 제압하며 거대 식충 덩굴이 오르고 있었다 목 졸린 활엽수 대신 내가 캑캑거렸다

빨리 다리를 건너고 싶은데 발바닥은 간질거리는데 범상치 않은 사람들이 모여 있었다 그들은 다리를 빼앗기지 않을 법적 장치를 마련 중이라 했다 덩굴을 조종하는 것 같기도 했다 공포를 조장하는 것 같기도 했다

풍선을 놓치고 아이는 무섭다고 울었다 덩굴은 순간순간 뻗어 오고 있었다

덩굴은 거대한 혀를 날름댔다 곤충처럼 내 몸이 녹는 것을 내 눈이 봐야 하는 무섭증으로 떨 때 눈을 찔러 어두워지라는 소리를 들었다 세계를 보는 눈이 새로이 뜨인다는 뜻인가 아님, 보지 말고 살라는 뜻인가 어떻게 온 여행

인데 덩굴 때문에 절경을 포기할 수 없다며 오그린 몸을
폈는데 아이 손을 잠깐 놓았는데 아이가 안 보였다 아이
를 부르며 헤매다

　누군가를 생각해 내려 했는데 생각나지 않았다 겁먹은
마음은 슬픔에 잠길 수도 없다는 생각이 지나갔다

누군가의 꿈속으로 호출될 때 누구는 내 꿈을 꿀까
—오즈로 가는 길에서 8

ㅡ

잠수부가 빙하 호수에서
천 년 동안 자는 마리아의 잠을 지상에 올려놓았다
빙산의 고독을 마주 보던 잠이다

축제 플래카드가 여기저기
어떤 전쟁을 그녀가 승리로 이끌었는지
그녀 몸 안에 있는지 몸 밖에 있는지 모른 채
촛불에 싸인다

높새바람 불어와
초록 습지 노랑 꽃들은 잔물결로 쓸리다 일어서고 다시
쓸린다
풍경에 매혹되어 키스하는 남녀
욕망의 전차가 속도를 내고 싶어 한다

죄를 짓기 위해 촛불을 켠다
매해 축제가 있어 세속은 유지된다며
신의 뜻은 묻지 않고 신의 이름을 빌리는 얼굴들
모두 아는 얼굴들이다 내 얼굴도 보인다

ㅡ

꽃을 든 앞줄의 소년
아름다운 이마가 주름 잡힌다
눈, 코, 입 얼굴이 순식간에 뭉개진다
사람 속 시간의 긴 몸뚱이를 순간에 본다
하루가 천 년 속으로 퇴적되었다

파도의 마루와 골이 분리되듯
그녀에게서 거품 되어 빠져나온 여기
이전의 내가 아니다

베개에 노랑 꽃잎이 하나

물방울
—오즈로 가는 길에서 9

물 더미에서 나를 빼내려 몸 트는데
빗방울에 안구가 터졌어
물줄기에 캄캄 쓸려 가다
흙의 꿈을 틔워 주고
종갓댁 할미 같은 가을걷이 후 끝물 고추들을 지나
군대이다가 자동차 흐름이다가 홀로 서는 인간의 고독
을 보다
바다 안개가 꽃들 피우는 사막의 순간 황홀을 보고
바다 사냥꾼들 춤에 춤으로 대응하는 청어 떼 피를 보며
노예를 싣던 해안이라는 소리를 들었어
모래를 잡았는데 모래가 빠져나가는데
배만 볼록한 까만 아이 눈을 봐
옥수수수염처럼 마른 아이
오지로 기차는 지나지 않네
관광, 구호, 평화 협상은 다른 철로로 이동하나 봐
마르세유나 마드리드로 갈 거라는 물의 언어들은 술렁
이는데
물의 보자기
기억 속 순정한 물을 꺼내고 싶은데

대서양 너른 물을 두고
너무 늦게 나는 돌아가고 있는데, 신의 눈에 맺히기 위해
한 방울 눈물로 나는 돌아가고 있는데

제4부 가을이면 제 노랑 존재를 드러낸다

손바닥선인장

월령리 군락지, 바다가 밀려들자 잎은 들개처럼 으르렁 거리지는 못하고 내가 마스크 쓰듯 가시 세워 뾰족하게 경계에 돌입한다 가시 뒤에서 식구들은 울었지 밤이면 마스크를 벗고 내가 거울 보듯 가시 속 제 푸른 잎을 자정이면 꺼내어 볼까 울어도 울음 끝나지 않는 백 년 한. 손바닥 끝 백년초는 잎으로 못 산 아픔의 응집인지도

저항은커녕 나는 마스크가 내놓은 패에 끌린다 내가 읽히지 않는다는 편리에 길들여진다 편리가 길들인다 팬데믹 끝나면 마스크는 내 얼굴 되려고 덤빌지도, 떼어 낼 수 없는 내 얼굴이 되어 있을지도. 편하기도 불편하기도 한 삼 년 한에 삼년초가 길러질까 고립의 가시를 세우고 지하철에 앉은 하얀 마스크들 끝나지 않는 마스크 회로다

밤의 분수

장대 없이 넘는 몸의 곡선이다
무지개 조명이 비춘다
미궁에서 세계의 끝까지 갈 듯
환(幻)에 빠진다

도시의 치명적 염증이 배인 신발은 벗어 던진다
물보라를 신고 날개의 양팔을 올린 위험한 스텝
물방울 안의 꿈을 걷듯
물방울 안에 길이 이어진 듯
그토록 길든 침묵에서
고리가 고리를 엮는 유희

여기까지다
물의 춤이 다한 밤
노래가 가라앉은 밤
매춘의 조명이 꺼진 밤
꿈은 꿈의 임계점에서 무너져
돌아서는 모든 등을 쓸쓸하게 한다
순간에 세워지고 순간에 부서진 나라
작동자의 손이 있었음을 잊는다

크로노스를 카이로스로 바꿀 의지일까
우리는 팔짱을 낀다

집으로 가는 긴 여행이 남아 있다
모호한 슬픔을 데리고
여름밤이 우리를 지나간다

격리

나만 못 들어가는 법 앞에 서 있는 기분이다

세계의 한 부분이라 명명해 본 창에 선다
지표면 사거리에 그어진 금들
악어들이 길게 밀려 신호에 통제받는 걸 보는데
사이를 비집고 누의 오토바이가 돌출한다
저녁은 귤빛 전구를 점등하고

맞은편 회전하는 악어는 급브레이크를 밟았겠지만
하루 과제에 눌려
습관의 진자에 안이해져
속도와 급제동 사이
운전자는 부식했는지도

꿈을 과속으로 밀어붙이던 누는 튕겨 나갔다
과로 과속 과밀 과부하 과체중 과민은 넘치고 있다

방역이 만발한 시대
젊은 누는 배달업이 대안이었을 거다
과로사, 살고자 하는 몸부림은 바로 죽음으로 내몰리

기도
　　러시안룰렛 같은
　　죽기 아닌 살기

　　연민에도 과민은 개입해
　　가슴이 도자기처럼 산산조각 나던 날 떠오른다
　　기억의 파편이 나를 찌른다

　　깁스가 젊음의 손발을 묶는다면
　　영영 하차하게 한다면
　　서쪽 하늘은 붉어진 눈시울을 보인다

　　밖의 소용돌이가
　　안의 소용돌이에 겹쳐진 날이다

로스코식 색채

숲 공동체에 색을 배분했다
진달래에 어린 봄을 몰아주는 흙의 결단은
회색 바탕에 자주
산이 산 되게 프로메테우스 버티는 비명은
갈색 바탕에 검정
바위 축축함에 등 댄 이끼들의 소심은
검정 바탕에 초록
낙엽 유언장을 읽는 새싹들의 송가는
초록 바탕에 노랑
큰 키 작은 키를 배치한 숲의 배려는
청색 줄의 초록을 주었다

나무를 고사시키는 덩굴의 결사
빈터를 먹어 치우는 잡초들의 무한 식욕은 색을 미루
었다
그들 진입에 결정적으로 당한
패배의 색을 정하지 못했기 때문

화폭에 남긴 로스코의 마지막 색채
불타는 진홍

지인은 그 색에서 스스로를 처단하는 죽음을 예감해
달려갔지만, 이미 그는 손목을 그은 후였다고

그도 생에 대한 부적응을 극심하게 앓았나 보다
우리 모두가 앓는 것처럼

모딜리아니의 여자처럼

알뜰장에 가다 본다 잘린 나무 밑동이 잎사귀를 여럿 밀어낸 걸. 고아 잎들은 햇빛 쪽으로 몸 기울이며 푸르게 너풀대고 있다 잎은 푸른 식욕이다 병실에서 맛을 모르겠다 한 오빠는 갔다 나무 밑동은 식욕을 푸르게 키워 끝내 전기톱을 이기는 나무이길. 격렬하게 스스로를 잘라 버린 쟌느와는 달리

과일 장수는 상자들을 뒤로 내던지고 있다 장터 뒤 살구나무는 노란 살구들을 바닥에 깔아 놓고 낭비를 묵상 중인데, 빈 상자가 살구나무로 가서 쿵 부딪치네 살구나무와 상자는 눈동자 없는 눈으로 시선을 나눈 걸까 비워 냈다는 무언의 긍정을, 일 분기의 삶은 마쳤다는 안도감을

생선 장수 아내는 무연히 말이 없고 생선 손질하는 남편은 무던히 말이 많다 이런 은갈치 구경 못 해요 남편은 흥정한다 미끼에 물린 긴 몸의 슬픔에 얼음을 올리고, 바다를 덮듯 비닐을 덮는 여자 얼굴은 고요하다 토막토막 잘려 식탐을 깨울 슬픔을 들었다 놓을 때, 그녀는 모딜리아니의 여자처럼 긴 목으로 멀리 시선을 감춘다

도둑의 딸

배고픔을 웅크려 안았는데요
시동 걸리는 소리, 차 밑을 빠져나오는데요
예쁜데, 내 야옹이 할래?
그 제안을 덥석 물었지요
밥 냄새를 맡으면
부엌에서 얌전히 물러서 꼬리를 내리지요
포만감에 기대
흰 털에 햇빛 한 올씩 엮어 잠을 짜지요
오, 창문이 열린 날
몸을 밖으로 쑥 밀어내고 먼 자유를 보아요
내 안 위대한 도둑의 딸이 꿈틀거려요
담장과 벽은 단단해요
초록에 숨긴 초록 감들은 가을이면 제 노랑 존재를 보
이는데요
경계에 서 있는 위태함
눈 가득 슬픔이 고여 와요
먹먹해요, 야옹

거미

부신 꽃들을 이고 나무들 줄줄이 서 있는데
가판대들은 그 사이를 파고드는데
먼저 자리 잡은 뱀탕집은 번데기가 비집는 비굴에 도도
히 언성을 높이는데
비굴의 이마, 도도의 눈썹 위로 꽃잎들 날리는데
거미는 거미를 노리고 있네

일상에서 울음 뜨지 않게 눌러놓은 돌덩이를
꽃에 넘기러 왔는데 나는
꽃 나라로 온 하루 망명자인데
광고문이 먼저 나를 맞네
거미가 광고문을 유유히 타고 가네

중년 가장이 잠적했다는
가족 모두 잠적했다는
거미와 관련 있을 거라는 뉴스가 나오는데
뉴스 속 거미는 숨네

봄은 백 년도 넘은 나무들 기억을 펌프질하는데
세계의 기억은 눈물이었는지

나무에서 나무에로 꽃 울음 환하네

거미를 부리는 군단은 어디에든 있네
집, 마트, 의회, 이미 모든 계절은 장악되었는데
지하철 역전, 더덕 껍질 벗기는 노파에 덤을 짚는 내 손
아, 거미에 포획된 건가
거미가 가슴에 거미줄을 치네

봄은 꽃의 부고를 보내오고
사람으로, 사랑으로 돌아가는 꽃의 시간
간이역은 폐쇄된다고
땅거미가 순식간에 산을 타고 내려오는데

생몰 연대

산은 털 뽑힌 짐승처럼 엎드려 있고
능선은 오렌지색 지붕들을 줄 세우고 있다

유토피아 증후군의 시간 계곡을 건넌 그녀는
이야기 멍석을 깐다
지붕은 하늘 가까워서 생몰 연대를 쓰고 있는 거라고
능선의 집 마당, 키만 뻘쯤 큰 야자나무
잎 몇이 외로움을 흔든다

이민 사회
새 주인은 전 주인의 기록을 지우고
바람을 불러 이전의 이력을 날리고
햇빛은 끌로 비석의 주인 이름을 다시 새기고 있다고

삼 년 지극한 사랑은 흘러간 구름
기다려도 내리지 않는 비
회전문처럼 집 할부금은 돌아오고
얕은 꿈이 묻힌 지붕은 문장을 기다리고
지하실에는 언제든 떠나라는 내리막 표지가 똬리 틀고
있다고

인종이 다른 이에 보내는 예의는 격리라고

사막 꽃 피려 몸 트는 건기의 떨기나무들
어떤 식물은 죽고 어떤 건 산다고
예언은 밀봉되어 있다고

언덕을 오르락내리락하는 지붕의 주인들
할부금을 물어 나르는 일개미들인가
지붕 비석에 새길 자신만의 언어를 찾기나 할까

베토벤은 '나에게 빛을……' 말하고 생몰 연대를 완성
했다
생에 몰입한 자만이 압축 문장을 찾을 수 있는 건 아닐까
너, 나는

용담호

계란 네 개를 깨면서 그런 날 그런 때가 있다고 생각한
다 그때 늑대의 시간 개의 시간 노을의 시간이라 불렀다

마을을 물 아래 가라앉힌 호수를 생각하며 계란을 휘젓
는다 먼 데서의 연기가 물에서도 피었다 「댈러웨이 부인」
에서 생에 대한 심원한 사랑의 울림을 주던 버지니아 울
프. 주머니에 돌을 담고 그녀가 물로 걸어간 건 물속에서
는 세계를 버티지 않아도 되기 때문이라고, 계란에 물을
부으며 생각한다 물로 쓴 글씨 물에 풀어지니 이제 사랑
을 땅에 전할 수 없다고 생각하며 가스 불을 켠다 지구 어
느 곳 폭탄이 터진 먼지와 불길을 생각한다

거울 호수의 아름다움을 생각하며 계란찜의 가운데를
젓가락으로 찔러 본다 아름다움은 위험한 구멍일지 몰라
도 물에 비치는 세상이 도래한다고 믿으면서, 믿지 않으
면서 아름다움에 취했다 가스 불을 줄인다 이미지에다 매
번 희망을 얹었다 물에 뜬 뭉게구름은 아름다워라 오리
한 마리가 물 위에 뜬 구름을 지나고 있었던 것 생각한다

가로등이 점등되면 발 담근 산은 나르시시즘에서 발을

뺐다 삶에서 발을 뺀 네가 아프게 스쳐 갔다 죽음은 자신
과의 대면이어서 너를 멀리 두었다는 후회가 찜 냄비를 내
릴 때 지나간다 너를 물속 마을에 두고 어둠이 깔린 아스
팔트로 돌아가는 내 뒷모습을 누군가 바라보는 거 같았다
계란찜이 부풀어 오른 걸 보면서 그 얼굴에 비친 나는 욕
망을 우는 늑대일까 부엌에 길들인 개일까 감정에 노출됐
다 사라지는 노을일까 생각한다

연금술

—

황토 항아리로 들어간 포도알들이 금빛 술로 귀환하는
건 연금술이다

수도원 마당 황토 항아리들은 우리들 눈빛을 도열했다
밑이 뾰족해 누워 있었다

몽고군이 집들을 뒤지던 날
항아리는 책들을 깔고 앉았다는데

포도알들은 으깨어지고 일주일, 다시 일주일이 지나면
휘젓는 손에 사라진 소리를 쥐여 준다는데
내전 후의 고요처럼

사라진 소리는 황토 항아리 속으로 부어지고
물의 소리를 내며 항아리를 핥을 때
서로에게 돌진해
서로의 꿈을 쟁탈한다고

무엇을 고대하는 건
— 부딪힘을 기피하지 않는 것

두려움을 두려워 않는 것
절망을 절망이 버티는 것
이전의 나, 네가 아니기 위해 온 생을 걸어야 하는 것

포도는 포도를 넘어가고
황톳빛이 고루 스미게 황토가 황토를 여는 시간
어떤 슬픔은 정제되고
끝까지 남은 슬픔은 알코올 도수가 된다고

전심에서 걸러진 망각의 도수
수도원의 금빛 술
눈이 먼저 맛보는
눈이 취한다

우는 토끼

그 봄 잎을 내지 않았다
밤이 달다는 밤나무는
새로 낸 길
길 귀퉁이에 길보다 먼저 와 있었는데

동네는 나무가 갑자기 죽은 이유들을 내놓았다
뿌리에 소금을 뿌렸을 거라는 다수의 의견이 있었다

궁금했다 왜?
뿌리는 소금에 염장되면서 참담했을 거다

티베트고원에는 우는 토끼가 많고 우는 토끼굴이 많고
우는 토끼 배변이 초원을 키운다 하네
여우는 우는 토끼가 먹이여도
상부상조를 본능적으로 알아
토끼를 살려 놓는다는데

비키는 불편을 감수하다
선물을 안기는 나무 속 나무 마음을 읽을 수도 있었는데
가을을 건너는 계절을 얼굴 맞대고 볼 수도 있었는데

간단히 처단해 버렸다
소금 뿌린 손은 손을 탈탈 털었겠지
그 손 데리고 걷던 발은
낮에도 캄캄하게 더듬지 않았을까

나무는 가장 어두운 곳으로 옮겨 갔을 텐데
이익으로만 열린 눈은
나무가 그의 속에 누워 있는 걸
볼 수 없을지도
어쩌다 눈에 밟힐 때면 무슨 일을 했는지 생각할까

악의가 선의 가치를 높이고 있다

전시

내 뒤를 밟아 온
잉크 빛 수국 하나
외딴집 앞, 외따로 핀 여자 같은 수국 하나
뒤돌아 꽃의 뒤를 밟아 먼 길 왔는데

시들고 있었다
유구천변, 얼굴 큰 색동 수국들은 길게 줄 서서
꽃 달고 행진하는 모병된 이들 같아서
끌려 나온 아름다움이 슬펐다
자기답게 피지 못하고
자기답게 있을 곳에 있지 못하는 나를 본 듯

꿀벌처럼 세세히 꽃 방문하기보다
전시 뒷길
어긋난 반응들, 어긋난 만남을 호객하는 과일들을 보지만
나도 손을 내밀지 못했다

앞의 번듯함과 달리 길 쪽으로 난 뒷간
거미들이 뒤통수에 거미줄을 치고 있었다

안의 허위는 그렇게 노출되고 있었다

어떤 카메라는 고요했다
풍경에 뛰어드는 영원을 잡느라

수백 송이 수국들 속에서
내 뒤를 밟은 한 꽃을 찾지 못했다

당신, 비자나무

무는 잘리기 전까지 바람 든 무임을 모를까
봄 되어 잎 내지 못한 감나무 가지는 그제야 죽은 줄 알
까
말의 칼이 나를 빤히 보는 칼끝은 칼의 죽음을 모를까
그것이 내 죽음인 줄만 알까

곪도록 상처 방기하지 않고
거둘 거라는 묘하게 믿음 주는 당신

바다에 던져두면 쩍쩍 갈라진다는 당신
소금물 먹은 당신 건져
헝겊에 덮어 둔 며칠은 본래의 결로 붙게 하는 시간이
라네
딱딱 때리는 돌을 받아 내는 바둑판 최상품이 되기도
하는 건
당신 복원력의 힘이라고

잊은 듯이 잊지 않는
그립지 않은 듯이 그리운
앞산을 타고 내리는 초겨울 아침 빛처럼 아리한

비자나무 당신은 언제부터 거기 서 있었나요

바람 든 무, 죽은 감나무 가지
칼이 저민 내 마음 모두 데리고
복원의 비밀 알아보러 가는데
당신에게 가는데
오래전부터 나를 보고 있었다고요 당신은

소금호수

이동하는 판이었다 그녀는
그녀의 바다에서 소금호수는 융기했다

숨긴 연애였다
그가 가족은 멀리 두고 그녀 바다에 기댈 때 병은 깊어
갔다
그녀는 봄이 겨울에 보낸 매화였다
죽음을 기다리는 손에 연필을 쥐여 주었다
그의 지하실에 그녀에 대한 빚을 쌓아 두었다고 했지만
분골 때 지하의 빚은 드러나지 않았다

그녀 바다가 이동했다
그가 떠난 후 골똘히 기억을 훑을 때
그가 쓴 책 어디에도 그녀 흔적 없고
어떤 권리도 남겨 주지 않았다
연애의 잔해에서
사랑의 이름으로 끝없이 부탁하는 그가 보였고
사랑의 이름으로 짐을 지고 하염없이 비틀거리는 자신
이 보였다

병을 얻었고
뒤늦게 눈을 떴고
짜디짠 소금 눈물을 흘렸다 그녀는

바다 수면에서 그녀가 분연히 융기했을 때
사람들은 손에 돌을 쥐었다 던질 태세로
사랑의 환상이 사라진 시대
환상을 깨 버린 죄를 묻는 걸까
누군가는 사랑에 헌신하다 죽는 걸 보고 싶은 거지

여름 숲 바닥에는 썩는 잎의 시간이 어둠으로 깔려 있다
새잎은 그 시간을 자양분으로 자란다

주차한 차가 떠나면
차 밑 어둠은 빛에 노출되고 은신한 고양이도 떠나는 것

그녀는 죽어서 돌아왔다

짐

그는 물끄러미 바라본다
길바닥 뒤집힌 게가 된 배낭을
그가 가는 곳이면 등의 혹이어서 어김없이 따라간 배낭
한숨이 응고된 슬픈 혹인 배낭
가로수가 그늘을 깔아 준다

배낭은 달팽이 집, 새집, 집 속에 집을 여럿 가진 아이 속
으로 가고 있는지도
나무껍질에 붙은 여름을 우는 매미처럼 울고 있는지도
한철의 나비로 꽃에 털썩 주저앉아 있는지도
뒤집힌 게를 누가 뒤집어 주나

아프리카 어느 지역 사람들은 강을 건널 때
제 몸만 한 돌을 고른다는데
물살에 쓸려 가지 않게 하는 건 안고 가는 그 돌이라는데

나는 근심 불안의 무게로 우는 돌
불공정을 평하는 너는 율법의 돌
돌이 돌을 안은 짐이어서
우리 세상 건너는 걸까, 존재하는 게 소명일까

세계는 그래서 움직여 가는 걸까
물살에 쓸려서도, 쓸리지 않아서도 돌은 돌끼리 닳는다

밤은 배낭 속에 손을 넣어 낡은 쓸모를 꺼내
그를 눕혀 줄지도
나의 눈빛이 잠시 그의 등에 머물다
거리로, 사람들 속으로 흐른다

파랑새

폭포가 보였고 곤두박질쳤다

나는 여러 갈래로 흐르고 싶어
한쪽으로의 흐름을 거부했다
외길을 두려워했는데
폭포로 떨어졌다

바깥이 부르는 소리에 길을 잃지 않았다면
내 안의 소리에 귀를 기울였다면
누구도 그런 방황 없이 곧게 갈 수는 없다고 말할지도
그럴지도

둘레를 키운 시간만큼
둘레를 버리는 시간이 걸린다
나무는 넘어져서 오래, 깊은 음향을 숲에 보내고 있었다
쓰러져 누운 삶에서 살을 흘려보내고 있었다

물은 떨어져도 물이 되고 소를 만든다
어디로 곤두박질쳐도 사람으로 깊어질 수 있을까
바람을 감고서도 중심은 휘둘리지 않는

묵묵히 마지막 말은 남겨 둘 줄 아는

가지를 옮겨 다니고 그 잔상으로 가지를 떨게 하는 건
폭포의 작은 파랑새였다
모든 새가 그저 새로만 알았는데
파랑새를 본 이후
회한의 날들 속에서 파랑새를 볼 줄 알게 되었다

마그네틱 카드

간밤 산책길에서 주머니를 빠져나간
아파트 출입 카드의 행적을 더듬는 아침이다
누웠던 벤치에도 없다

잃은 은화 한 잎이 반짝 저를 보여 주길 고대하며
등불 들고 구석구석 밝히는 고대 여인을 떠올린다

강물은 햇빛 구두들의 춤으로 반짝인다
윤슬은 태양으로 다시 돌아갈 수 없는 햇빛의 슬픈 군
무 같다
대열 이탈한 새 한 마리가 하늘 기슭을 날고 있다

기다림의 상자에 담은 외짝 귀걸이, 외짝 장갑들이 생
각난다
잃어버린 것들이
서로를 부르고 있지 않을까 해서 간직한

오래 사귄 사이 시간의 복층이 무너질 때
버려진 기분은 버려지지 않는다
그 시간에 깔린 얼굴들은 내 기억 상자에 눌려 있는지도

모른다
　잠을 들락거리며 잠에 돌을 얹는 건 저들 아닐까
　전깃불을 켜면 사라져 버리는

　카드는 어디에서 발견되기를 기다리고 있을까
　기다란 정적이 누운 마루로 가는 길을 쥐고서

　은화 한 잎은 한 영혼을 찾는 비유
　잃은 자를 찾아도
　잃은 자로 남고 싶은 사람들로 세계는 만원이다

구멍과 돌멩이로 빚어진 '나' 혹은 모두의 이야기

김수이(문학평론가)

존재와 삶의 이토록 많은 구멍들 때문에 정영선은 시인이 되었다. 정영선의 시에서 '구멍'은 결코 메울 수 없는 결핍과 부재의 별칭이다. 또한, '없는' 형태로 지금 여기에 존재하는 무언가와 누군가, 알 수 없는 것들과 말할 수 없는 것들의 총칭이기도 하다. 구멍은 보이지 않고, 셀 수 없으며, 갈수록 점점 더 많아지고 커진다. 비유와 알레고리 등 이미지의 차원, 의식과 무의식의 정신적 차원, 가시적이거나 비가시적인 물질적 차원 등을 두루 아우른다. 이와 관련해 불교는 없는 것(空)과 있는 것(色)이 본래 하나임을 설파해 왔고, 현대물리학은 물질의 형태로 존재하는 모든 것이 대부분 빈 공간으로 이루어져 있으며, 물질의 실체를 이루는 최소 단위조차 그것이 입자인지 파동인지 확정할 수 없음을 증명했다. 말하자면 구멍은 비어 있음을 내용물로 하는 공동(空洞)의 형식이며, 지금 여기에 있는-없는 존재들이 함께 사용하는 공동(空同)의 형식이다. 인간 역시 이 형식을 빌려 존재한다. 텅 빈 구멍은 인간 존재의 본질적 질료와 형상을 구성하고 있으며, 인간은 살아-죽어 가면서 어떤 형태로든 '구멍의 불가피하고 불가해한 여정'을 거쳐야 한다. 정영선의 시에 의하면, 이 구멍의 기원은 타자, 욕망, 사랑, 눈물, 믿음, 꿈, 노력, 고통, 상처, 상실 등 삶을 추동하는 동시에 훼손하는 것들이다. 구멍은 본래의 내용물이 사라진 자리에서, 본래의 내용물이 엄연히 여기 있었다는 듯이, 텅 빈 형태로 자신의 과거와 현재를 드러낸다. "그리워하는 부재 속에서만 너는 살아 있다"(「집」). "우리 사는 아름다움을 우리만 모를 때가 있지 않을까"(「아름다움이 우리를 구원할 때」).

'구멍'이 정영선의 시 쓰기의 기원이라는 것은 그녀의 삶과 시가 동심원의 관계에 있음을 암시한다. 정영선은 '삶의 구멍'을 '구멍의 시'로 필사하고, 구멍 난 삶을 향해 구멍을 품은 시로 응답한다. 그도 그럴 것이 살아가는 것은 매 순간 삶의 총량이 줄어드는 일이며 예측할 수 없는 수많은 구멍과 맞닥뜨리는 일이다. 시간이 흐를수록 구멍이 늘어나는 것에 반비례해 삶의 에너지는 줄어든다. 그러나 이 진술은 절반만 타당하다. 정영선은 '구멍'이 상실한 삶을 응시하게 하는 부재의 입구인 동시에, 새로운 삶을 향해 나아가는 출구가 될 수 있음을 발견하고 성찰한다. 정영선의 삶과 시는 구멍과 구멍 사이에서, 입구와 출구 사이에서, 없음과 있음 사이에서 필사적으로 살아 내고 사랑하고 슬퍼하는 과정이 된다. 앞서 출간한 시집들에서 정영선은 자신의 마음과 사랑이 깃들 "움푹한 장소가 없"었던 까닭에 오히려 "살아 내는 눈물겨움이 아름다움이 되"는 미학적 축복을 누렸노라고 고백한 바 있다. "빛이 빠져나간 마음속 빈 창고에/사랑이 시작되던 기쁨에서 식어 간 슬픔까지 반짝이는/노랑을 번지게 하고 싶"은 열정과 그 헛됨마저도 감수할 수 있었노라는 이야기도 곁들여서다.

> 더듬더듬 발끝을 더듬어 벼랑 가장자리에 간신히 내리네 내린 자리를 내려다보면 아득해라 내 삶의 뿌리가 다 드러나 마음은 내릴 곳이 없네 꿈을 꿀 움푹한 장소가 없네 가만히 꺼내어 보고 싶은 사랑 숨겨 놓을 어둠조차 없네 타고 내릴 허상의 거미줄 하나 쳐 있지 않아 나는 엉금엉금 속살대고 건너가서 오, 살아 내는 눈물겨움이 아름다움이 되었네
> ─「풍란」(『장미라는 이름의 돌멩이를 가지고 있다』,
> 문학동네, 2000) 전문

> 여름 절정의 햇빛들을 출렁이게 하고 싶었다 그는
> 빛이 빠져나간 마음속 빈 창고에
> 사랑이 시작되던 기쁨에서 식어 간 슬픔까지 반짝이는
> 노랑을 번지게 하고 싶었다
> ─「나의 해바라기가 가고 싶은 곳」
> (『나의 해바라기가 가고 싶은 곳』, 서정시학, 2015) 부분

존재와 삶의 '구멍'이 결코 채워질 수 없다는 것은 역설적으로 그것이 무엇이든 품을 수 있다는 뜻이 된다. 구멍은 비어 있는 까닭에 모든 것에 평등하게 열려 있다. 부정에서 긍정, 비관에서 낙관, 추함에서 아름다움, 몰락에서 비상, 죽음에서 삶 등에 이르기까지 어떤 것도 차별하지 않는다. 이 구멍에 무엇을 채울 것인가는 각각의 삶의 주체들이 결정하고 이행해야 할 몫이다. "빛이 빠져나간 마음속 빈 창고"에 정영선이 채우고 싶어 하는 것은 "여름 절정의 햇빛들"과 "사랑이 시작되던 기쁨에서 식어 간 슬픔까지 반짝이는/노랑", "숨겨 놓"았다가 "가만히 꺼내어 보고 싶은 사랑" 등의 아름답고 유한한 것들이다. 이 열망이 얼마나 허약하고 부스러지기 쉬운 것인지는 그녀도 잘 알고 있다. 결핍과 상실이 삶에 뚫린 '부재의 구멍'들을 바라보게 하는 것과 달리, 온전한 채움에의 열망은 사랑과 꿈이 깃들 '구멍의 부재'로서의 삶을 마주하게 하기 때문이다.

이제 정영선에게 살아가고 시를 쓰는 일이란, 사랑하고 꿈꾸는 일의 비극적 아름다움을 넘어 그 무상함을 배우고 기꺼이 받아들이는 일이 된다. "아름다움은 위험한 구멍일지 몰라도 물에 비치는 세상이 도래한다고 믿으면서, 믿지 않으면서 아름다움에 취했"던 시절은 이미 지나갔다(「용담호」). 무엇을 얻거나 이룬 바 없이, 도취할 아름다운 환상도 없이, 단지 "이전의 나, 네가 아니기 위해 온 생을 걸어야 하는 것"이 '삶'이라고, 생애 네 번째 시집에서 정영선은 말한다(「연금술」). 고독하고 막막한 삶의 길은 논리적 구성을 따르지 않으며, 발전적인 서사 구조를 약속하지도 않는다. 어제 상처받고 고통스러웠다고 해서 오늘 상처받지 않고 고통스럽지 않은 것은 아니며, 오늘 용서하고 사랑했다고 해서 내일 반드시 더 많은 용서와 사랑의 주인이 되는 것은 아니다. 시는, 완결된 구조나 서사로 묶어 낼 수 없는 구멍 뚫린 삶에 즉각적이고 직접적으로 관여한다. 그 성실한 예의 하나가 정영선의 시다. "무엇을 위한 생인지 비로소 던지는 질문"들이 쌓이는 곳(「얼굴의 문장」).

정영선은 '구멍'이 존재의 각기 다른 고유성의 표정이자 징표라는 점도 함께 성찰한다. 모든 존재는 각기 다른 구멍들을 지닌 까닭에 자기만의 독특한 존재의 무늬를 형성한다. 각 개인들의 구멍은 부분적으로 같을 수는 있어도 전체적으로 같을 수는 없다. '나'와 '당신'의 조금씩 같은-다른 구멍은 서로를 갈망하게 하고 소통하게 하며, 또한 서로 어긋나고 불통하게 한다. 삶을 채워 줄 가장 고귀한 덕목으로 칭송받는 '사랑'에도 무수히 금이 가 있는 연유가 이것이겠다. 이번 시집에서 정영선은 지나간 사랑을 유독 애달파하는데, 삶의 행위와 가치들 중 무상함을 인정하기 가장 힘든 대상이 사랑이기 때문일 터이다. 사랑을 노래한 시의 몇 구절을 발췌하는 것만으로도 우리는 정영선의 사랑의 서사가 흘러온 길을 충분히 짐작할 수 있다. "사랑하면 투명해진다는/순진한 시절을 실은 열차는 돌아오지 않는다"(「이해력」). "사랑의 이름으로 끝없이 부탁하는 그가 보였고/사랑의 이름으로 짐을 지고 하염없이 비틀거리는 자신이 보였다//병을 얻었고/뒤늦게 눈을 떴고/짜디짠 소금 눈물을 흘렸다" (「소금호수」). "가장 아린 사랑도 나를 잡지 못해 나를 지나가는 문을 잡는다"(「나를 지나가는 문을 잡는다」). "나무는 벌거벗긴 채 허공에 붙들려 있고 사랑을 끝낸 그들 사이에 겨울이 있다 만나지지 않는 거리다"(「유치원 마당」).

정영선은 '나'와 '너/그'가 모두 내부에 구멍이 패인 존재임을 응시한다. 여기서 응시는 짐작과 상상을 수반하는데, 이번 시집에서 존재의 구멍은 '항아리'(「이것은 항아리 이야기가 아니다—오즈로 가는 길에서 3」), '원통 유리'의 집과 감옥(「원통 유리 집—오즈로 가는 길에서 5」), "활자가 없"는 "펼친 기억의 층층 페이지"(「슬픈 짐승」), 암에 걸린 줄 알았던 "엄마 오른쪽 가슴을 깊게 도려낸 구덩이"(「봉인」), '석고 캐스트'가 복원한 화산재 속의 구멍(「석고 캐스트」) 등으로 다채롭게 변주된다. 시 「이해력」에서 '나'는 "네게서" 보이는 "잔여"와 "빈 공간"과 "공백"을 "달항아리라 부르"겠다고 분명히 명시한다.

분류에 묶이지 않는 잔여
빈 공간이 보여 네게서
유형에서 미끄러진
너의 그 공백을 달항아리라 부르고 싶다

항아리 심연에는
뚝 끊기다 이어지는 울음, 검은 창문에 도는 검정고양이
눈들, 언덕 나무에서 목매단 이의 그림자, 기차가 지나가자

사라진 여자, 이장지의 뼈들, 매립지의 연기가, 허기가 어둠
에서 피어나는지도

> 내가 던지고 네가 받던 말들
> 굴러 내려 메아리로
> 항아리 내벽을 울리면
> 네 혀끝에선 말들 묶이고 입술은 돌을 문 듯 무거워지지
> 바람 불기 시작하고 너는 무섭게 흔들리지
> ─「이해력」 부분

'달항아리'의 심연에는 '너'의 생이 지나온 것들이, 그중
에서도 쓸쓸하고 보잘것없으며 쉽게 잊히고 사라져 간 것
들이 들어 있다. "뚝 끊기다 이어지는 울음, 검은 창문에 돋
는 검정고양이 눈들, 언덕 나무에서 목매단 이의 그림자,
기차가 지나가자 사라진 여자, 이장지의 뼈들, 매립지의 연
기"와 "허기" 등과 "내가 던지고 네가 받던 말들"……. 이들
의 공통점은 항아리를 온전히 채울 수 없으며, 오히려 항아
리의 빈 공간성을 부각하는 데 있다. '너'와 '내'가 주고받은
말들이 특히 그렇다. 서로에게 닿지 못한 말들은 내면-항
아리의 "내벽"에서 미끄러져 공허한 울림을 만들고, '너'와
'나'의 거리를 확고한 것으로 만든다.
'너'의 생과 이렇게 이어져-끊어져 있는 '나'의 생은 어떠
한가. 그리 다를 것은 없다.

가난한 아이는 양은 주전자로 흙바닥에 원을 그리며 물
을 뿌렸다
　흙의 숨 같은 흙내를 동그라미 속에서 아이와 마셨지

　배추벌레가 야금야금 파먹은
　이파리에 뚫린 구멍처럼
　그때 내 마음은 그렇게 구멍이 숭숭 뚫렸다
　여름이 시킨 거지

　학교에서 구멍을 숨기느라 말을 멈출 때도
　나는 흙내를 맡았다
　구멍은 구멍을 키워 갔지

　구멍으로 사랑이 빠져나갔다
　그때면 풍선을 불고 바람이 빠지는 걸 바라보았다
　아이와 숨 쉬던 흙내를 잊었지

　(중략)

　흙내를 깊이 들이마신다
　　　　　　　　　　　　　　　　　—「흙내」 부분

　내게서 눈물, 사랑, 믿음이 빠져나가고 있는 거 같아
　연못에 누운 돌처럼

의식하면서, 의식 못 하면서 나는 불임으로 가고 있는 돌

마치 내가 나 없이 나일 수 있다는 듯이 말이야

나 지금 어디에 있는 걸까

—「불임의 돌」 부분

시 「흙내」에서 '나'는, 어린 시절 "가난한 아이"와 놀던 일이 "내 마음"에 따스한 연민의 "구멍이 숭숭 뚫"리게 하던 일과, 그 "구멍으로 사랑이 빠져나"가게 하던 세상살이의 신산함과, 지금 그 시절을 그리워하며 마음 밑바닥까지 "흙내를 깊이 들이마"시는 안타까운 심정을 그린다. "흙의 숨 같은 흙내"로 각인된 옛 기억은 '나'의 마음에 꼭 뚫려 있어야 할 사랑의 공간과 그 공간을 가로막는 현실을 분열적인 감정으로 돌아보게 한다. 여기서 알 수 있는 중요한 사실은 정영선 시의 '구멍'이 사랑과 꿈 등이 깃들 생명의 공간과, 그것이 박탈된 죽음의 공간의 이중적 의미를 지닌다는 점이다. 전자가 주로 '나'의 의지와 소망에 의한 것이라면, 후자는 주로 삶의 중력과 현실의 폭력성에 따른 것이다. 후자와 관련해, 이전 시집에서 정영선은 자본주의가 강권하는 욕망과 경쟁이 현대인을 어떻게 파괴하고 있는가를 신랄하게 비판한 바 있다. "해 아래 새것들이 넘쳐난다/눈뜨면 새 기호들이 구멍 내는 세상/살아남기 위해, 이기기 위해, 지배하기 위해/다른 구멍의 구멍을 욕망한다/떠내려간다"(「구멍의 고백」, 『나의 해바라기가 가고 싶은 곳』).

정영선은 구멍의 존재론적 차원과 함께 사회적이며 문명사적인 측면에도 관심을 기울인다. 그녀는 삶의 중력과 현실의 폭력성에 관통당한 존재를 '돌(멩이)'로 이미지화하는데, 위에 인용한 시 「불임의 돌」에서 "눈물, 사랑, 믿음이 빠져나가고 있는" '나'는 "불임으로 가고 있는 돌"로 규정된다. 첫 시집에서 정영선이 '장미'라고 이름 붙였던 '돌멩이'는 세월에 마모되면서 녹록지 않은 역사를 갖게 되었다. 애초에 그녀가 열망했던 '돌멩이'의 형상은 이러했다. "돌멩이가 꿈꾸는 꿈을 꾼다. 돌멩이가 피리 불고, 덩실덩실 춤추고, 노래하는 꿈을 꾼다"(「장미라는 이름의 돌멩이를 가지고 있다」, 「장미라는 이름의 돌멩이를 가지고 있다」). 그러나 지금 그 돌은 불임과 죽음에 적잖이 관통당해 있다. 정영선은 불임과 죽음에 구멍이 난 '돌'을 '나' 자신을 넘어 자기파괴적인 현대문명의 알레고리로도 활용한다. 예를 들어, "언제 사랑이 흘러갔는지 언제 가슴을 쓰다듬던 손이 지나갔는지" 알 수 없는, "울음"이고 "지구의 눈물"인 "팜스프링의 돌들"은 "죽음이 조용히 다가와 살을 떠먹"고 있는 현대문명의 현재를 상징적으로 보여 준다(「구르는 돌은 울음이다」). "폐허로 가는 매초의 순간들은 구원 가능성의 문이라 했"던 철학자 벤야민의 전망과 달리, "문은 매번 다음 기회로 미루어지"고 "불상들은 돌로 돌아"가 버린 역사의 현장들은 '구원 없는 폐허'로 치닫는 우리 문명의 미래를 예언하는 것처럼 보인다(「시간의 문」).

이번 시집의 문제의식을 압축하고 있는 시들인 「모순」과

「석고 캐스트」는 '구멍'을 화두로 하여 개인의 삶과 문명의 역사를 생생하게 직조한다.

구멍을 덮느라 몸 던지는 사람이 있고
구멍을 계단 삼아 조명으로 가는 사람이 있다는 말
진실을 무기 삼는 말이 진실과 가장 먼 말이 될 수도 있
는데

위로의 꽃을 손에 쥐여 주었으나
수치의 두꺼비로 뺨에 붙은 적 있어
그녀 흐느낌을 조용히 바라보았다

말의 환등을 타고라도
생은 뜨고 싶은 배
배 띄우면 구멍을 알고
구멍을 알면 배가 가라앉는 모순을 어쩌나

—「모순」부분

안타깝게도, 어떤 일에 대한 깨달음은 대체로 그 사태를 수습하기 어려운 순간에 온다. 배에 뚫린 구멍을 정확히 알게 되는 것은 배를 물 위에 띄운 후이다. 정영선은 "배 띄우면 구멍을 알고/구멍을 알면 배가 가라앉는 모순"을 삶의 원리이자 과제로 제시한다. 해결의 핵심은 구멍을 활용하는 태도와 방법에 있다. 어떤 태도와 방법인가에 따라 구멍

에 빠져 자멸할 수도, 구멍을 "계단 삼아" 빛을 향해 나아갈 수도 있다. 시 「석고 캐스트」는 이 태도와 방법이 한 문명의 최후로 남은 역사적 현장을 묘사한다.

몸이 울었던 구멍이다
살려고 격렬히 뒤틀던 몸을
죽음이 고요히 바라보던 구멍이다
뛰어가다 엎드린 장딴지 힘줄
급습하던 유황 냄새에 급히 코를 막던 포갠 손 선연하다

화쇄암이 덮친 도시
술병은 새긴 그림을 붙들고 버텼다 이천여 년을
도자기 그릇은 무늬와 함께 잔해를 지켰다
문을 똑똑 두드릴 누군가를
재를 덮어쓰고서 기다렸다

부르던 이름이 사라지고
살랑거리는 머리카락, 입술
굴리던 생각, 갈망, 설렘도 흔적 없어진 자리
저토록 슬픈 자세의
몸 구멍 하나씩 남겼다
저 구멍이 애걸복걸을 실은 삶의 원형이다
의욕 애욕 슬픔을 담은 몸 그릇의 원천이다

청동거울이 고대인의 심연을 비췄다면

아크릴 거울은 내 심연을 비춘다

나는 허기이고 절벽이고 도화선이고

사랑에의 갈구이고 흐르는 시간이다

그 전부는 예정된 구멍

몸이 건널 절명의 순간을 숨긴 구멍이다

아직 오지 않은 시간이 나를 지나간다

절절한 질문을 던진다

그렇다면 오늘 어떤 자세로

어느 방향으로 걸어야 할지를

허공은

몸이 빠져나간 구멍들이 겹겹 누운 시간의 심연이다

목줄을 풀어 주지 못한 개에 대한 죄책감

목줄을 당기며 앞발을 세운 개의 핏빛 눈과 헐떡거림은

구멍에 찍힌 영원한 지옥도다

그날 올리브나무 아래

빵이 구워지길 기다리는 줄에는

그날 처음 눈을 맞춘 연인도 있었을 텐데

• 석고 캐스트: 고고학자 피오렐리는 폼페이 화산재가 덮은 구
멍만 남은 자리에 석고를 부어 죽은 사람의 자세를 복원했다.

―「석고 캐스트」 전문

화산재로 뒤덮인 폼페이의 폐허에서 발견된 구멍들은 "죽은 사람"의 몸과 자세를 텅 빈 형태로 보존하고 있다. 그 빈 곳에 석고를 부으면 죽은 사람의 몸과 자세를 고스란히 복원할 수 있을 정도다. 최후의 순간에 "몸이 울었던 구멍"이자, "살려고 격렬히 뒤틀던 몸을/죽음이 고요히 바라보던 구멍"들. "저토록 슬픈 자세의/몸 구멍"들과 그 "구멍에 찍힌 영원한 지옥도"를 남기고 사라진 고대문명은 현대문명의 "예정된" "아직 오지 않은 시간"을 미리 보여 주고 있는 것만 같다. "몸이 빠져나간 구멍들이 겹겹 누운 시간의 심연"인 '허공'을 향해 정영선은 "절절한 질문을 던진다". "그렇다면 오늘 어떤 자세로/어느 방향으로 걸어야 할지를". 정영선이 추구하는 삶의 자세와 방향은 '복원'과 '이탈'의 상반되는 움직임을 동시에 갖는다. "허기이고 절벽이고 도화선이고/사랑에의 갈구이고 흐르는 시간"인 '나'는 "내 안에 파묻힌 사람"들을 복원함으로써 '이전의 나'로부터 빠져나오게 된다.

　비 오는 날 창가에 앉아 골똘히 나를 응시하면 내 안에 파묻힌 사람이 있어 꺼내 주길 기다리는, 기억의 감옥에 유배된 너이다가, 나이다가, 모두의 얼굴로 바뀌는 그가 있어

　　　　　　　　　―「파묻힌 사람」 마지막 연

나비의 감옥에서 몸 뒤틀며 빠져나오는
나를 내가 바라보고 있다
　　―「나비가 기억되는 방식―오즈로 가는 길에서 1」 부분

파도의 마루와 골이 분리되듯
그녀에게서 거품 되어 빠져나온 여기
이전의 내가 아니다

베개에 노랑 꽃잎이 하나
　　―「누군가의 꿈속으로 호출될 때 누구는 내 꿈을 꿀까
　　　　　　　　　　　　　　―오즈로 가는 길에서 8」 부분

　이 복원의 과정에서 정영선은 '너'와 '나', '그' 등의 모두
가 "파묻힌 사람"으로서 다르면서도 같은 존재들임을 인식
하며, 이전의 삶의 "감옥"과 '이전의 나'에서 "몸 뒤틀며 빠
져나"와 다른/새로운 '나'로 재탄생하는 존재의 탈바꿈을
경험한다. 정영선의 존재 복원의 시적 모험이 여기에서 끝
났다면, 이 시집은 희망적으로 열려 있지만 다소 평면적인
텍스트가 되었을 수도 있다. 정영선은 이 존재 복원과 이탈
의 모험이 '나'의 오롯한 주체적 의지의 산물이 아니라, "사
랑의 환상이 사라진 시대"에(「소금호수」) 현대의 기계문명 체
제가 유포하는 또 다른 환상이 아닌지를 한 번 더 질문한
다. "여기까지다/(중략)/꿈은 꿈의 임계점에서 무너져/돌
아서는 모든 등을 쓸쓸하게 한다/순간에 세워지고 순간에

부서진 나라/작동자의 손이 있었음을 잊는다"(「밤의 분수」).

만일 이 은폐된 "작동자"에 의해 순간순간 세워지고 부서지는 나라가 꿈과 환상이 아니라, 우리가 살고 있는 현실이라면? 정영선은 '오즈로 가는 길에서' 연작에서 이 문제를 다룬다. 이 연작의 모티브가 된 유명한 동화 『오즈의 마법사(The Wizard of Oz)』에서 환상의 나라 오즈를 지배한 오즈는 위대한 마법사가 아니라, 복화술을 익힌 서커스단의 기구 여행가에 불과했다. 주인공 도로시와 동행들이 오즈에서 구하고자 했던 것도 정작 자기 자신 안에 있었으며, 각자의 마음과 삶의 태도에 달려 있었다. 환상의 나라 오즈는 '나' 자신과 현실의 집으로 귀환하기 위한 고난과 성장의 통로일 뿐 거주할 수 있는 곳이 아니다. 정영선의 시에서 '오즈'는 폐허를 자초하는 현대문명과 문제투성이 현실 세계에 뚫린 구멍(내부의 결여)이자, 그 작동 원리를 성찰하는 공간(외부의 가능성)으로 형상화된다. '오즈로 가는 길'은 '오즈에서 돌아오는 길'과 다른 것이 아니며, 이전의 삶과 '나'로부터 끊임없이 '빠져나오는' 이탈과 잃어버린 것을 계속해서 되찾고자 하는 '복원'의 이중 경로를 따른다. 그러나 '집'으로 돌아온다는 보장은 없다. 지금 도달한 '나'와 '여기'가 이전의 그것과 다른 것일지는 몰라도 반드시 새로운 것이라는 보장도 없다. 텅 빈 구멍들과 (이 구멍들과 정확히 대칭을 이루는) 단단한 돌멩이들로 빚어진 정영선의 시는 이 기약 없음을 무릅쓰고 지금 이 순간도 앞으로(어쩌면 양쪽이나 사방으로) 나아가고 있다.

새콤달콤

도시락
都市樂

이야기

40년 도시행정 전문가가 들려 주는 서울 이야기

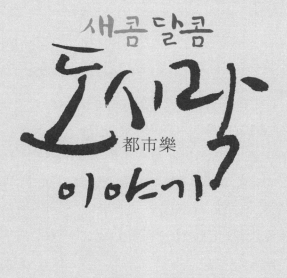

새콤달콤
도시락
都市樂
이야기

주영길 지음

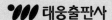 태웅출판사

강남의 성장과 함께한 산 증인

심윤조 | 국회의원 · 새누리당 강남 갑 당협위원장

주영길 서울시 의회 의원은 청춘을 공직과 함께해 온 행정의 달인입니다. 섬김과 봉사의 공직윤리를 한결같은 기본 신조로 삼아 힘써 봉사하는 공직자의 강직한 삶의 길을 걸어왔습니다. 40여 년의 공직 생활 가운데 절반이 넘는 25년을 강남의 지역 발전과 주민들의 복지 증진, 글로벌 강남 실현을 위해 밤낮으로 매진해 오면서 오늘날 강남의 성장과정에 직접 참여한 산 증인입니다.

이러한 다양한 행정 경험과 성과, 아이디어를 바탕으로 한『새콤달콤 도시락都市樂 이야기』에는 대한민국의 미래 비전과 세계 초일류 도시로 도약하기 위한 강남의 역할과 미래 도시상에 대한 저자의 굵직하고 소신 있는 고민이 담겨져 있습니다. 강남과 서울시 구석구석 현장을 누비며 주민들과 함께 희로애락을 함께 나눈 저자의 뜨거운 땀과 열정도 함께 녹아 있습니다.

저자는 강남구 출신 시의원으로서 강남구와 서울시가 처한 다양한 현안과 미래 발전 방향을 그 누구보다 훤히 꿰뚫고 있는 분입니다.

타운홀 미팅과 주민 간담회 등을 통해 현장 속에서 지역 주민의 민원사항을 청취하고 의견을 수렴해 정책에 반영하고 개선하는 데 탁월한 성과를 보여 줘 왔습니다.

'분당선 조기 개통'·'신분당선 강남구간 조기착공'·'위례신도시–신사간 도시철도사업'은 지역 발전과 주민 의견이 최대한 반영되어 확정·추진 중에 있고, 그 동안 지역 발전을 저해해 온 불합리한 '노선상업 지역 및 주거 지역 종 상향' 등의 도시계획에 대한 과감한 조정의 필요성과 '지하철 공사 시 도로 지하 공영주차장 병행 건설'을 역설해 주민들로부터 큰 호평을 받았습니다.

압구정 재건축사업, 청담 삼익 아파트 단지 등의 재건축사업을 비롯하여 청담동과 신사·압구정 지역 숙원사업인 '한강 진출입로 개설', '신사 빗물 펌프장 건설' 등에 대한 주민 의견을 열성적인 의정 활동을 통하여 시정에 적극 반영되도록 하는데 큰 역할을 해 왔습니다.

소위 강남 역차별 정책으로 인하여 강남 소재 학교들의 열악한 교육시설 개선을 그간 구에서 지원해 왔으나 공동재산세제 시행 이후 무상 급식 등 복지예산이 늘어나 자치구 재정사정이 악화되면서 이 분야에 충분한 지원이 어렵게 되었습니다. 하지만 행정 메커니즘을 잘 아는 행정 전문가 출신 시의원으로서 전문성을 바탕으로 한 의정 활동을 통해 과거에 없었던 '서울시 특별교부금'을 지원받아 개선토록 하는데 적극 노력을 해 왔습니다,

이렇듯 저자는 강남 지역의 다양한 현안 처리에 있어서 주민의 의견을 최대한 반영하면서 강남 전체와 서울시의 발전을 위해 헌신해 왔습니다. 다시 한번 주영길 시의원의 강남에 대한 열정과 미래 비전, 강남에 대한 크고 깊은 사랑과 성과가 소중히 담겨져 있는 자서전 출판을 진심으로 축하드립니다. 앞으로도 주민 한 사람 한 사람을 섬기고 봉사하는 깨끗하고 신뢰받는 정치가 계속 이어나가기를 응원하겠습니다.

또 하나 희망의 모델 케이스가 되길…

이환균 | 전 건설부 장관

평소 소중히 아끼던 자랑스러운 고향 후배 주영길 의원이 책을 출간한다고 하니 누구보다도 반가웠습니다.

그의 삶을 가까이에서 오랫동안 지켜보면서 그의 공직자로서 투철한 사명감과 도시정책 전문성 및 주민 편에서의 지방자치행정을 실천하는 철학에 대해 배울 점이 많았기에 그 책 속에 무슨 내용이 담길까 하며 기다려지기까지 했습니다.

그는 저와 같은 고향 경남 함안에서 태어나 마산에서 고교를 졸업한 후 청운의 꿈을 펼쳐 보려는 청년기를 시대적 상황에 대한 번민으로 잠시 좌절의 시간을 보낸 바 있습니다. 그러나 그는 깊은 산사에서 몇 년간 독서삼매경으로 심기일전하며 새로운 인생의 항로를 발견하고 서울시 공무원 공채시험을 거쳐 공직의 길을 택하여, 서울시와 여러 곳의 구청 근무 경험을 쌓고 강남구청에서만 25여 년간 재직하며 행정국장(부구청장 직무대리)을 끝으로 지방 부이사관으로 35여 년의 공직에서 정년퇴직하고 그 해 지방 선거에서 서울시의회 의원으로 진출하여 왕성한 의정 활동을 펼쳐 왔습니다.

말단에서 시작하여 차곡차곡 계단을 밟고 올라가며 오랜 경험을 쌓았던 그의 삶에는 오로지 성실과 청렴정신으로 위민행정에 매진했던 사람만이 가질 수 있는 공직자로서의 강한 자긍심이 채색되어 있음을 누구라도 쉽게 알 수 있습니다.

그는 언제나 주민에 대한 섬김의 봉사정신으로 그가 보살펴야 할 지역의 구석구석 문제점 파악과 이를 해결하기 위해 밤낮 없이 뛰어다닌 이 시대의 진정한 지방행정 청지기였습니다. 서울 시의원으로 진출해서는 시정의 잘못된 정책과 방향에 대해 언제나 날카로운 비판과 올바른 대안으로 1천만 서울시민의 입장을 대변해 왔습니다.

일신우일신日新又日新이라고 했듯이 그는 늘 공부를 합니다. 현장에서 배우고 경험한 것을 이론적으로 정리하고 도시행정의 전문성을 높이기 위해 방통대와 대학원의 지방자치 전문가 과정, 최고위정책 과정을 수료하는 등 늦깎이 만학의 열정을 불태우고 있습니다.

60대 중반 초로初老의 나이에도 변화하는 시대 상황을 자신의 것으로 만들고 직무수행에 도움이 되는 학습과 자기 계발의 꾸준한 노력을 기울이는 그 한편엔 스펙 위주의 현 사회 행태를 스스로 극복하겠다는 의지도 곁들여 있는 것 같습니다.

그의 이러한 삶은 그가 젊은 시절 극복했던 힘겨웠던 시련과 앙상블을 이루며 우리의 젊은 미래 세대에게 또 하나 희망의 모델 케이스가 될 수 있지 않을까 여겨집니다. 이 추천사를 쓰는 저 자신 중앙의 고위 공직 경험과 특히 현재의 송도 신도시 탄생 시발점이었던 인천경제자유구역청장 재직 시간을 통해 터득하게 된 확신이 하나 있습니다.

그것은 도시는 수많은 사람들이 자유롭게 아이디어를 교환하고 경쟁과 협력을 통해 끊임없이 혁신을 창조했다는 점이며 그런 가운데 도시는 인류 역사 발전과 궤를 같이하며 그때마다의 새로운 미래를 맞이했다는 점입니다.
주영길 의원이 집필한 이 책에도 그의 40년 도시행정 경험을 기초로 한 우리의 도시 미래상이 담겨 있습니다. 그 핵심은 각 도시마다의 강점을 더욱 크게 키우는 행정 역량이 발휘된 결과로써 세수를 늘리고 그 재정으로 복지 등 시민의 삶도 질적으로 제고될 수 있음을 강조하고 있습니다.

인생을 살아가면서 우리에게 영향을 미친 도시가 한두 개쯤은 있을 것입니다. 이 책은 하루하루 삶에 얽매여 힘들게 살아가면서 한 번쯤 내 인생에 얽힌 도시들에 대해서 뒤돌아보게 하는 성찰은 물론 도시가 우리에게 어떤 희망을 주는지에 대해서도 말하고 있습니다.

내가 먹고 살기 위해 도시에 사는 것이 아니라 그 장소와 더불어 살아간다는 동행의 가치를 떠올려 본다면 우리들의 도시는 더욱 깊은 의미로 다가오지 않을까요? 주영길 의원이 쓴 바로 이 책에 그 해답이 있다고 생각합니다.

이 책『새콤달콤 도시락都市樂 이야기』에는 도시에 대한 저자의 40년 경륜과 미래를 조망하는 학문적 접목을 통해 들려 주는 알토란 같은 생생한 도시 이야기와 귀담아 들어야 할 귀중한 정보들이 녹아 있기에 많은 분들의 일독을 기대합니다.

그리고 "내 비장의 무기는 아직 내 손 안에 있다. 그것은 희망이다."라는 나폴레옹의 말처럼 끝없는 도전정신과 무한한 성취 의식으로 치열한 삶을 아름답게 펼치고 있는 저의 존경스러운 후배 주영길 의원의 꿈과 비전에 언제나 밝은 햇살이 함께하길 바라마지 않습니다.

인연을 중시하는 의리 있는 공직자

황철민 | (사)서울특별시 시우회 사무총장 · 전 서초구청장

주영길 의원과 본인은 많은 세월을 서울특별시 공직자라는 길을 함께 걸어왔습니다. 그래서 누구보다도 그가 공사 간에 치열하게 삶을 살아온 궤적을 본인은 잘 알고 있습니다.

한 권의 책을 출간함에는 그 삶이 얼마나 성실하고 모범이 되고 보람되게 살았느냐에 따라 그 책의 성가가 결정된다고 생각합니다. 본 『새콤달콤 도시락都市樂 이야기』라는 책에는 필자가 공직자로서 연구하고 개척한 삶은 물론, 개인의 성실한 삶이 고스란히 배어 있는 말 그대로 역작의 양서입니다.

필자는 본인과 서초구청에서 인연을 맺은 뒤 33년이란 세월을 서울시에서, 강남구에서 요직을 두루 거치면서 부이사관으로 명예롭게 공직을 마감하였습니다. 본인이 퇴직 후 강남구 교통정책자문위원회 위원장으로 위촉되어 선진 도시들을 함께 방문하면서, 도시행정 발전을 위해 남다른 열정을 보였습니다.

그렇게 40여 년이란 세월 속에서 나는 그의, 그는 나의 멘토가 되었고 그런 인연 속에서 그가 의리 있는 공직자, 맡은 공직에 최선을 다하는 공직자, 그리고 전문가적인 행정가로서의 면모를 보아 왔습니다.

특히 본 책자는 도시 문제가 안고 있는 수많은 문제점을 필자의 해박한 지식과 국내외의 경험, 그리고 그의 철학을 동원 새롭게 풀어나가는 예지를 담고 있어 필히 일독할 가치가 있다고 생각합니다. 지금까지도 그랬던 것처럼 앞으로도 공사 간에 일취월장 성공한 삶이 되기를 진심으로 바라겠습니다.

한 발 앞서 생각하고 실천하는 친구

최창호 | 고교 동기 (주)하나마이크론 대표이사

기업체를 운영하지 않았더라면 저도 제 주변의 친구들과 함께 퇴직을 하고 제2의 인생을 살고 있었겠지요. 흔히들 퇴직 후 꼭 필요한 다섯 가지가 건강 · 돈 · 아내 · 친구 · 취미라고들 합니다.

제 연배의 한국 남자들은 누구나 할 것 없이 산업 발전의 격동기를 겪으며 밤을 낮 삼아 일하였으리라고 생각합니다. 그렇게 정신없이 달리다 보니 어느덧 환갑이 지나고 자식들은 자라 가정을 꾸려 부모님의 품을 떠나고 이제는 호젓이 아내와 여유 있는 시간을 보내고 있지만 세월이 지나면 지날수록 더욱 그리워지는 것이 옛 친구인 듯합니다.

그립고 기억에 남는 저의 친구 들 중, 주영길과는 고등 학교 시절부터 정을 나누기 시작하여 이제 곧 반백 년을 친구라는 이름으로 지내 오고 있습니다. 저는 대학을 졸업하고 직장 생활을 시작하였고 친구는 공무원의 길을 가게 되었습니다.

제가 과거 직장에서 북미 복합단지 책임자로 근무하고 있을 때였습니다. 회사는 이미 Global이라는 말이 사업의 한 축으로 자리 잡고 외국의 언어, 문화를 현지인과 같이 호흡해야만 사업을 할 수 있다고 할 때인데 어느 날 강남구청에서 과장으로 일하던 주 의원으로부터 미국 캘리포니아 리버사이드 시에 출장을 온다는 반가운 전화를 받게 되었습니다.

지금은 많은 공무원들이 투자 유치 · 정책 · 제도 등의 벤치마크 · 상생 · 협력 등은 물론이고 자매결연을 맺어 여러 가지 분야에서 많은 교류를 하고 있지만 당시만 해도 경제, 산업 분야의 출장이 대부분일 때였습니다. 그런데 당시 미국에서 만난 주 의원은 문화와 교육의 교류를 위해 미국까지 출장을 왔다고 하였습니다.

제가 주 의원에 도움을 줄 수 있는 것이라고는 운전을 해 주며 동행하고 함께 식사를 해 주는 것에 불과했지만 문화와 교육을 위해 출장을 왔다는 것이 의아하면서도 다른 한편으로는 '이 친구는 한 발 앞서 생각하고 실천하는 Global 행정가구나' 하는 생각을 했었습니다.

미국 캘리포니아 리버사이드 시는 도산 안창호 선생이 1901년 가장 처음으로 상륙한 도시이기도 하며 오렌지 농장에서의 고단한 삶 속에서도 나라와 민족의 자긍심을 일깨워 주고 국민 계몽과 독립운동을 하던 역사적 도시입니다.

이를 계기로 하여 안창호 선생의 이름을 딴 도산공원과 도산대로가 있는 강남구청은 리버사이드 시와 자매결연을 맺고 현지 교민들과 강남구민들의 성금으로 리버사이드 시 시청 중앙광장에 세계적인 민족 지도자인 간디와 루터 킹 목사와 함께 안창호 선생의 동상을 건립하기도 하였습니다.

분단의 아픔을 겪고 60년대에는 철광석과 오징어, 70년대 가발과 섬유 등의 단순 품목들의 해외 수출을 거쳐 80년에 철강과 선박, 90년대엔 반도체, 자동차 수출, 최근에는 한류 열풍과 함께 한국의 드라마·영화·가요·한글에 이르기까지, 생각도 하지 못했던 아이템으로 한국의 경제를 이끌어 가는 세월을 살고 있습니다.

최근 명동이나 홍대 근처에는 한국 사람보다 외국인 관광객들이 많고, 한국으로 유학 오는 유학생들의 수도 날로 늘어 가며 한국 드라마와 가요는 전 세계를 휩쓸고 있다고 해도 과언이 아닐 정도입니다. 1997년 외환 위기 당시 많은 국민들이 나라를 살리려고 자발적으로 금 모으기 운동에 나서고 있을 때에도 일부에서는 미국으로 자녀를 유학 보내기 위해 많은 외화를 낭비하고 있었습니다.

이때 강남구청에서 실무를 보던 주 의원은 이런 외화 낭비를 방지

하면서도 자녀의 교육이라면 헌신을 다하는 한국 부모님들에게 보탬이 될 수 있도록 캘리포니아 주립대학인 UCR 대학의 랭귀지 과정을 한국의 분교 형태인 '강남구청 국제교육원'을 설립하는 업무를 맡아 성공적으로 개원한 것으로 알고 있습니다.

이렇듯 주 의원은 자신이 몸담고 있던 강남구청을 통하여 문화와 교육의 교류에 앞장선 Global 행정의 선두 주자였다고 감히 생각합니다. 인생의 황혼기에도 식지 않는 열정으로 맡은 바 소임을 다하는 제 친구 주영길 의원. 지금껏 그래 왔듯이 봉사하고 헌신하는 당신의 모습을 오래오래 보고 싶습니다.

주영길 의원의 책 『새콤달콤 도시락都市樂 이야기』의 출간을 진심으로 축하합니다.

세월이 흐른다는 것

효당 김봉진 | 소설가 · (사)경남소설가협회 감사

세월이 흐른다는 것과
그리고 더 많은 사연이 쌓여 간다는 것을 두고
인생의 흔적이 쌓여 간다고들 합니다.

그걸 두고 우리 사는 세상에서는 경력이라고 하더군요.
우리 모두 이 세상에 나와서 나들이 해 나가는 것을 두고
세상살이라고 지칭을 하면서 그렇게 살아들 가고 있습니다.

그런 와중에 사람과 사람 사이에 만남을 통해 생기는
정단이라는 것은 어디를 두고 견주어 봐도 나무랄 데 없는
인간사의 참되고 고귀한 필수 덕목이 아닐까….
그렇게 생각해 봅니다.
무엇보다 소중한 인연 자락이라는 생각과 함께.

서울특별시 시의원.
이렇게 붙게 되는 사회적인 호칭과 함께

내가 아는 주영길이라는 사람은
겉보기에는 평범한 공직 생활을 마감한 사람입니다.

그러나 사회 생활을 시작하면서 경험한 이력은
그 어떤 드라마보다도 더 드라마틱한 사연을 안고 있는,
삶 자체가 소설적인 요소가 다분히 있는 사람이라는 점을
익히 알고 있었습니다.

물론 다 알고 있듯이,
인생 이력 자체를 공직 생활로 시작을 했고
명예롭게 퇴임한 그것 하나로도 경외하는 부분이 있지만.

무탈, 말 그대로 아무 탈 없이
더군다나 대한 민국의 지자체 1번지라는 곳에서
공직을 마감한 인간 주영길의 인생 여정 자체를 들여다보면
저절로 고개가 끄덕여지고
소리 없는 함성보다 더 찬란한 박수와 갈채를 아낌없이 보내기에
주저치 않는다는 점입니다.

보이는 것보다
보이지 않은 능력으로 말없이 이루어 내는 탁월한 행정력!

그리고 행정력이 미치는 그 어디라도 적이 없는 인성의 소지는
금상첨화라는 말이 딱 적합한 별칭이라 해도 모자람이 없는 점이,
글로써 입신을 했고 글로써 인생 여정을 더듬어 온 사람에게
두 말도 없이 추천의 변을 쓰게 한 연유가 됩니다.

문학이란 인간 세상사를 떠나서 별도로 존재하는 것이 아니고
인간 세상사의 보편타당한 사물 유시에 따라서
문학으로 쌓여지는 거라고 믿고 있습니다.

아주 훌륭한,
그것도 드러나는 것보다 드러나지 않게 존경받기에 모자람이 없는
주영길의 인생 징표가 많은 사람들에게 귀감이 되리라는 것을
믿어 의심치 않으며 추천의 변으로 내보냅니다.

현장 경험에 바탕을 둔 미래 도시 비전

이청수 | 연세대학교 행정대학원 외래교수 · 초등 학교 동기

1991년 지방의회 부활, 1995년 지방자치단체장 주민 직선으로 본격적으로 전개된 지방자치의 역사도 어느덧 20년이 넘어가고 있습니다. 이러한 우리의 지방자치제는 보완을 위한 여러 가지 논란이 있기는 하지만 그래도 그 동안 많은 성과와 발전을 이루어 내었습니다.

구 의회의 폐지, 자치구를 준자치구로 전환해야 한다는 주장 등이 대두되기도 하지만 지방자치 발전 역사의 수레바퀴를 이제는 반대 방향으로 돌릴 수 없는 것이 시대의 대세입니다.

이번에 주영길 서울특별시 의회 의원이 펴낸 이 귀중한 책자는 지방자치 지방분권 시대에 지방 공무원과 의원들의 참고서이자 미래의 변화 추세에 부응하는 도시 발전의 비전을 제시하는 귀중한 지침서가 될 것입니다. 실무에 임하여 당면 분야 문제 해결의 방향을 모색하는 데 도움을 줄 뿐만 아니라 미래 도시 설계를 위한 실마리를 제공하기도 할 것입니다.

이러한 노작勞作이 탄생하기까지에는 그 동안 주영길 의원의 40여 년을 통한 공무원으로서의 봉직과 서울특별시 의회 의원으로서의 의정 활동의 경험과 남다른 통찰력과 예지력이 있었기에 가능했다고 생각됩니다.

저는 평소 강의 기회와 글을 쓸 기회에 공무원의 전문성과 의원의 대표성을 논의하면서, 공무원의 전문성은 무엇보다도 업무의 계속성을 통하여 발전되며 의원의 대표권을 행사할 때는 소신을 갖고 보다 큰 공익을 위하여 행사되어야 한다고 생각해 왔는데 주영길 의원이 이에 부합하는 전형적인 인물이라고 생각됩니다.

지방자치가 본격적으로 전개되기 이전부터 서울특별시의 공무원으로서, 그리고 지방자치단체 강남구의 공무원으로서 다져 온 전문성과 이후 서울특별시 의회 의원으로서 수행해 온 소신 있는 의정 활동을 지켜보아 왔기 때문에 감히 이런 글을 쓸 수 있지 않나 생각됩니다.

이처럼 남다른 귀중한 노작을 만든 노력에 찬사를 보내 드리고 닦아 온 전문성이 활용되고 미래 도시 비전이 실현될 수 있기를 기원하며 본 저서의 출간을 진심으로 축하드립니다.

그는 지방행정의 달인

원제무 교수 | 한양대 도시대학원장

주영길 의원처럼 풍부한 행정 경험을 가진 도시 전문가를 만나기란 그리 쉽지 않습니다. 주 의원은 그 동안 서울시가 대내외적으로 많은 어려움이 있었고, 그 여파가 구청에 미쳐 구정에도 복잡다기한 문제가 많았지만, 강남구에서 25여 년 동안 행정 국장과 부구청장 직무대리를 거치면서 구 행정을 원만하게 처리하고 공직 생활을 마무리한 지방행정의 달인이라고 하겠습니다.

그는 지난번 지방 선거를 통해 전국 최다 득표 당선이라는 영예를 안고 서울시 의회에 진출하였습니다. 서울시 의회에서도 뛰어난 역량을 발휘하여 서울시와 강남구에 대한 사랑을 실천하고 있습니다. 그는 말보다는 행동으로, 맡은 바 직무에 최선을 다하여 시정을 견인하고 있습니다.

도약과 도전의 시대를 맞이하여 서울시와 강남구는 종전과 다른 새로운 역할을 요청받고 있습니다. 급격히 변화하는 도시정책 패러다임은 서울시에 심대한 영향을 미칠 것입니다. 이 새로운 지향과 가치의 도래는 지방행정과 의정에 있어서 새로운 방법과 전략으로 대응할 것을 요구하고 있습니다.

이러한 지방행정의 전환기의 도시정책 과제를 이해하고 해결책을 제시할 수 있는 도시행정 전문가가 필요한 시기입니다. 주영길 의원은 지방행정의 개척자로서 평생을 행정 개혁과 실천에 힘써 왔습니다. 따라서 이런 행정 경험에다 본인 특유의 창의성을 토대로 미래 도시행정 발전을 적극적으로 선도할 수 있으리라 믿고 있습니다.

아울러 주 의원은 폭넓은 도시행정 관련 전문지식, 미래를 꿈꾸는 상상력, 변화에 대한 적응능력과 리더십, 오랜 공직 경험을 바탕으로 지방자치 행정 전문가로서의 소양과 자질을 갖추고 있습니다.

또한 남의 의견을 겸허하게 받아들일 줄 아는 포용력과 유연성을 가지고 있습니다. 앞으로도 주영길 의원은 서울의 도시정책을 이끌어 가는 주인공으로, 서울과 강남구를 세계 도시의 중심으로 끌어 올릴 수 있다고 봅니다.

마지막으로 지난 십수 년 동안 주 의원과 같이 서울시와 강남구의 주요 도시정책들을 연구하고 기획하여 정책 자문을 해 온 학계 전문가 입장에서, 주영길 의원과 같은 도시행정 전문가가 위민 행정의 철학과 소신을 펼 수 있는 기회가 주어져야 한다고 생각합니다.

『새콤달콤 도시락都市樂 이야기』는 주 의원이 평소 어떤 자세로 공직을 생각해 왔는가를 알 수 있는 책입니다. 편안하게 일독하시면, 마치 물이 스며들 듯 도시라는 공간에 대해서 뭔가 얻는 것이 있을 것이라 생각되어 감히 추천하는 바입니다.

추천의 글
한결같은 마음으로

정찬희 | 경남오페라단장 · 고교 동기

우리 사이엔 말이 필요 없습니다. 그냥 눈빛만 봐도 다 알 수 있습니다. 주영길 의원은 보통 '공무원' 하면 떠오르는 그런 딱딱한 이미지가 없어서 참 좋습니다.

장醬이나 친구는 오래될수록 그 맛이 깊어지는 법이라고 했습니다. 긴 세월 속에서 언제 어디서 만나도 그냥 오래된 친구로서 편안한 마음이 듭니다. 독서량이 많아서 그런지 사고의 폭이 넓고, 어떤 주제를 갖고 얘기하더라도 막힘이 없어 든든합니다.

창원에서 '경남오페라단' 단장을 맡아 오페라단의 이사진이 되어 달라고 부탁했을 때도, '친구가 하는 일이니 당연히 함께 참여한다'며 동의해 주었습니다. 그렇게 벌써 10년째 도움을 주고 있을 만큼 지역의 문화예술 활동에 관심도 많습니다.

우린 매년 봄 · 가을이면 경남오페라단의 갈라 콘서트 정기공연이 있어서 잊을 만하면 꼭 만날 수 있는 사이입니다. 서울에 볼 일을 보러 갈 때도 잠시, 또한 주 의원이 가끔 고향에 다녀가는 길에도 잠시 틈을 내서 만나는 우정으로 평생을 이어온 한결같은 마음을 사랑합니다.

멀리 떨어져 있어도 항상 가까이 있는 듯한 주영길 의원의 더 큰 뜻이 어디에 있든지 저는 항상 친구로서 믿고 성원할 것입니다.

수신제가修身齊家 Early Bird형 공직자

이두호 | 국제개발전략센터 선임연구원 · 육사 25기

이번 발간된 『새콤달콤 도시락都市樂 이야기』에 대한 추천의 말씀에 앞서, 먼저 저자와 동서지간으로 40여 년간 가까이 교유하면서 느꼈던 몇 가지를 소개하고자 한다. 먼저 저자는 이른바 Early Bird형 생활습관을 갖고 있다는 점이다.

여하한 저녁 모임이 있어도 가능한 10~11시 정도에 잠자리에 들고, 새벽 4~5시에 일어난다. 새벽에는 현안으로 대두된 행정 현안들에 대해 현답과 새로운 착상을 위해 누구보다 일찍 사무실에 출근한다. 이와 같이 자연생태계의 리듬과 같이하는 삶이란 도회 생활인으로 지켜 나가기란 여간 힘 드는 일이 아닐 터인데 이를 어김없이 지킨다는 것은 가위 도인道人의 경지라 아니할 수 없다.

다음은 바쁜 틈에도 처와 자녀에 대한 사랑스런 배려, 친 형제 간이나 동서 간 의義를 돈독히 하고 친구와 우의를 다지는 시간을 갖기를 게을리 하지 않으며, 사돈 댁과도 예를 갖추고 교류하는 모습을 지켜보면서, 본인이 형의 입장이지만 많이 배우고 못 따라하는 나를 되돌아보기도 한다.

저자가 35여 년간 다양하고 복잡한 도시행정을 처리하면서 청렴한 행정을 수행할 수 있었던 것은 결코 우연이 아니고 한결같은 수신, 제가의 삶의 결과라고 믿어 의심치 않는다.

『새콤달콤 도시락都市樂 이야기』에서 서울시 특히 25년간 몸을 담아온 강남의 새로운 지평을 열기 위하여서는 세계적인 가수 '싸이의 강남 스타일'과 같이 도시행정에서도 종래 행정의 우선가치(효율성, 경제성 등)에서 탈피, 예술성, 지속성 등을 중시하는 패러다임 전환을 모색하여 대한민국의 모델, 세계적인 모델이 되어야 한다고 제시하고 있다.

한편, 저자는 강남구청 행정국장으로 근무 시 중국 베이징 시 조양구와 자매결연을 맺고 방문하였을 때, 마침 주중 대사관에 근무하였던 본인과 베이징 시 건축물, 예컨대 원형의 외교부 건물, 동전을 쌓아 놓은 듯한 중앙은행 건물을 보고, 외교의 원만성과 국가 재정의 건전화를 이미지화하고 있는 예술성이 돋보인다는 의견을 나누기도 하였다.

주지하는 바와 같이 21세기 지식정보화 시대의 국가 경쟁력은 도시간 경쟁력에 좌우된다고 볼 수 있다. 특히 중국의 황해 연안 상하이 · 베이징 · 톈진 등 주요 도시와 서로 경쟁하면서 발전하려면 우선 수도 서울이 미래지향적인 발전상을 제시하고 시민의 동참을 기하도록 하여야 할 것이다.

저자는 서울시 의원으로서 시 집행부에게 근시안적인 행정에 집착하기보다 미래지행적인 도시 발전의 청사진을 제시할 것을 요구하였으며, 아울러 서울시의 중심적 기능을 하고 있는 강남구의 강점, 약점, 리스크와 기회 분석을 제시하고 있는바, 서울 시민은 물론 중앙 및 지방행정에 몸담고 있는 공인이라면 일독을 할 필요가 있다고 생각한다.

책을 내면서…

사무실 책장 층층이 가득 쌓인 손때 묻은 일정표들과 갈겨쓴 메모들을 챙겨서 책을 쓰는 동안, 20대 초임 공무원 시절 함께 고생했던 동료들과 잠시 잊었던 옛 추억들도 살아났다. 그들 거의가 은퇴하고, 일부만 지자체 의원으로 또 단체장으로 선거직에 나서는 것을 보며, 인생이란 끝없는 도전 과정이 아닌가 하는 생각을 해 보았다. 35년간 서울시 공직자로서, 또한 25년간 강남구청 근무를 통해 접해 보지 않은 업무가 없었고, 다뤄 보지 않은 민원이 없었다. 이런 소중한 경험을 다시 시의원으로서 봉사할 수 있도록 지난 선거에서 전국 최다 득표란 영예를 안겨 주었던 강남구민들. 그에 보답하여 시의회 단상에 설 수 있다는 사실 하나만으로도 큰 영광이며 보람으로 늘 감사한 마음이다.

아주 먼 옛날부터 몽골에선 우리나라를 '아름다운 무지개의 나라'란 뜻으로 '솔롱고스' 라고 불렀다고 한다. 오늘날 한류에 반해서 강남을 찾는 외국인들의 가슴에도 아마 그런 상상이 담겨 있는지도 모른다. 최근 유튜브를 통해서 20억뷰 이상 검색된 가수 싸이의 '강남 스타일' 에서 보듯이, 강남이 한류의 중심이 되어 서울을 알리고 또 코리아를 알리는 역할을 하고 있다.

연간 천만 명 이상의 외국인 관광객 시대에 이런 한류를 상징할 만한 것이 서울이나 강남에 없다는 소리가 많은데 이에 대해 아무도 심각하게 고민하지 않는다. 서울시장이란 자리가 바로 임기 중에 그런 큰 그림을 그려 내고 리더십을 발휘해야 하는데도 불구하고, 시민들의 정서에만 영합하는 단기 정책에 매달리는 것이 안타깝다. 열린 과일만 따 먹는 소극적인 도시행정으론 미래가 없다. 도시의 파이를 크게 키워 내는 것이야말로 행정의 최종 목표라고 생각한다. 나는 교육·문화·의료·쇼핑·관광·힐링 프로그램 등 전 분야에 걸쳐 경쟁력을 갖고 있는 강남구의 시의원이란 자긍심이 있다. 때문에 '세계 속의 서울', '세계가 찾는 강남'을 머리에 그려 본다.

이 책의 제1장은, 미래의 일류 도시가 어떤 철학을 담고 디자인되어야 하는가에 대한 단상들이다. 틈틈이 블로그에 올린 글로써 평소 '사람이 도시를 위해서 있는 것이 아니고 도시가 사람을 위해서 존재하는 것이다'라는 소신의 일면을 담았다.

제2장은, 공직 입문 이후 서울시 공무원 35년 동안 거쳐 왔던 다양한 직책에서 기억에 남는 특이한 사연과 인연들을 되돌아본 것이다. 제3~4장은 소수당의 시의원으로서 나름대로 시민들을 대변해서 고군분투했던 대표적인 발언 사례들과 언론에 보도된 자료들을 소개해 보았다.

한창 책을 집필하던 연초에, 오래전 외국에서 거주하다 모국 방문

중인 처남이 갑자기 돌아가셨고, 2월에는 큰형님마저 떠나셨다. 마지막 남은 오빠를 여읜 아내와 아버지처럼 의지가 되었던 형님과 이별했던 나에게 혈육을 잃은 올겨울은 어느 때보다 가슴 아프게 기억될 것이다.

두 분의 영전에 이 책을 지어서 바치는 것으로써 각별했던 옛 정을 돌아보고자 합니다. 아울러 여기까지 이르도록, 교직자로서 평생을 헌신적인 내조로 가정을 이끌었던 아내에게 한없는 존경과 고마움을 전합니다.

지난해 여름 사랑하는 며느리도 갑자기 아버지(전남 도의원 3선)를 여의고 아픈 마음을 추스르지 못하는 것을 지켜보며, 친정 아버지 역할까지 해야지 마음먹고 있으나 가끔 손자와 놀아 주는 시간도 여의치 않아 늘 미안하기만 하다. 다행히 손자 동환이를 통해 허전함을 채워 나가는 것 같아 한편 마음이 찡하다.

특히 먼 길을 오가며 마지막까지 큰형님 곁을 지켰던 부산의 형님, 무탈하게 공직을 마치도록 변함없이 지원해 준 동생의 형제애兄弟愛를 잊을 수 없습니다. 바쁜 가운데도 밤늦도록 원고 정리에 매달렸던 김재열 교수/ 태웅출판사 조종덕 사장 그리고 부족한 사람에게 추천사를 통해 모자람을 채워 주신 모든 분들께 지면을 통해 간절한 고마움을 표시합니다.

2014년 3월

주영길

차례

제1장

세계 일류一流
도시 비전

도산島山 선생의 '무실역행務實力行'이 그리워지는 까닭
창조 경제로 작곡된 조용필의 〈헬로〉와 〈바운스〉
서울 비전 '오픈 이노베이션Open Innovation' 담론 담아야
값싼 낭만에 휘둘리는 글로벌 도시 서울
번지 바뀐 주막 어떻게 찾아가나요?
아시아 연합국가의 수도 서울
미래 진행형 서울의 퍼즐은 누가 맞추나
강남 담아 촬영하는 '어벤저스The Avengers 속편'
아이들을 세상의 중심에 세우는 교육 펴야

CHAPTER 1

도산島山 선생의
'무실역행務實力行'이 그리워지는 까닭

http://blog.naver.com/syg217

붉은 여왕의 마술에 걸려든 대한 민국

연초 "통일은 대박"이라는 박근혜 대통령의 한 마디는 블루 오션으로서의 통일에 대한 기대를 한껏 높여 주고 있다.

북한 핵 등 코리언 리스크 해소는 글로벌 투자의 확대로 이어질 것이고 한국의 자본과 기술을 북한의 인적·천연자원과 접목하게 되면 최근 저하되고 있는 성장 동력을 크게 되살리는 것은 물론 나아가 국력을 두고 다투는 동북아 정세 변화를 돌파하는 활로가 될 수 있을 것이다. 무엇보다도 당면한 우리 사회 갈등구조도 크게 해소될 수 있을 것이다.

전문가들은 한국경제는 저성장 시대의 지속과 함께 중진국 함정 Middle-income trap에 빠졌다고 한다. 1인당 국민소득이 7년째 2만 달러대로 새로운 성장 동력을 찾지 못해서다.

영국 작가 루이스 캐럴의『거울 나라의 앨리스』에서 거울 나라에 빨려들어간 앨리스는 도무지 이해할 수 없는 상황에 직면하게 된다. '붉은 여왕'의 손을 잡고 미친 듯이 달렸지만 주변의 경치가 전혀 변하지 않는 것이다. 이유를 묻자 붉은 여왕은 "제자리에 남아 있기 위해서라도 죽어라 달려야 하는 거야."라고 대답한다.

시카고 대학 밴 베일른 교수는 환경이나 경쟁 상대가 더 빠르게 변화기에 죽어라 달려도 제자리인 이 현상을 '붉은 여왕 효과Red Queen Effect'라고 칭했다. 여왕의 손을 놓는 순간 적자생존의 결투장에서 패자가 될 것임은 자명하다. 중진국 함정엔 자칫하다 쉽게 되돌릴 수 없는 깊은 나락으로 떨어지는 위험도 내포되어 있다.

오늘날 한국 사회에 휘몰아치는 이념을 비롯한 계층과 세대·지역·노사·복지 등 분열과 갈등이 심각한 수준에 이르고 있는 근본 원인은 분배구조 등 경제로부터 비롯되고 있다고 해도 과언이 아닐 것이다. 경제 성장이 지지부진한 가운데 그 동안의 압축 성장 파일이 하나둘씩 풀리면서 그 속에 숨어있던 정치 사회적 요구들이 이젠 밀물처럼 쏟아지고 있다.

이러한 현실은 높은 실업률과 가계 붕괴 및 중산층 위축 등 양극화와 더불어 황금만능과 출세지향을 부추기면서 한편으론 묻지 마 범죄와 자살률의 증가 등 심각한 사회적 병리 현상의 초래는 물론 공동체 의식을 약화시키며 우리 사회의 기본질서마저 흩뜨리고 있다. 실로 막대한 국가적 에너지의 낭비가 아닐 수 없으며 바로 이것이 선진국 문턱을 넘지 못하는 한국 사회의 현주소인 것이다. 특히 '너 죽고 나 죽자' 식의 극심한 이기 주의는 민족의 대박이 될 통일에 대한 비전 실현은커녕 오히려 빈곤의 늪으로 더 깊이 빠지는 빌미가 될지도 모를 일이다.

이 난국을 돌파할 해법으로 필자가 오랫동안 가슴 속에 품었던 도산島山 안창호 선생의 말씀이 생각난다. 선생은 "국력은 어디에서 나오는가?"라는 질문을 던지며 그것은 "품격, 즉 존경받는 국가가 돼야 한다는 것"이라며 통합을 강조했다. 도산 정신이 떠오르는 이유다.

선생이 25세가 되던 해 선진교육을 배우기 위해 미국 샌프란시스코 항에 도착하여 시내를 돌아보던 중 두 조선인이 길 한복판에서 상투를 틀어쥐고 서로가 인삼행상 구역을 침범했다며 '너 죽고 나 죽자' 식의 이전투구를 벌이고 있었다. 선생은 두 사람 사이에 끼어들어 싸움을 말리며 "왜적에게 나라를 빼앗긴 지경에 어찌 이 먼 이국 땅까지 와서 싸움을 벌인단 말이오?"

선생은 이때부터 조선 동포들의 민족적 자존심을 되살리는 일을 시작했다. 선생은 1902년 샌프란시스코로 도미 후 1903년 리버사이드로 이주하여 8년간 오렌지 농장의 한인들과 함께 생활하며 국민의식을 일깨우며 민족정기와 독립 의식을 고취시키는 일에 평생을 헌신하였다.

2001년 8월 11일. 선생의 맏딸 안수산 여사는 참석자 3백여 명의 기립박수를 받은 연설에서 "아버지 · 어머니 · 큰오빠 · 작은오빠 저 아래를 내려보세요. 동상이 있습니다."라고 외치며 감격의 눈물을 감추지 못했다. 선생의 동상 제막식이 미국 로스앤젤레스 동부 리버사이드 시청 앞 광장에서 애국가가 울려 퍼진 가운데 2시간 가량 성대히 거행된 자리였다. 이 순간을 함께한 필자 또한 울컥함을 참지 못했다.

비록 남의 나라 사람이었지만 제 나라 민족을 위한 선생의 눈물겨운 헌신을 지켜본 미국인들의 높은 평가와 더불어 이를 오랫동안 기리기 위한 동상이 세워진 것이다. 강영훈 한국도산기념사업회장(전 국무총리)은 "도산 동상이 인권운동가 킹 목사 동상이 있는 곳에 함께 세워진 것은 한국 사람으로서 큰 기쁨이요 자랑"이라고 말했다.

이 날 제막식엔 한국에서 당시 강 위원장을 비롯한 이재달 국가보훈처장, 양성철 주미 대사, 강인섭 한나라당 의원, 권문용 서울 강남구청장 등이, 미국 측에선 리버사이드 시장을 비롯한 비티 시의원, 하기환 LA한인회장, 백영중 흥사단 미주위원장 등이 참석했다.

선생의 동상은 높이 약 2.2m의 청동 전신상으로 도산의 생애와 업적을 새긴 부조 6판에 의해 둘러싸여 있다. 한국인 동상이 미 본토, 그것도 시 정부에 의해 공공장소에 건립되기는 처음이었다. 동상 건립에는 약 4,000명의 성금과 한국 정부 지원금 8만 달러 등 총 55만 달러가 소요됐다. 리버사이드 시와 시의회는 이 날을 '도산 안창호의 날'로 선포하기도 했다.

강남구는 1999년 이 도시와 자매결연을 통해 교류사업을 이어오고 있다. 2000년 10월 리버사이드 시에 200m 길이의 '강남 길 Kangnam Road'이 들어섰고, 강남구도 2002년 3월 도산공원 앞길을 '리버사이드 길'로 명명했다. 당시 실무 책임자로 이러한 일련의 일들을 맡아 분주했던 필자는 생전에 한 번도 뵌 적은 없으나 마치 직접 뵙고 가르침을 받은 것처럼 선생의 정신에 깊이 빠져들 수밖에 없었고 지금까지 줄곧 그의 철학을 흠모해 왔다.

선생이 남긴 숱한 업적과 교훈 중 어느 것 하나 소중하지 않는 것은 없지만 그 중에서도 대표적인 것은 아는 것을 실제로 실천할 때 올바른 힘이 된다는 뜻의 '무실역행務實力行'일 것이다. 선생이 이를 강조했던 것은 일제 강점기의 시련을 겪던 이 땅에서 민족정신의 개혁에 대한 절실함과 더불어 주권국가 수립의 힘을 길러야 한다는 점일 것이다.

조선이 수성을 하지 못한 것은 시대의 변화를 각성하지 못한 탓으로 진단하며 선생이 살던 시기를 변화가 필요한 경장更張의 시기로 판단하여 위기는 곧 기회라고 보았던 것이 아니겠는가. 갑오년 올해는 공교롭게도 한반도를 무대로 한 청·일 전쟁이 발발한 지 120주년이 된다. 그 해 갑오년의 조선은 근대화 조치의 '갑오경장甲午更張'을 단행했지만 실패했다. 당시 조정은 개화파와 수구파로 갈려 정쟁에만 몰두하여 나라 걱정은 안중에도 없었다. 되풀이될 수 없는 게 역사라지만 아이로니컬하게도 동북아 정세가 그 어느 때보다 긴박하게 돌아가는 현재와 그때의 한반도 상황은 너무도 닮았다.

중·일 간의 갈등이 날이 갈수록 고조되고 있고 미국이 일본편을 들며 중국과 본격적인 패권 경쟁을 벌일 태세다. 각국의 치열한 경쟁은 전쟁을 유발할 수도 있는 위험한 뇌관이다. 정치권뿐만 아니라 우리 사회 곳곳에서 '너 죽고 나 죽자' 식의 편 가르기를 벌이는 분열과 갈등의 국내 상황은 그때보다도 더욱 심각하다.

경장更張은 거문고琴瑟 줄을 고쳐 팽팽하게 맨다는 뜻으로 해이解弛된 것을 고쳐 긴장시켜 새롭게 한다는 개혁의 의미를 내포한다. 국민 대다수는 대한 민국이 어디로 가야 밝은 미래의 길로 갈 수 있다는 것을 알고 있다. 호기가 왔을 때 이를 잡을 수 있다는 점도 모를 리 없다.

아는 것을 제대로 실천하자는 도산 선생의 무실역행은 비정상의 정상화를 내세우는 박근혜 대통령의 개혁의 기치와도 일맥상통한다. 변화와 혁신이 요구되는 글로벌 경쟁 시대의 키워드이기도 하다. 대박이냐 쪽박이냐 우리는 기로에 서 있다.

창조 경제로 작곡된
조용필의 〈헬로〉와 〈바운스〉

http://blog.naver.com/syg217

보헤미안 창조 지수를 아시나요

'가왕歌王' 조용필은 필자와 같은 시대를 살아온 동년배의 우상이다. 그의 수많은 히트 곡 중 〈고추잠자리〉·〈일편단심 민들레야〉·〈돌아와요 부산항에〉 등은 비록 음치이긴 하지만 필자의 애창곡이다. 그가 10여 년 만인 2013년 봄에 내놓은 〈헬로〉와 〈바운스〉는 발매 직후 빌보드 '한국 핫 100' 차트 1위에 오르는 등 국내 각종 음악 순위를 단숨에 휩쓸었다.

바빠 사느라 잊고 있던 삶의 오래된 추억의 단상들을 깨웠지만 60대의 조용필답지 않는 팝 스타일의 소리에 의아스럽기도 했다. 하지만 새 앨범의 제작 과정이 박근혜 대통령의 '창조 경제'와 맞닿아 있어 관심을 사로잡았다.

이 곡들은 한국 음악가들이 작곡하던 기존 방식과 달리 스웨덴 말뫼의 작곡 캠프에서 미국 · 영국 · 일본 · 스웨덴 · 태국 등 외국 음악가들이 대거 참여해 만들어졌다. 이 캠프는 전 세계의 작곡가들이 교류하는 행사로 여기에 참가하면 서로가 대부분 모르는 사이로 전혀 다른 스타일의 음악을 하는 사람들과 무작위로 팀을 짜서 노래를 만든다는 것이다. 기발한 음악도 많이 나오고 작업과정의 재미도 솔솔하다고 한다.

조용필의 새 노래가 장르가 서로 다른 음악의 형식을 혼합해 만든 크로스오버crossover를 또 한 단계 뛰어넘어 창조 경제에 기반하여 만들어졌다니 신비롭기까지 하다. 음악이 아닌 어느 분야라도 두 가지 개념을 합쳐서 생겨난 한 가지의 개념이 두 개념 이상의 특징으로 새로운 트렌드의 생산과 소비를 유발하는 융합의 방식이 창조 경제가 아니겠는가.

조용필의 신곡이 주목을 받던 무렵 미국 뉴욕 대 스커볼Skirball 강당 8백 개 좌석이 꽉 찬 가운데 IT 벤처 모임 '테크 미트업Tech Meetup'이 열렸다. 이 행사도 자신과 다른 아이디어를 가진 전혀 모르는 사람들과 만남을 통해 혁신을 꾀하는 모임이다.
이 날 20대 여성 〈아스마우 아메드〉가 무대에 올랐다. 자신의 얼굴에 가상으로 화장을 해 볼 수 있거나, 가장 잘 어울리는 화장품을 자동으로 찾아 주는 등의 IT기술을 응용한 화장술 사이트 '플럼 퍼펙트'를 선보였다. IT 창업을 준비 중인 주로 젊은이들의 이 모임은 회원 수가 2008년 7,500명에서 2013년 5월 2만3,200명으로 급증했다. 인터넷 생중계를 통해 수천 명이 시청하기도 한다.

관련하여 최근 뉴욕시도 '실리콘앨리Silicon Alley 2.0' 시대를 열면서 미국에서 가장 빠르게 성장하는 첨단기술의 메카로 떠오르고 있다. 계곡valley을 뜻하는 캘리포니아 주 실리콘밸리와 비교해 규모가 작다는 뜻에서 골목alley이란 단어가 붙었다. 1990년대에의 과거 '실리콘앨리 1.0'은 첨단기업 생태 시스템이 결여되어 각광을 받지 못했다. 그러나 이들 벤처기업들이 광고·미디어·패션·금융·헬스 등 도시의 산업적 입지와 연계되고 최근 임기를 마친 블룸버그 시장의 도시행정 리더십 등에 의해 '2.0' 시대로 화려하게 부활했다.

벤처기업 초기 지원 기금인 〈TechStars New York〉에 2011년 1월 지원기업 수가 600개에 불과했지만 2012년 3월 약 1,600개의 벤처기업이 지원한 것으로 조사됐다. 더욱이 최근 몇 년간 샌프란시스코 및 보스턴 등 다른 도시에서 기초를 다지고 뉴욕으로 이전한 벤처기업마저 늘어나고 있다. 또한 최소 28개의 뉴욕 기반 벤처기업을 하버드 경영대학원 졸업생들이 운영하고 있으며, 하버드 경영대학원 경영 강좌 참여 학생의 3분의 1이 졸업 후 뉴욕 시로 이주할

계획이라 밝히는 등 벤처 창업지로 이 도시의 인기가 급상승하고
있다.

뉴욕의 가장 성공한 벤처 기업으로 꼽히는 인터넷 쇼핑몰 '길트
Gilt'는 패션 브랜드들이 샘플 세일을 온라인과 결합한 모델을 종종
선보인다. 인터넷 샘플 할인 세일로 24시간만 한정하여 여는 행사
인데도 2011년 5억 달러의 순익을 냈다.
이 밖에 만화책을 온라인으로 제공하는 '코믹솔로지Comixology', 웹
사이트와 휴대전화 앱을 사용해 주변 식당에서의 음식 주문을 한
번에 해결하는 '심리스Seamless' 등이 성공 궤도에 오른 대표적 벤
처이다.

금융 위기 이후 금융에 지나치게 의존해 온 뉴욕의 산업 체질개선
에 적극적으로 나선 마이클 블룸버그 뉴욕시장도 뉴욕의 벤처 창업
붐을 이끌었던 중요한 핵심 인물이다. 그는 벤처 '인큐베이터' 다섯
곳을 자신의 개인자금으로 지원했다. 스탠퍼드대나 MIT같이 응용
기술을 가르치는 학교가 뉴욕에 부족하다는 판단 아래 전 세계 첨
단 공대를 유치하기 위한 '응용과학 뉴욕 시' 프로젝트도 뉴욕의 첨
단 벤처 생태계를 개선하기 위한 그의 정책이다. 이러한 결과 뉴욕
주의 첨단기업 관련 일자리는 2003년 3만3,000개에서 2012년 2월
5만2,900개로 급증했다.

뉴욕처럼 도시는 이제 21세기의 환경 변화에 맞는 하드웨어 경쟁력을 재창조하면서도 소프트웨어 경쟁력을 새롭게 하는 창조 도시의 길로 변신하고 있다. 미국 카네기멜론 대학의 리처드 플로리다 Richard Florida 교수는 『창조계급의 비상』이란 책에서 '재능을 향한 새로운 지구적 경쟁the new global competition for talent'을 강조하며 세계가 '창조 시대'로 진입하고 있다고 했다.

그가 말한 창조계급은 과학자 · 기술자 · 건축가 · 화가 · 음악가 · 디자이너 · 엔터테이너 · 교육자 · 법률가 · 기업인 등을 일컫는다. 이들은 새로운 아이디어, 기술, 콘텐츠를 창조하는 사람들로 예술가이건 과학자이건 기업가이건 창조적 기풍ethos을 소중히 여기고 서로의 재능과 기술을 공유하고 나누며 창의성을 통해 경제적 가치를 창출한다.

또한 그는 이러한 사람들을 길러 내는 도시 성장의 3T이론을 제안하며 '기술technology' · '끼talent' · '관용tolerance'을 도시 성장 3대 요소로 꼽았다. 그러면서 그는 미국 내 대도시를 대상으로 그곳에 거주하는 작가 · 화가 · 조각가 등 예술적 창의성을 지닌 사람들의 상대적인 숫자를 측정한 보헤미안Bohemian 지수를 제시했다. 보헤미안은 바쁜 도시 생활 속에서도 삶의 여유가 묻어나는 자유분방함을 추구하는 스타일이다.

흥미로운 점은 하이테크 산업이 밀집한 창조 경제의 중심지는 이 지수가 높았다는 것이다. 문화예술인이 모여 그림을 그리거나 연극을 하는 곳에 관객들이 몰리면 상가가 형성되고 거리가 번화해지며 덩달아 하이테크 산업도 활기를 띠어 지역 경제가 번창하기 마련이다. 실리콘밸리를 있게 한 저력도 다름아닌 문화예술이다. 애플 IOS나 안드로이드의 스마트 폰 운영 시스템의 성공 신화도 영화 · 음악 · 게임 등 다양한 문화 콘텐츠의 뒷받침이 없었다면 존재하지 않았을 것이다.

보헤미안이 많은 지역은 뉴욕과 로스앤젤레스였다. 이들 두 지역의 보헤미안 인구는 조사 당시 10만 명을 넘는 최고치였다. 최상 · 하위 도시 간의 지수가 25배까지 차이를 보였다. 프랑스 국제 첨단과학 기술단지인 소피아 앙티 폴리스와 아일랜드의 더블린, 일본의 가나자와 등도 이런 도시로 꼽힌다. 그는 동성애자들의 상대적 비율을 알아보기 위해 '게이 지수'도 만들었다. 그 결과 이 지수와 보헤미안 지수가 비례한다는 점도 이채롭다. 게이가 많은 것은 3T의 하나인 그 도시의 포용성 등 '관용tolerance'의 정도가 높다는 의미로 해석된다.

결론하여 창조계급은 기술과 문화예술이 병존하고 융합하며 새로운 콘텐츠들에 의한 시대 변화에 필요한 소비를 유발함으로써 그 지역의 경제를 활성화시킨다. 그런 한편 창조 도시는 여기에 종사하는 사람들이 일하기 좋은 인프라 구축과 산업 환경의 조성을 통해 사람들로 하여금 살고 싶은 매력amenity을 창출하고 상호 동행하는 삶의 가치를 일깨워 준다.

현재 서울의 정책은 아쉽게도 도시의 성장 잠재력을 충분히 활용하지 못하고 있는 것 같다. 조용필이나 잡스의 아바타 무리들이 청바지를 입고 'Bounce Bounce'를 흥얼대는 도시정책으로의 전환이 시급한 때이다. 대한민국 창조 경제의 해답은 서울에 있다.

〈창조 도시가 창조 경제의 관건임을 절감하며 던지는 주영길의 메시지〉

서울 비전
'오픈 이노베이션Open Innovation' 담론 담아야

http://blog.naver.com/syg217

2030 SEOUL PLAN의 허실

서울시민들은 누구라도 살맛 나는 도시를 꿈꾸게 된다. 기름값도 전기값도 걱정 없는 나만의 이상형의 집을 지을 수가 있다. 어떤 집이라도 수도와 가스, 냉장고 등이 지능형 센스로 작동하고 있다. 동네에는 길목마다 나무그늘 늘어진 생태공원이 아늑하고 천진난만하게 뛰어 노는 아이들의 넓은 잔디 마당이 있다. 이웃과는 따뜻한 공동체의 사랑이 넘쳐난다.

마을을 벗어나 갖가지 테마파크로 조성된 도심으로 나서면 지역의 주요 거점마다 랜드 마크 같은 초고층 빌딩이 즐비하고 남산과 한강을 중심으로 찬란한 문화유산이 역사의 향기를 뿜낸다. 밤이면 도심을 가득 메운 아름다운 야광이 음악과 댄싱과 어우러져 달콤한 낭만의 짜릿함으로 시민들을 감전시킨다. 강물처럼 흐르는 교통 시스템과 범죄와 안전사고에 신속히 대응하는 체제가 완벽하다.

헬기로 공항을 오가고 분수와 맑은 대기의 쾌적성으로 건강한 시민이 넘쳐나고 라스베이거스처럼 카지노 특구를 비롯한 화려한 컨벤션 시설로 지구촌 사람들이 제 집 드나들 듯하며 날마다 국제회의가 열리는 글로벌 도시의 중심이다.

서울은 의료 혜택 등 촘촘한 복지로 외부인들이 많이 모여든다. 재정이 걱정됐지만 인구와 산업 증가로 세금도 많이 걷힌다. 지방자치가 활짝 꽃을 피워 정책엔 주민들 의견이 유연하게 수렴된다. 서로의 주머니가 넉넉해지는 경제정의로 더 많은 자유를 만끽하며 첨단의 기술을 향유하고 다양한 삶의 방식으로 일과 사랑과 꿈이 이루어지는 마법 같은 도시다.

과연 서울이 그럴 수 있을까. '누구나 살고 싶어지는 도시' 서울의 이 같은 스토리텔링은 시뮬레이션 게임 심시티Simcity에서나 구성해 볼 수 있다. 이 게임에선 스스로가 시장이 되어 게임 속 화폐 시몰리온simoleon으로 도시를 건설하고 경영한다.

"광장에 그네를 매 시민들이 탈 수 있게 해 보자고 제안했는데 직원들이 반대해서 못 하고 있다. 다양한 아이디어로 시민들이 너무 재미있어서 마구 졸도하는 도시를 만들고 싶다" 시장 취임 1년차를 넘긴 2013. 2월, 박원순 시장이 모 언론사와 인터뷰에서 한 말이다. 이어서 '미셀러니miscellany'라는 말이 있다. 사소한 일을 소재로 가볍게 쓴 수필을 뜻한다. 시장은 "미셀러니다."라고 덧붙였다. 그러니까 시정을 생활 주변의 사소한 신변잡기쯤으로 생각하며 심시티 게임하듯 서울을 자기 개인의 취향대로 디자인해 보고 싶은 것이다.

1천만 시민의 서울이 심시티 게임이나 하는 그런 도시일까. 영국 시사경제지 〈이코노미스트〉 산하 기관인 EIUEconomist Intelligence Unit가 조사한 '2012년 세계 주요 도시의 삶의 질' 순위에서 서울은 최하위권 25위였다. 우리 국토연구원 산하 세계도시정보UBIN : Urban Information Network 조사 순위도 2011년 19위에서 2012년 22위로 퇴보했다. 이에 대해 박용석 건설산업연구원 연구위원은 2013년 4월 23일 서울시의회 건설위원회 '정책포럼'에서 "서울의 현재 도시 인프라는 과거의 꾸준한 투자 덕분에 그래도 나은 편이다. 그러나 2007년(49.0%) 이후 올해(28.9%)까지 반 토막난 서울시의 인프라 예산 비중을 고려하면 향후 서울의 도시경쟁력과 시민의 삶의 질은 큰 문제에 직면할 것이다."라고 우려했다.

그럼에도 박 시장은 지난 1월 27일 또 다른 매체와 인터뷰에서 시정이 '너무 미시적인 것에 집중해 경제 성장과 소득 증대에는 별로 성과가 없다는 비판도 있다'는 지적에 생뚱맞게도 '원순노믹스 wonsoonomics'라는 말로 서울시를 아시아 경제 중심도시로 만들고 있다고 밝혔다. 구체적 근거나 논리를 제시하지 못하며 그럴 듯한 말의 성찬만을 늘어놓았다.

경제economics는 '집'을 뜻하는 'eco-'와 '인위적 법칙'을 뜻하는 '-nomics'가 합쳐진 것으로 '살림을 하는 법'이라는 의미이자 동양에선 경세제민經世濟民의 준말로 '세상을 잘 다스려 도탄에 빠진 백성을 구한다.'는 뜻이다. 이런 연유로 '-nomics'는 국가 수장의 경제정책을 명명하며 그 이름에 접미사로 따라붙는다.
1980년대 스태그플레이션을 타개하기 위한 로널드 레이건 미국 대통령 '레이거노믹스'가 효시다. 한국에선 김대중 대통령의 이니셜을 붙인 'DJ노믹스'가 첫선을 보였으며 최근엔 '근혜노믹스'가 등장했다. 그러니까 국가 수장 이름이 아닌 '원순노믹스' 같은 용어는 함부로 사용할 단어가 아니다.

'근혜노믹스'의 핵심은 신 성장 동력과 일자리의 창출 및 맞춤형 복지 등으로 요약된다. 이는 곧 정보, 통신기술 전반의 혁신과 각 분야를 접목시키는 '창조 경제'로 연결된다. 서울시장이 정파가 다른 이유로 뒷받침은 못 할지언정 시민과 국민 전체에 혼란을 초래하고 국가경제 기조를 흔들 수 있는 '원순노믹스wonsoonomics' 같은 위험한 발상은 금물이다.

서울시정에 '-nomics'를 붙이자면 'city+economics'의 합성어 시티노믹스Citinomics가 어떨까 싶다. 우수한 기업과 인재를 끌어들여 신 성장 동력 발굴로 경제성·문화성·예술성·친환경성 등을 두루 구비한 도시만이 살아남고 각광받는다는 것을 반영한다. 도시 경쟁력이 곧 국가 경쟁력이 되는 시대라고 인식되며 세계 곳곳의 도시들이 이를 추구하고 있다.

특히 1천만 인구의 서울과 같은 메가 시티Mega city들은 최근 혁신과 글로벌 경쟁의 핵심으로 부상하고 있다. EIU는 '핫 스팟Hot Spots'이라는 2012년 3월 13일 보고서에서 '세계 주요 도시의 경쟁력 지수'로 경제적 역량·인적자본·기관 효율성·금융 성숙도·글로벌 호소력·물리적 자본·사회적·문화적 성격·환경적·자연적 위험 등 8개 항목을 꼽았다.

그러나 최근 서울시가 '원순노믹스'를 깔아 '소통과 배려가 있는 행복한 시민 도시'를 미래상으로 제시한 '2030 SEOUL PLAN'에서 교육·복지·일자리·소통·역사 문화 및 경관, 기후 변화 및 환경, 도시개발 및 정비 등 7대 계획과제와 17개 전략을 제시했지만 EIU의 '핫 스팟' 기준과는 거리가 한참 멀어 보인다. '2030플랜'

에는 서울이 그때쯤이면 세계의 메가시티들과 견주어 어떠한 위상을 갖추게 될지에 대한 시민들의 자존이 담긴 구체적 목표의 비전이 결여되어 있다. 그 많은 사업을 펼치기 위한 핵심인 재원 조달 계획조차 없다.

특히 미래의 도시들은 산업과 문화·예술이 상호교접Cross-Fertilization하고 통섭하는 도시 체계로의 개편이 예측되고 있다. 음악·연극·건축 등 문화·예술 요소를 산업 생산과정으로 투입하여 산업이 〈문화·예술화〉하고 문화·예술이 〈산업화〉하는 역동성이 작동하는 산업 공간으로서의 도시를 말한다. IT기술·아이디어·디자인 등 소프트 파워 부문의 경쟁력을 기반으로 지구촌 Wants를 이끌어 내는 도시이면 금상첨화다.

그러나 '2030 미래상'엔 서울이 기술 영역의 장벽을 허물고 융·복합을 통해 혁신을 추구하는 메타내셔널 기업들의 '오픈이노베이션 Open Innovation' 공간이 되고 요즘처럼 광속 변화 시대에 기업들이 탄력적으로 대응하는 '적응우위adaptive advantage'의 도시적 기회와 가능성이 간과되어 있다.

또한 도시 인프라SOC의 지능화로 시민 생활을 스마트하게 하는 스마트 시티Smart City는 어느 세월에 할 것인지도 미비되어 있다. SNS의 왕자라는 박 시장이 설계한 '소통과 배려가 있는 행복한 시민 도시' 2030년 서울은 낡고 늙은 도시로만 머물고 말 것인가.

박 시장은 '서울시는 돈 찍어 내는 기계가 아니다' 라며 재정 문제에서 아쉬움을 나타냈다. 그의 말처럼 복지 확충 등 도시에 소요되는 돈은 찍어 내는 것이 아니라 서울의 강점을 더욱 크게 키우는 시정 역량의 결과로써 필요한 세수가 얻어지고 늘어나는 것이다. 그리고 늘어난 재정으로 스마트 시티 인프라에 투자하는 등 시민의 삶도 질적으로 제고되는 것이다. 도시 비전을 심시티 게임하듯 내세우는 '원순노믹스' 는 그래서 더욱 부실하기만 하다.

값싼 낭만에 휘둘리는
글로벌 도시 서울

http://blog.naver.com/syg217

제2차 세계 대전의 막바지 무렵 미국은 아직 항복하지 않은 일본에 원자폭탄을 투하하기로 결정하며 교토가 최적지로 꼽혔으나 세계적인 문화재들을 간직한 곳을 파괴해선 안 된다는 반대 의견으로 1945년 8월 6일 공업도시 히로시마에 첫 번째 원자 폭탄이 떨어졌다.

이 폭격으로 한순간에 10만여 명의 사람들이 목숨을 잃는 등 반경 5km 안에 있던 모든 것을 날렸다. 그럼에도 일본은 침묵을 지켰다. 이에 미국은 곧바로 두 번째 목표지로 군수품 기지인 고쿠라를 겨냥했다. 하지만 폭격 날짜인 8월 9일 이 지역 상공엔 히로시마 폭격으로 발생한 연기와 넓은 구름층으로 인해 조종사가 투하 지점을 제대로 볼 수가 없었고 결국 원자폭탄은 예비 목표 지점이었던 나가사키로 투하되었다.

첫 번째보다 더 강력했고 피해는 걷잡을 수 없이 커서 이에 일본 정부는 무조건 항복을 선언했다. 그 후 행운의 고쿠라 시민들은 해마다 구름에 감사하는 기념행사를 열고 있다. 그러나 두 도시는 불운이었다. 수많은 폭격 대상지 중 기후 조건 등 피할 수 없는 운명에 의해 선택된 도시였기 때문이다.

도시에도 운명이 있는 듯하다. 2011년 3월 11일 동일본 대지진은 재앙이었다. 초대형 쓰나미는 도시를 통째로 집어삼켰고 후쿠시마 원전마저 붕괴시켰다. 도시 역사에는 아예 사라진 도시들도 많다. 테오티우아칸Teotihuacan은 한때 중앙 멕시코 지방에서 가장 크고 중요한 도시였지만 톨텍족의 침략을 받아 지금은 피라미드와 사원, 귀족과 승려들 궁전 터의 벽화와 대규모 주거 단지와 광장 등 유적만 남아 있을 뿐 역사 속으로 사라졌다.

이처럼 도시는 전쟁이나 지진과 화재 등 재해에 의해 운명이 바뀌기도 하지만 경제와 산업적 동인이나 정치 및 군주의 리더십 등에 의해 흥망성쇠의 운명을 달리하기도 한다.

베네치아Venezia는 8세기부터 500년 동안 유럽 무역과 상업의 중심지로 번영을 누렸으며, 유럽 열강들이 식민지 개척에 열을 올리던 시절 리스본Lisbon과 리버풀Liverpool 및 암스테르담Amsterdam 등

항구 도시들은 해상무역 성장에 따라 도시의 운명이 갈렸다. 전성기의 브리스톨Bristol은 리버풀의 도전을 받게 되자 항구로서의 입지를 강화하기 위해 새로운 부두 건설과 더불어 강줄기의 방향을 바꾸면서까지 일정한 수심을 유지하려 했다.

현대로 접어들며 도시의 부상과 쇠락은 지역의 경쟁력 요인에 의해 좌우되고 있다. 노갈레스Nogales 지역은 동일한 인종과 문화적 환경이지만 담장으로 나눠져 있는 도시다. 북쪽은 미국 애리조나Arizona 주 노갈레스 시이고 남쪽은 멕시코의 소노라Sonora 주 노갈레스 시다. 애리조나 주 주민의 연평균 가계 수입은 3만 달러로 도시 인프라가 잘 갖춰져 있다. 반면 소노라 주 주민의 연평균 가계 수입은 애리조나 주 주민의 3분의 1 수준이다. 정치·경제·제도 등 도시 경쟁력 차이가 빈부 격차를 갈랐기 때문이다.

미국의 실리콘밸리Silicon Valley는 60년 전만 하더라도 포도농사 밭의 계곡이었지만 지금은 세계적인 IT 기술을 주도하는 테크노폴리스로 상징이 되어 소득 7만5천 달러의 최고 부자 도시가 됐다. 그런가 하면 디트로이트Detroit 시는 자동차 산업의 메카로 유명한 곳이었지만 지난해 화려했던 부촌의 명성은 사라진 채 큰 부채를 안고 파산했다.

또 핀란드의 수도 헬싱키를 비롯한 오울루Oulu와 살로Salo시는 경제적 패닉 상태를 면치 못하고 있다. GDP의 25%를 차지하던 노키아Nokia가 무너져 내렸기 때문이다. 이들 도시들의 부침의 결정적 요인은 기술의 진보 등 급격한 환경 변화에 대응했느냐 못 했느냐의 기준이 된 도시혁신의 엔진 유무였다.

역사 속 도시혁신은 군주의 리더십에 의해서도 주도되었다. 지중해의 진주라 불리며 당시 온갖 기념비적 건물들로 장식된 고대 이집트 알렉산드리아Alexandria는 알렉산더 대왕이 주도한 도시건설의 결과였다. 17세기 유럽의 파리Paris를 비롯한 빈Wien · 마드리드Madrid · 상트페테르부르크Sankt Peterburg 등의 도시들도 이들 도시를 다스린 군주들 명성과 더불어 나름의 일정한 패턴에 의해 화려한 공간으로 변모했다.

오늘날 글로벌 시대는 그 지역을 리드하는 도시행정가들의 열정이 혁신을 이끌고 있다. 3선 임기를 마친 뉴욕시장 마이클 블룸버그는 뉴욕 시민의 삶을 통째로 바꾸었다는 평가를 받는다. 당시 뉴욕은 많은 사람이 9 · 11테러 이후 공포에 질린 시민들의 대 탈출로 인해 쇠락할 것이라는 전망이 많았다. 그러나 그는 단 1달러의 연봉으로 허름한 창고가 즐비했던 부둣가를 패션 거리와 고층 아파트 단지 등으로 바꾸고 쓰지 않는 철로를 산책로로 조성하는 등 도시 모습을 더 한층 크게 변화시켰다. 이념이 다른 후임 시장마저 "시장이 개혁의 핵심이 되어야 한다" 했고 블룸버그식 개혁을 따라하는 시장도 수십 명이나 될 정도이다.

스페인 빌바오Bilbao 시의 〈이냐키 아스쿠나 우레따〉 시장은 80년대 제조업의 침체와 최악의 홍수를 겪으면서 폐허가 된 작은 도시를 발상의 전환과 민간 협력을 통해 오염된 네르비온Nervion 강을 문화가 흐르게 하는 등 '빌바오의 기적'을 이루어 냈다. 구겐하임 미술관 건립과 주변 수변 공간 정비 및 대중교통 프로젝트 진행 등을 의욕적으로 진행하여 도시 재창조에 성공한 것이다. 이 밖에도 호주의 퍼스Perth 시장, 미국 휴스턴Houston 시장, 러시아 모스크바 Moskva 시장 등 세계 각국의 도시 리더들이 속속 부상하고 있다.

도시경제학의 권위자 에드워드 글레이저 하버드대 교수는 "도시는 기술과 아이디어를 가진 창의적 인적 자원을 한 곳에 끌어들임으로써 혁신의 중심지로 부상했다"며 바로 이 점이 성공하는 도시의 요인이라고 강조한다. 그 시대를 사는 지역의 리더와 경제주체들이 그들 지역에 대한 혜안과 장기 비전을 갖고 그 혁신의지를 잘 실천하느냐에 따라 지역 운명을 결정짓게 되었고 이것은 곧 시민들 삶과도 직결되었다는 것이 역사가 가르쳐 주는 교훈이다.

혹자들은 도시가 너무 차갑고 삭막하여 삶의 심각한 결핍을 유발하게 되어 사람들은 자신의 일이나 사랑과 일상으로부터 느닷없는 탈출을 도모하게 된다며 이를 막기 위해서는 동화 속의 풍경화와 같은 '마을공동체' 건설을 주장하고 있기도 한다. 마치 여기에 시민의 찌든 삶에 대한 모든 해결책이 있는 것처럼 호도한다.

또한 외형적 도시개발보다는 그곳에 사는 사람과 역사의 향기, 느낌, 삶의 소소한 양식 같은 것들을 고뇌하고 구현하는 사람이 진정한 도시의 기획자라며 값싼 낭만의 달콤한 언어들로 시민들을 유혹한다. 물론 시민들 삶의 애환을 보듬고 그 아픔까지 치유하는 따뜻한 도시정책은 누구나가 그리는 이상향일 것이다. 1천만 분의 1인 서울시민 개개인의 입장에선 귀가 더욱 쫑긋해질 법하다.

그러나 도시의 성공은 역동적 도시가 성공한다는 점이다. 창의와 문화가 넘치는 도시, 음악과 패션, 새로운 기술과 소비를 만끽하고 성취를 충족시키는 도시가 성공한 도시의 모델이다. 그 핵심은 수많은 사람들이 자유롭게 아이디어를 교환하고 경쟁하고 협력하면서 혁신을 창조했다는 점이다.

도시의 삶은 건설과 파괴, 탐욕과 좌절이라는 부조리로 점철되어 오기도 했고 어찌 보면 모순투성이인 인간의 역사 그 자체라고도 할 수 있지만 그래도 도시는 창조적 에너지가 끊임없이 분출되는 공간이다. 그런 가운데 도시는 발전했고 인류 역사 창조와 그때마다의 미래를 맞이했다. 서울의 620년 역사가 그랬고 미래도 그럴 것이다.

도시의 운명은 이념적인 일시적 값싼 낭만으로 결정되지 않는다. 서울은 대한 민국의 도시이기도 하지만 이미 전 세계가 공유하는 도시다. 이것이 글로벌 도시 서울의 운명이다.

〈마을공동체 등의 명분으로 서울이 동화 책 속 풍경의 도시로 변질되려는 조짐에 대한 소고〉

번지 바뀐 주막 어떻게 찾아가나요?

http://blog.naver.com/syg217

올해부터 도로명 주소가 시행되며 여기저기서 길 찾기 혼란이 일고 있다. 도로명 주소는 지난 1996년 국가경쟁력강화기획단에서 생활 편의와 물류비 절감을 위해 준비 기간만 17년으로 본격적인 시행 시기도 2년이나 늦췄지만 새로운 주소를 아는 사람은 아직 많지 않다.

과학적 분석과 실증적 사례로 남녀 간 차이를 흥미진진하게 풀어낸 책 『말을 듣지 않는 남자, 지도를 읽지 못하는 여자』는 우리네 심리 신드롬을 불러일으킨 세계적인 베스트셀러다.

부부인 공동 저자 앨런 피즈와 바바라 피즈에 의하면 여성이 지도를 잘 읽지 못하는 것은 원시 시대부터 남성은 사냥감을 쫓기 위해 집중력이 강한 시야를 가지고 있었고 여성은 둥지 보호라는 사명으로 넓은 시야가 필요하여 사냥에 필요한 방향 감각과 공간 지능 등을 익힐 필요가 없어 진화된 지금도 그 유전적 영향으로 평행주차를 잘 하지 못한다는 것이다.

몇 년 전 미국 캘리포니아 대학 프란시스코 아얄라 박사의 연구 결과는 공간인지 능력이 떨어지면 방향 감각이 무디어 쉽게 길을 잃거나 잘 찾지 못하는 길치가 되기 쉽고 이 또한 여성들에게 더 많음을 밝히고 있다. 시공간 정보처리에 관여하는 대뇌 중심구 뒤쪽 피질 부위의 두정엽頭頂葉이 남자는 오른쪽, 여자는 모두 활성화된 데서 기인한다는 것이다.

남자는 주로 오른쪽 뇌인 동쪽을 기준으로 잡아 전체 공간을 파악하게 되는데 예컨대 운전 시 뇌는 전체 지도를 그린 뒤 목적지를 공간 속의 한 점으로 인식해 찾아가기 때문에 약간 길이 어긋나도 그 위치를 기억해 원위치를 찾아오는 능력이 뛰어나다는 것이다.
반면 여자는 좌우 두정엽을 모두 이용해 '무엇의 위와 아래, 오른쪽과 왼쪽에 무엇이 있다' 는 식으로 전체를 인식하는 경향이 강하여 예를 들어 'A빌딩 왼쪽에 B빌딩이 있고…' 라고 기억하기 때문에 운전하다 길을 잘못 들어 A빌딩이 시야에 사라지는 순간 동서남북을 분간하기 어렵다는 것이다.

『지도 밖으로 행군하라』의 저자 한비야는 지구를 세 바퀴나 돌며 국제구호 활동을 하고 있는 〈바람의 딸〉로 불리는 인물이다. 그녀가 스스로 길치라고 말한 것도 발이 닿는 곳마다 멋진 카페나 문화 공간 등 구조물이나 특징 등 그 지역의 전체적인 분위기인 이미지를 찾는 일에 더 큰 가치와 의미를 부여하기 때문이라는 것이다.

지각 능력은 선천적이기도 하지만 최근 스마트폰 등 디지털 의존도의 증가와 함께 기억력과 계산 능력이 떨어지는 후천적 길치도 있다. 일종의 〈디지털 치매〉 현상으로 내비게이션으로는 목적지를 쉽게 찾지만 이것이 없다면 전에 와 본 적이 있는 길도 헤매게 된다. 두 길치 모두 장소 · 건물 · 블록의 순서 등 방향 감각이 낮아 일상 생활에서 불편함을 겪게 마련이다.

도로명 주소는 출입구를 시작으로 오른쪽 건물에는 짝수, 왼쪽에는 홀수 번호를 순차적으로 부여하여 원칙적으로는 길 찾기가 쉽게 설계되었지만 골목길이 많은 곳에서는 이야기가 달라진다. 격자형 도시 강남구나 신도시 및 땅이 넓은 미국 같은 나라에서 용이하기 마련이다.

또한 새 주소에는 동명이 없다. 우리가 쓰는 동洞이란 동굴 · 골짜기 · 골 · 고을과 같은 공간을 뜻하지만 도로는 영어의 〈스트리트 street〉, 불어의 〈뤼rue〉 등처럼 〈길〉이라는 뜻이기에 정주 의식定住

意識이 강한 주민들에게 더 큰 혼란이 초래되고 있기도 하다.

사실 도로명이나 자신이 사는 동네 같은 이름은 기억의 연쇄적 연상을 통해 구체적인 것들을 떠올릴 수 있어야 한다. 수원의 박지성 도로나 군포의 김연아 도로가 좋은 사례이다.

이처럼 도로명이나 지명 등 건축물 등에는 쉬운 기억을 위해 크나큰 업적을 남기거나 역사적인 사람이나 사건의 이름을 따서 붙이기도 한다. 한국무역협회는 2011년 무역 1조 달러 달성 기념을 위해 강남구 영동대로 무역센터 구간을 〈무역대로〉로 명명했으며 신사동과 청담동에 걸쳐 있는 동서 방향의 〈도산 도로〉는 도산 안창호 선생을 기념하여 명명된 도로다.

도산 선생의 이름은 미국에도 새겨져 있다. LA다운타운을 관통하는 프리웨이 교차로는 〈도산 안창호 인터체인지〉로 명명되어 있다. 필자에겐 강남구청에 근무하던 2001년 8월 11일 미국 LA동부 리버사이드 시청 앞 광장에 세워진 도산 선생의 동상 건립 작업에 직접 참여했던 기억이 새롭다. 한국인 동상이 미국의 본토 공공장소에 건립되는 처음인 감격적인 순간이었다.

미국의 고속도로에는 또 유명 인사나 순직한 공무원들의 이름을 붙이기도 한다. 118번 고속도로는 33대 캘리포니아 주지사였던 로널드 레이건 전 대통령의 이름이 붙여졌다. 고속도로는 번호 이외도 각각의 애칭을 가지고 있다. 이 지역의 남북으로 길게 가르는 5번 고속도로(I-5)는 〈골든 스테이트 프리웨이Golden State Freeway〉로 불린다. 골드러시를 뜻한다.

미국에선 이뿐만 아니라 도로와 연결되는 다양한 구조물들에 유명 인사들의 이름을 붙여 그들을 우리들의 기억 속에 살게 한다. 링컨 센터, 케네디 공항 등은 대통령의 이름을 땄으며 워싱턴DC의 델레스 공항도 국무장관의 이름을 붙인 것이다.
프랑스 역시 드골 공항과 퐁피두 센터와 로마의 레오나르도 다 빈치 공항 등이 있다. 과거 소련의 제정 러시아 시대의 주요 도시들은 공산주의 혁명 지도자들의 이름으로 불렸다. 상트페테르부르크는 레닌그라드로 이름을 바꿨었고 볼고 강 유역 볼고그라드는 스탈린그라드였다.

이러한 사례는 그 밖의 나라들에서도 많이 찾아볼 수 있다. 우리나라도 〈김대중 컨벤션 센터〉가 있듯이 경부고속도로는 박정희 고속도로 봉하 마을은 노무현 마을 등으로 그들의 이름을 붙이면 어떨까 싶다. 정치 지도자가 아니라도 우리들 기억의 사다리를 끄집어낼 수 있는 그 어떤 인물이라도 좋다.

경춘선 강촌역과 남춘천역 사이에 이 지역 출신 저명한 문인 〈김유정〉의 이름을 딴 최초의 사람 이름의 역명도 있다. 도산 안창호 선생의 거리도 그렇고 드골 공항의 이름도 김유정역도 기억의 일부이듯이 도로 또한 기억과 추억과 역사의 일부로 새겨졌으면 어떨까 하는 바람이다.

도로는 태고로부터 인류와 함께 발전하여 현대의 자동차 시대에 필요한 고속도로에 이르기까지 근대화되어 왔다. 또한 생산과 유통 등 경제적 · 정치적 · 문화적으로도 중요한 기능을 다하는 등 우리들의 생활과 밀접한 관련을 갖고 있다.

이처럼 도로가 없는 사회는 존재하지 않는다. 그만큼 삶의 중요한 수단이다. 옛날 우리의 길은 지금과는 많이 달랐다. 마을이 형성되는 것도 막다른 도로의 끝에 형성되었다. 일제 강점기를 거치면서 신작로가 생기고 순수한 우리의 말인 〈길〉이 한자와 섞여 도로라는 용어로 바뀐 것이 아닌가 생각된다.

사람들은 낯선 지역에 들어서면 본능적으로 먼저 불필요한 지엽이나 구조물보다는 전체적인 분위기를 파악하여 그 지역의 이미지를 마음속에 그린다. 〈바람의 딸〉이 멋진 카페나 문화 공간 등 전체적인 분위기의 이미지를 먼저 찾았듯이 도시의 이 공통된 이미지는 매우 중요하다. 그렇다고 도로가 지도를 잘 읽지 못하는 여자에게

덜 중요하다는 것은 아니다.

도시는 우리들이 먹고 사는 사냥감인 일거리도 많아야 한다. 이에 따른 소비·유통·주거·환경·복지·문화예술 등 제반 요소가 잘 조화되어 있는 모습 그대로가 그 도시의 분위기이자 이미지가 아니 겠는가. 무엇보다도 도시의 도로는 단순한 길이 아니라 사람 사이 의 교감과 소통을 이어 주기에 도시인들의 삶에 대한 커뮤니케이션 을 북돋아 주는 길이어야 할 것이다.

아시아 연합국가의 수도 서울

http://blog.naver.com/syg217

'2050년 한국의 서울은 아시아 연합국가의 수도가 된다.' 이 말은 프랑스 미래 석학 자크 아탈리Jacques Attali가 미래 문명의 비전을 제시하는 그의 저서 『프라테르니테Fraternites』의 첫머리에 제시되어 있다. 그는 서울이 향후 이 지구의 11대 거점이 되면서 앞으로 세계적으로 큰 역할을 담당할 것이라며 그 미래를 매우 밝게 평가하였다.

이 글에 대해 한국의 석학 이어령 교수도 "우리나라는 냉전 붕괴 후에도 자유와 평등의 이데올로기 몸살을 앓고 있는 지구 유일의 분단국가로, 한편으로는 무한경쟁 사회를 외치고 또 한편으로는 더불어 살아가는 사회를 부르짖는 모순 속에 있다. 하지만 한국인에게는 박애정신Fraternites으로 두 가지 대립되는 가치를 조화하는 저력이 있다"는 것이다.

"아탈리는 이러한 한국의 조화 능력을 통해 서울이 아시아 연합국가의 수도가 될 수 있다고 생각하는 것이다"라고 덧붙인 바 있다. 국내외 석학들의 이러한 예측과 진단 속에는 현재의 역동성을 바탕으로 한 서울의 지속 가능 발전이 전제되어 있을 성싶다.

서울의 시간은 오늘도 빠르게 흘러간다. 누군가에게는 소박한 삶의 터전, 또 누군가에게는 도전과 성공의 마당, 또 지구촌 저편 누군가에게는 그리움의 도시, 그 모든 이에게 달콤한 사랑의 도시, 젊음과 열정이 넘치고 싸이의 '강남 스타일' 등 한류는 낭만 그 자체다. 6백20년 역사와 숱한 사연을 갖고 있는 과거의 소중한 기억들이 살아 숨 쉬는 도시이기도 하지만 무엇보다도 첨단과 밝은 미래의 희망찬 우리의 도시 서울이다.

세계의 대도시하면 뉴욕이나 파리, 런던을 떠올린다. 흔히 도시를 평가할 때 사람이 살아가는 쾌적성과 교통시설 및 공기와 물 등의 환경 그리고 문화예술 및 관광자원과 역사 등이 기본적 요건이 된다. 이들 대도시들은 이런 기준을 잘 갖추고 있다. 그러나 이들 도시의 진정한 경쟁력은 경제규모가 크고 강하며 활성화되어 있다는 점일 것이다
미국에서 가장 인구가 많은 뉴욕시는 범세계적인 무역 · 금융 · 문화예술 · 패션 등의 트렌드를 주도하는 글로벌 도시다. 유엔이 있어

국제정치의 중심 역할을 하고 뉴욕 증시 등 월가의 동향은 세계 경제에 커다란 영향을 미친다. 이 도시의 〈빅애플Big Apple〉은 시골의 가난한 음악가들이 큰 도시에서 화려한 성공을 꿈꾸면서 "빅애플을 깨물겠다"라고 말했던 데에서 유래했듯이 뉴욕은 전 세계의 예술을 사랑하는 사람들이 살고 싶은 1위 도시이다.

런던도 세계 각국의 주요 금융기관과 글로벌 기업들이 자리 잡은 세계 경제 및 금융의 중심지다. 유럽의 500대 기업 중 100개 이상이 런던에 본사를 두고 있으며 세계 최대 금융회사들의 4분의 1이 유럽 본부를 런던에 두고 있다. 문화·예술분야에서도 예컨대『해리포터』시리즈가 출판·영화시장에서 전 세계인의 눈길을 사로잡는 등 창조성에 기반 한 콘텐츠 산업의 글로벌 메카를 구축하였으며 〈크리에이티브 브리튼〉의 상징으로 부상했다.

세계 제4위의 인구 밀집 지역인 파리 또한 프랑스의 경제 중심지이자 명실상부한 세계의 문화예술 중심지이다. 재정 지출과 상업거래량도 전국의 절반 이상을 차지하며 대기업을 비롯한 의류와 패션·화장품·향수 관련 기업들이 대거 포진해 있다. 몽마르트 언덕을 비롯한 에펠 탑과 개선문 등의 명소들과 더불어 유행과 멋의 도시로서 낭만이 어우러지며 매년 수천만 명의 세계 관광객들을 끌어들이는 힘이 파리의 경쟁력이다.

서울은 어떤가? 조선 영조 때 실학자 이중환李重煥이 지은 지리책 『택리지擇里志』에서 말하는 복거지지卜居之地는 사람이 살기 좋은 도시의 조건을 두루 갖추고 있다는 뜻이다. 이는 곧 지리地理ㆍ생리 生利ㆍ인심人心ㆍ산수山水가 조화를 이루었다는 것을 의미한다. 그 만큼 사람 살기 좋은 조건이기에 6백20년 서울의 역사가 존재하는 것이다.

한때 그 경쟁력이 멕시코시티보다 못 하다는 평가도 있었듯이 서울의 브랜드 가치가 뉴욕과 런던 그리고 파리만큼 크지는 않지만 그래도 서울은 여전히 활기차다.

시청 앞 서울 광장엔 겨울이면 동심들이 스케이트 날을 세워 내일의 꿈을 향해 씽씽 달리고 봄과 가을엔 음악과 젊음이 넘친다. 남산과 한강을 중심으로 광활하게 펼쳐진 대도시로서의 기개를 담은 청계천엔 달콤한 낭만과 때론 찌든 삶을 향한 함성이 뜨겁기도 하다.

뚝섬 시민의 숲과 맑고 깨끗한 물이 흐르는 양재천을 비롯한 〈전원 서울〉과 강남의 화려한 도시미관을 서울 전역으로 이어지게 하는 타워빌딩 건설 붐도 기대를 부풀게 한다. 중앙차로제의 확대와 각종 전철이 인근 수도권 대도시까지 달리는 등 지금도 그 외형적 발전상만으로도 세계인의 아이 캐치Eye Catch감은 충분히 될 수 있을 것이다.

그러나 이것만이 대한 민국의 심장이자 수도로서의 미래는 아니다. 서울은 우리 5천만 국민의 전략 도시이자 리딩 글로벌리제이션 Leading Globalization의 위상을 확보해야 하는 과제를 안고 있다.

국가 간의 경쟁도 중요하지만 도시 대 도시의 생존경쟁 또한 점점 치열해지고 있기 때문이다. 대도시나 지방도시는 전 세계를 상대로 커뮤니케이션을 하고 있고 생산·금융·노동시장 등 독자적으로 전 세계와의 경제 및 문화교류를 한다. 즉, 세계화와 지방화가 동시에 진행되는 글로컬리제이션Glocalization : Global+Localization의 시대다.

전문가들은 도시의 자유가 혁신을 전파한다고 말한다. 또한 '도시의 공기는 자유롭다'는 말을 강조하기도 한다. 고대 그리스의 민주주의는 〈폴리스〉라는 도시국가의 주민 자치로 꽃을 피웠으며, 서구 민주주의도 자치 도시로부터 태동했다.

도시 혁신은 중앙 권력이나 특정 이념 및 사상 등 인위적인 그 무엇으로부터 이루는 것이 아닌, 오로지 자치도시의 자유로운 공기 속에서 잉태된다는 것이다. 서울의 세계화를 위한 보다 근원적 핵심도 바로 이런 관점에서부터 출발해야 한다. 서울은 서울대로 세계의 대도시와 경쟁하고 지방도시는 이들 도시 나름대로 자율적 생존과 경쟁기반을 만드는 것이 글로컬리제이션 시대의 명제다.

그러나 서울은 언제부터인가 이념의 실험장으로 바뀌고 있어 도시의 자유로운 공기를 숨 막히게 하고 있다. 도시는 긴 시간 동안 시대의 흐름에 맞춰 공간과 사람들이 어우러져 만들어지고 변해간다. 그런 공간을 특정 정파와 이념의 잣대로 갈아엎는다면 이념이 바뀔 때마다 이를 해체하고 또다시 쌓아올려야 하는 숙명을 낳기 마련이다. 국내외 석학들이 진단한 '지속 가능성'은 결코 기대할 수도 없거니와 쇠퇴의 길만이 기다릴 뿐이다.

서울은 지금 세계에서 '와이파이Wi-fi'가 가장 잘 터지는 지역이다. 이러한 IT 기술이 2050년 아시아 연합국가의 수도가 될 기반이 될지도 모를 일이다. 첨단기술이 절정에 달할 그 무렵 아시아의 수도 서울은 어쩌면 '인터내셔널 놀이터'도 될 수 있을 것이다.

이념으로 재단되는 두 가지 대립되는 가치를 내세우는 서울의 정치적 비전보다 이를 잘 조화시켜 나가는 저력을 키워 나가는 그 역량의 발휘가 어느 때보다도 절실하다. 서울은 지금 몇 시인지 1천만 시민이 다 함께 고뇌해 볼 시점이다.

〈자신의 정치발판으로 이용하는 정치시장들의 등장 이후 서울시정이 급격하게 변하는 과정을 지켜보면서 느낀 단상〉

미래 진행형 서울의 퍼즐은
누가 맞추나

http://blog.naver.com/syg217

몇 년 전 모 기업의 입사시험 문제다. '당신은 지금 폭풍우가 몰아 치는 밤길을 운전하고 있다. 마침 버스 정류장을 지나치는데 그곳 에는 세 사람이 있다. 한 명은 지쳐서 생명이 매우 위급해 보이는 할머니, 또 한 명은 얼마 전 당신의 생명을 구해 주었던 의사, 나머 지 한 명은 이번에 지나치면 다시는 만날 수 없는 평소 꿈에 그리던 이상형이다.'

'당신은 단 한 명만을 차에 태울 수 있다. 어떤 사람을 차에 태우겠 는가? 선택 후 그 이유를 설명을 해 보라'였다. 수많은 지원자들 중 최종 합격된 사람의 답은 "의사 선생님께 차 키를 드리지요. 할머니 를 병원에 모셔갈 수 있도록 하겠습니다. 그리고 전 이상형과 함께 버스를 기다리겠습니다."였다.

이 답의 핵심은 '가장 많은 사람을 만족시킬 수 있는 결과'였다. 단한 명만을 차에 태울 수 있다는 제한된 자원의 배분원칙인 효율성 efficiency의 달성은 물론 자본주의 모순을 극복하는 형평성equity의 원리이기도 하다.

경제 양극화 현상의 심화는 소득분배의 악화를 초래하고 사회계층간의 갈등을 야기하게 되어 결국 정치 사회적 불안정으로 이어져 경제적 불안정성이 더욱 증폭되는 악순환을 초래하게 된다. 요즘 경제민주화와 더불어 동반성장이 강조되고 있는 이유도 바로 여기에 있다.
그러나 분배 등 경제정책은 그리 단순한 것이 아니다. 공평성을 지나치게 강조하다 보면 경제적 효율성이 저하되어 발전 속도를 더디게 하는 문제를 유발한다. 공산주의 몰락과 사회주의의 빈곤 현상이 이를 입증한바 있다. 요즘의 서울경제도 이와 닮은꼴이다.

통계청 발표에 의하면 1988년 말 서울시 등록인구가 1,000만 명을 돌파한 이후 2013년 말 25년 만에 그 이하로 떨어졌다. 서울 인구가 1992년 1,096만 9,862명으로 최다를 이룬 이후 감소 추세가 이어지고 있는 것이다. 인구가 줄어드는 직접적 원인으로는 집값 등 주거에 드는 비용이 크게 오르면서 시민들이 경기도와 인천·충남 등으로 대거 이탈했기 때문으로 분석된다.

하지만 '2013년 4분기 및 연간 지역 경제 동향에 따르면 서울 지역의 광공업 생산과 소매판매 및 취업자 수 등 모든 지역경제 활동 지표가 전국 하위권을 기록했다. 광공업 생산 지수는 5.8%나 떨어졌으며 소매점 판매 지수도 0.5% 하락해 전국 평균을 크게 밑돌았다. 아울러 취업자 수도 전년 대비 1.2% 증가하는 데 그쳐 전국 평균인 1.6% 증가에 못 미쳤다.

서울의 지역내 총생산GRDP 성장률은 지난 1995년 연 15%를 기록한 것을 고점으로 2012년에는 연 2%까지 떨어졌다. 이는 서울이 더 이상 대한민국의 성장 동력이 되지 못하고 있음을 보여 주는 것으로 경제 활력이 그만큼 저하되어 있음을 입증하고 있다.

2013년 9월 서울특별시회가 한국건설산업연구원 및 서울대학교 도시계획연구실과 공동 발간한 '글로벌 톱5 도시를 향한 서울시의 인프라 투자방향 연구' 결과도 서울시민은 비싼 물가와 낮은 삶의 질로 행복하지 못하다고 느끼며 개인을 희생하는 피로한 도시에 살고 있는 것으로 나타났다.

서울시는 최근 세수가 부족하여 영유아보육비 부족분 2,000억 원을 지방채를 발행하여 충당했다. 아기 우윳값이 없어 빚을 내는 이 같은 사례에서도 사정이 급박한 것을 알 수 있다.

620여 년 전 인구 1만 명의 작은 고을에 지나지 않았던 한양은 조선의 수도가 된 이후 인구 10만 명의 제법 큰 도시로 변모하여 1910년

일제에 강제 병합될 당시 25만 명까지 늘어났으며 해방을 맞아서는 90만 명의 대도시가 되었다. 한국 전쟁을 거친 서울의 인구는 1954년 124만 명, 1956년 150만 명, 1959년에는 210만 명, 1963년에는 325만 명으로 급속히 늘어났다.

서울이 몸살을 앓는 내용을 담은 이호철의 『서울은 만원이다』는 소설이 발간될 무렵인 1966년엔 370만 명이었으며 1968년 433만 명, 1970년 543만 명, 1972년 607만 명이었다. 필자가 공채 시험으로 서울시 공무원이 되던 해인 1975년 690만을 넘어 2년 단위로 100만 명씩 증가하며 1977년 이미 700만을 넘어섰고 1980년대에 접어들면서 이후 꾸준한 증가로 1992년엔 마침내 1,096만 9,862명으로 최다를 기록했다.

망아지는 태어나면 제주로 보내지만 사람은 서울로 보내야 했다. 일자리를 찾아, 좋은 학교로 진학을 위해, 꿈과 희망을 이루기 위해 사람들이 몰려들었다. 서울에서 김 서방을 찾는 일이 모래밭의 바늘을 찾는 것보다 더 힘들었지만 사람들이 모여든 것은 서울이 블랙홀처럼 모든 것을 빨아들이는 힘을 갖고 있었기 때문이다.

물론 서울 인구의 폭발적 팽창으로 우리는 너무나 많은 대가를 치러야 했다. 이호철의 소설에서는 시궁창처럼 빠져드는 그런 곳이기도 하였고 오늘에 이르러는 양극화를 초래한 원인이기도 했다. 하지만 서울은 여전히 대한민국의 미래다. 그렇기에 결코 놓쳐서는 안 되는 한 가지는 성장 동력이다. 하지만 인구감소 등 각종 경제지표의 하락으로 인해 그 발전 속도가 뒷걸음질 신호를 보이고 있는 오늘의 서울 현실이 안타깝다.

특히 저성장 기조가 지속되는 최근 경제의 흐름에서는 경제민주화 등 형평성만을 강조하는 것은 성장의 불씨마저 꺼트릴 수 있다. 누구는 서울을 대권가도의 발판으로 삼으려 한다. 표를 얻기 위해서는 형평성만큼 좋은 수단은 없다. 효율성을 고려하지 않는 눈앞의 달콤한 미끼로 서울의 미래를 망가뜨려선 안 된다.

연구개발Creation-생산Production-유통Distribution-판매·소비 Retail&Consumption로 구성된 가치사슬에 의한 산업 생태계와 더불어 창의적인 고급 기술 인재를 끌어들이는 매력과 이들의 생활기반이 되는 문화 등 도시 인프라가 잘 갖춰져 있고 자본한계생산성마저 높으면 서울의 인구가 줄어들겠는가. 메타내셔널 기업 metanational enterprise들과 세계의 부호들이 돈을 짊어지고 서울로 몰려들 것이다.

뉴욕·런던·파리·베이징·도쿄 등 세계 40여 개 주요 도시의 경쟁력은 전 세계 경제력의 70%를 차지하고 있다. 나라마다 도시 경쟁력 키우기에 전력을 쏟고 있는 것도 이 때문이다. 서울은 그렇잖아도 모바일·IT·지식·R&D는 물론 문화산업의 필수로 거쳐야 할 글로벌 테스트베드로 부상하고 있다. 이러한 호기를 놓쳐서 되겠는가.

에너지·식량·물 등 기존의 도시담론도 중요하지만 글로벌 시장에서의 경제·기술·혁신 등 가치 공급자Value Provider로서의 서울에 대한 종합적인 진단과 안목이 필요한 때이다. 비록 소도시이긴 하지만 핀란드의 혁신 도시 올루Oulu시는 도시 전체를 하나의 주식회사로 자본시장 원리가 지배하는 증권거래소에 상장했다. 시 정부는 주주로서 배당도 받고 주가가 오르면 자본이득도 취할 수 있다. 그래서 기업들은 자존심을 걸고 도시를 위한 경영을 한다.

도시공학의 에세이라 할 수 있는 책『도시를 보다』에서는 도시에서 행해지는 모든 노동의 현장이 도시를 살아있는 공간으로 만든다고 설파한다. 노동과 도시는 서로에게 기대고 노동과 삶도 서로에게 삼투하여 내가 노동을 제공함으로써 누군가의 삶의 일부로 채워지며 타인의 노동으로 내 삶의 조각도 완성된다는 것이다. 결국 우리 모두는 서울의 퍼즐인 것이다.

이러한 서울은 세계와도 공생체로 연결되어 있어 세계 도시로서의 퍼즐도 맞춰 나가야 한다. 이러함에도 서울시는 광화문 광장 등에 관상용 벼나 콩을 심으면서 안일하게 시간을 보내고 있으니 결국 서울 인구가 1천만 이상으로 다시 회복하는 퍼즐은 시민에게 달려 있는 것이다.

〈패티 김〉이 부른 '새들이 노래하고 웃는 얼굴이 가득한 곳/처음 만나서 사랑을 맺은 정다운 거리/아름다운 서울' 이라는 〈서울의 찬가〉는 서울을 향한 한국인들의 힘찬 행진곡이었다. 이젠 글로벌 시장의 사람들을 불러들일 제2의 〈서울의 찬가〉도 필요한 때다.

〈서울 인구 1천만 명 이하 감소에 대한 소회〉

강남 담아 촬영하는
'어벤저스The Avengers 속편'

http://blog.naver.com/syg217

노래 속 〈강남 스타일〉, 블록 버스터로 비주얼 실체 드러내다

할리우드 블록 버스터 '어벤저스The Avengers'의 속편 '에이지 오브
울트론Age of Ultron'의 로케이션에서 약 10~15분 정도의 분량을 서
울 강남 일대에서 촬영할 계획으로 발표되었다.
국내에서 700만이 넘는 관객을 모으며 폭발적인 흥행을 기록했던
'어벤저스'의 후속 작이 한국을 배경으로 한다는 사실 자체만으로
도 흥분을 감추기 힘들다. 국내 네티즌들의 반응도 뜨겁다. 제작사
인 마블 스튜디오는 지난 2월 19일 공식 홈페이지를 통해 '어벤저
스 2'의 주요 장면들이 한국에서 촬영될 것이라고 확정 발표했다.

마블 스튜디오의 대표이자 '어벤저스 2'의 프로듀서인 케빈 파이
기Kevin Feige는 한국 촬영을 발표하며 "최첨단 하이테크와 아름다

운 경관, 초현대식 건축물이 공존하는 한국은 대규모 블록 버스터를 촬영하기에 최적의 로케이션이다"라고 밝혔다. 또 "이번 촬영을 위해 스태프와 업체, 엑스트라 등을 현지 고용할 것이며 이를 통해 한국의 영화 산업에도 기여하게 될 것"이라고 기대감을 드러냈다.

이 영화는 지구의 안보가 위협당하는 위기의 상황에서 슈퍼 히어로들을 불러 모아 제각각의 특징으로 세상을 구하는 복수 작전을 펼쳐 나간다는 내용이다.

그간 유명 할리우드 영화에서 홍콩이나 도쿄에 비해 서울을 비롯한 한국 도시가 등장하는 일은 흔치 않았다. 간혹 등장한다 하더라도 배경만 서울일 뿐 직접 한국으로 로케이션 촬영까지 나서는 일은 많지 않았기에 더욱 관심을 끈다.

주 촬영지가 될 강남은 제작회사 측에서도 밝혔듯이 최첨단 하이테크와 아름다운 경관, 초현대식 건축물이 즐비한 곳일 뿐 아니라 1990년대 중반부터 영화산업 클러스터가 새롭게 형성되어 있는 곳이다. 주요 영화 고객인 20대 초반의 청소년들이 주로 강남지역에 운집해 있어 강남이 소비자 성향 파악에 유리하다.

〈메가 박스〉 등 멀티플렉스 외 기존의 극장도 스크린 수를 늘려 강남은 극장의 중심지로도 발돋움했다. 영화사 및 극장·투자회사·컴퓨터그래픽 회사들이 압구정동·논현동·청담동·테헤란로를 중심으로 집적해 있어 자연스럽게 감독, 배우 등의 주거 및 활동무대가 되고 있다. 짐작컨대 서울시에 있는 영화산업 30% 이상이 강남구와 서초구에 몰려 있고 과거 영화산업 중심지였던 충무로 지역은 10% 남짓에 불과한 것으로 보인다.

특히 강남구는 K-POP 등 〈한류 문화〉를 주도하는 스타들의 산실이기도 하다. 한국의 상징처럼 여겨지는 〈아이돌〉 가수들을 길러낸 연예 기획사들 다수가 강남에 위치한다. 〈소녀 시대〉와 〈동방신기〉, 〈슈퍼주니어〉로 유명한 SM은 해외 팬들이 성지처럼 찾는 명소이기도 하다. SM 압구정 사옥 인근에는 평일에도 스타들을 보기 위해 이곳을 찾는 해외 팬들로 북적인다. 〈원더 걸스〉와 〈2PM〉을 길러 낸 JYP, 〈카라〉로 일본시장을 장악한 DSP 등 유명 기획사들도 한류 〈아이돌〉의 산실이다.

또한 뮤지컬과 클래식, 대중가요 공연까지 열리는 복합 공연장들이 강남 곳곳에 산재해 있다. 삼성동 〈백암 아트 홀〉은 인기 대중가요

그룹 예술인들의 공연장이며 〈올림포스 홀〉은 클래식 전용 콘서트 홀로 성악가 조수미가 데뷔 25주년 기념 음반을 녹음한 곳으로 유명하다. 1천 석이 넘는 〈LG아트 홀〉 같은 대형 공연장도 1년 내내 뮤지컬 등 자체공연을 진행하는 등 품격 있는 고급 예술문화 공연장이다.

강남은 뉴욕이나 파리 같은 명품 도시들과 마찬가지로 한류 중심의 도시 관광 상품이 이미 조성되어 있다. 재래시장인 영동시장 인근 〈논현 맛의 거리〉를 비롯 강남역 주변 등은 처음부터 해외 관광객들을 상대하겠다는 콘셉트로 준비된 〈맛집〉과 고급 레스토랑이 즐비하다. 더불어 봉은사나 선릉처럼 역사가 살아 숨 쉬는 공간들이 도심 한복판에 위치하고 도산공원과 코엑스 등 문화 체험 공간들은 도시 관광 상품이다. 특히 봉은사 템플스테이는 세계적 명성의 킬러 콘텐츠Killer Contents로 부상 중이다.

압구정 로데오거리나 청담 명품거리는 패션과 쇼핑 중심지로 성장해 해외 관광객들의 발길이 이어지고 강남역이나 논현역, 청담동은 〈뷰티 벨트〉로 해외에 널리 알려져 있으며 신사동 〈가로수 길〉은 패션을 비롯한 새로운 문화 트렌드의 새로운 아이콘의 상징이 되고 있다.

또한 성형외과와 피부과가 집중된 〈뷰티 벨트〉는 높은 기술력으로 의료와 관광을 함께 즐기고픈 해외 관광객들에게 어필하고 있다. 서울시 전체 성형외과의 70%, 피부과의 30% 이상이 강남에 집결해 있다. 눈 성형 기술과 anti-aging을 실현하는 기술도 높은 수준이다. 의료 역시 뷰티 산업과 함께 성행하고 있으며 한국을 찾는 전체 해외 환자 중 20%가 강남구를 찾고 있다. 이 밖에 강남구는 연예 · 영화 · 영상물 · 광고 · 패션 · 문학 · 미술 · 조각 · 공예 및 도예 · 서예 · 캐릭터 · 음반 · 클래식 · 인디 음악 · 재즈 · 뮤지컬 · 오페라 · 애니 · 게임 · 전통예술 · 연극 · 무용 · 공연 · 다도 · 푸드 문화 등 한류 창출의 최대 자산 보유 지역이다.

특히 〈한류 강남구〉 브랜드로 각인된 것은 싸이의 〈강남 스타일〉이 힘이 컸다. 싸이는 강남구를 세계인들에게 〈한국의 비벌리 힐즈 같은 곳〉으로 소개했다. 몇 백 억 원을 들여도 하기 힘든 일을 노래 한 곡으로 전 세계 사람들에게 강남 스타일을 통해 강남이라는 브랜드를 자연스럽게 부각시켰다. 산업정책연구원IPS의 〈강남구 브랜드 자산가치 평가〉결과는 149조 7천 억 원(2013. 3월~5월 조사)였다.

브랜드 파워의 지표인 서울시 자치구 '최초 상기도Top of Mind' 평가에서도 강남구가 35.5%로 1위로 나타했다. 이러한 연유로 강남구는 〈한류〉라는 문화예술 트렌드를 선도하는 독특한 특성으로 감성과 낭만, 사랑과 젊음, 활력과 미래가 공존하는 시크Chic한 도시 이미지 프리미엄을 구현하고 있다.

반면 강남구는 대한민국 대표 도시지만 싸이의 노래 가사 속 강남은 있어도 세계인들에게 비주얼로 비춰진 적은 제대로 없었다. 하지만 이번 '어벤저스'의 속편 촬영을 통해 강남의 시크한 실체가 드러난다면 강남은 물론 서울과 대한민국의 브랜드 가치를 크게 높이는 계기가 될 것으로 기대되고 있다.

필자가 '어벤저스'의 속편 촬영을 반기는 것은 강남구청 25년 근무와 강남구 출신 시의원으로서의 개인적인 뿌듯한 자부심도 그렇지만 이 지역 출신 심윤조 국회의원의 숨은 역할이 컸다는 비밀 아닌 비밀을 알려 주기 위함이다. 강남은 물론 서울과 대한민국을 알리는 데는 블록 버스터급 영화만큼 더 좋은 수단이 없어 보이기 때문이다. 심 의원께서는 오래전부터 이와 같은 구상으로 문화관광부와의 협의 등 소리 소문 없는 역할을 해 온 점을 곁에서 지켜봤기 때문이다. 오직 감사할 따름이다.

강남구의 세련된 도시 이미지는 사람의 과시욕으로 인해 땅값이 올라도 여전히 선호 현상을 보이는 것은 베블런 효과Veblen effect로 설명되기도 한다. 교육 · 쇼핑 · 문화 · 여가 인프라의 양적 · 질적으로 풍부한 기능적 이점과 함께 심리적 과시욕의 표출 때문이다. 또 하나는 사람들이 브랜드 파워가 가장 높은 지역인 강남을 준거집단으로 선호하는 파노플리 효과Panoplie Effect로 설명된다. 소비자가 특정 제품을 소비하면서 같은 제품을 소비하는 소비자와 같은 부류라고 여기는 현상이다.

암묵적으로 강남 사람들은 다른 지역 사람들과는 다르다는 인식의 프라이드와 같은 특권 의식이 존재한다. 글로벌 양극화 현상의 파고를 넘어 강남이 명실상부한 한류 확산 중심 도시로 부상하기 위해선 〈Noblesse oblige〉같은 시민정신에 의한 캠페인이 절실함을 시사하고 있기도 하다.

〈'어벤져스'의 속편〉의 대박을 기원하며

아이들을 세상의
중심에 세우는 교육 펴야

〈시사 월간 서울21〉 2012년 12월호 특별 기고

6개월 시한부 삶을 살던 랜디 포시Randy Pausch 카네기 멜론대 교수가 강단에 섰다. 그는 학교를 떠나기 전, 동료 교수들과 학생들을 대상으로 한 '마지막 강의'에서 세계인들의 심금을 울렸다.

'진정으로 어린 시절의 꿈을 성취하기'란 주제의 강연에서 인생에 대한 긍정과 꿈,의지를 강조하면서 자신의 주변 모든 사람에 대한 배려와 사랑을 몸소 실천했다. 그러면서 그는 "벽돌담의 존재 이유를 기억하세요. 그것은 우리가 안으로 들어가는 것을 막기 위해 그 곳에 있는 것이 아닙니다. 그것은 어린 시절에 품었던 꿈의 달성을 절실히 원하는 사람과 그렇지 않은 사람을 분리시킵니다 . 결코 중단하지 마십시오"라고 덧붙였다.

이처럼 교육은 '랜디 포시' 교수의 말과 행동에서 보듯이 우리 아이들 한 사람, 한 사람의 개체가 성장해 가며 꿈에 대한 도전 의지를 심어 줄 뿐 아니라, 사람들이 세상을 살아가며 사회 전체 구성원으로서 바르고 겸손하며 남을 배려하는 삶이 얼마나 중요한 것임을 일깨워 주는 역할을 하는 것이다.

그렇기에 교육정책이나 과정은 아이들의 흥미에 바탕을 둬야 하고, 교실에서의 여러 가지 경험을 통해 스스로의 궁리와 자발적 의지의 동기가 유발되도록 해야 하며, 학교는 하나의 작은 공동체로서 그리고 교사는 판에 박힌 수업만이 아니라 이들의 안내자이자 동료가 되어, 그 목표는 아이들이 전인적으로 성장하도록 유도하여야 한다.

그런데 우리 교육의 현실은 어떠한가. 지금 우리의 교육 현장은 소위 평준화와 특성화, 규제와 자율, 개인과 집단의 일대 혼란기에 와 있다. 세계 최상위의 학업성취도를 자랑한다지만 그 이면에는 사회적 불평등을 확대하는 원인이 되고 있는 높은 사교육비 부담, 심각한 학교폭력 문제와 교권 침해, OECD 최하위 수준의 학급당 학생 수 등 이것이 오늘날 우리 교육의 현주소이다.

여기에다 언제부터인가 우리 교육은 어느 특정 집단의 전유물이 되어 있다. 특히 자치와 자율을 빙자한 국가 책임성의 일탈 내지 방관으로 인하여 학교 교육 현장은 정치 선전장으로 전락되어 온갖 불합리와 자가당착적인 모순을 야기시키고 있다.

정치이념 실험장 안 돼

곽노현 전 서울교육감이 선거에 당선되기 위해 선의를 빙자하여 검은 돈을 주고받은 사실이 드러나며 파렴치한 범법자로 구속되는 사례가 이를 증명하고 있다. 그는 학업 성취도 평가, 자율고 확대, 교원 평가 같은 교육 정책 등에서 중앙정부의 발목을 잡았다. 진보라는 굴레를 쓰고 학교를 자신의 정치이념 실험장으로 삼은 그의 교육감 2년 재직으로 나타난 서울시의 교육 현장은 무너졌다. 전면 무상 급식으로 인하여 날로 쇠퇴해 가는 교육시설 환경을 비롯하여 학교 공부와 직접 관계가 없는 정치 선동적 정책인 학생인권조례 제정 실시, 체벌 금지로 인한 교사들의 수업권과 학생 지도권의 와해, 교내 폭력의 난무, 학교에서의 입시교육 반대, 학생 간에 경쟁 반대 등으로 공교육의 근간이 사실상 와해된 것이다.

오는 12월 19일 대통령 선거일에 서울시 교육감 재선거도 동시에 치러진다. 서울시 교육감은 2,200여 개의 교육기관을 관장하고, 8만여 교원의 인사권과 7조 원에 달하는 예산을 집행하는 엄청난 권한을 갖고 있다. 더욱이 우리 교육에서 수도 서울이 가지는 상징성은 크다. 고교 입시·사교육·특목고와 자사고, 학교자치 등의 정책은 타 시·도에도 영향을 미친다.

때문에 대통령 선거 못지않는 엄중한 한 표의 행사가 절실해지고 있지만 그러나 벌써부터 이번 재선거가 전형적인 이념 대결 양상을 보일 것으로 예상되어 걱정이 앞선다. 막중한 자리의 서울시 교육감이 자신의 이념 성향에 따라 정책을 수시로 바꾼다면 우리 교육의 미래는 암울할 수밖에 없다.

그래서 무엇보다 교육재정을 부담하는 시민들 입장에서는 후보들이 제시하는 공약을 놓고 실현 가능성이 있는지 여부를 따질 필요가 있다. 막대한 재정이 소요되거나 중앙정부의 도움 없이는 도저히 실천할 수 없는 공약을 내걸고 표를 구걸하는 후보부터 경계해야 한다. 후보자들 또한 누가 당선되더라도 정파적 이해관계를 떠나 성향이 다른 집단을 이해, 설득시키고 자신을 선택해 준 진영의 부당한 요구도 뿌리칠 수 있어야 한다.

한 가지 덧붙이고 싶은 점은 차제에 현행의 교육감 직선제를 임명직으로 바꾸거나, 아니면 광역자치단체장 선거 시 '러닝메이트' 등의 방법으로 전환할 필요가 있다고 본다. 교육은 국가 사무이긴 하나 교육 재정은 지방자치단체에서 거의 부담하는 관계로 광역단체장과 독립적인 교육행정 수행이 사실상 불가능하기 때문이다.

서울시 교육뿐만 아니라 지금 우리 사회는 교육의 근본적인 혁신이

서울21

12 DEC 2012

안철수 후보직 전격 사퇴 사전 논의 있었다

국민적 비난 폭발, 대국민 우롱극 왜 했나?

새로 선출되는 서울시교육감에 거는 기대

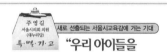

주영길
서울시의회 의원
(새누리당)

특·별·기·고

"우리 아이들을 세상의 중심에 세우는 교육 펴야"

필요한 시점이다. 한두 가지 문제가 아니지만 그 중 시급한 과제 중 하나는 지금부터라도 기초적인 교육부터 바로잡아야 한다. 유아기 부터 또는 초등 저학년 각급 사교육 기관으로부터 선행 학습을 하는 것이 원초적으로 학교 교육을 황폐화시키는 결과를 초래하고 있으며, 장래 건강한 사회인으로 성장시키기 위해서는 어릴 때부터 소위 '밥상머리 교육'의 인성교육의 기초를 가정에서부터 시작되어야 할 것이다.

또 하나 우리 사회는 지나친 스펙 위주 사회로 변질되어 고졸자의 80% 이상이 대학을 진학하고 있어 이러한 과도한 고학력 사회 탓으로 인한 청년실업 문제에 대한 과제이다. 대학의 수를 과감하게 줄이고 실업계 교육기관의 내실화를 기하는 등 소위 우리 사회의 간판 문화를 바꿔 나가야 할 것이다.

감성과 공감 능력이 중요해져

이와 함께 강조하고 싶은 것은 21세기 지식기반 사회가 요구하는 교육으로의 전환이 절실해지고 있다는 점이다. 현대에선 새로운 지식이 끊임없이 출현하면서 '지식의 노후화Obsolescence'가 점점 심각해지고 있다. 10년 후에는 현존 직종의 80% 가 소멸하거나 진화되는 것으로 예측되고 있기도 하다. 여기에 수명이 늘어나며 '제2 경력Second Career'에 대한 수요도 빠르게 늘고 있다.

미래학자 다니엘 핑크는 정보화 시대 다음으로 '하이 콘셉트High Concept' 시대를 예고했다. 컴퓨터가 대신할 수 없는 감성과 공감 등의 능력이 커지는 시대를 일컫는다. 이러한 시대의 교육의 방향은 바른 인성과 창의성을 겸비하고 감성이 조화를 이루는 자기 주도적 글로벌 인재 양성일 것이다. 머리는 이성적으로 가슴은 열정으로 손은 다른 사람의 상처를 위로해 주는 인간을 말하기도 한다.

세계사에 유례 없는 오늘날의 대한 민국 국가 발전을 이룬 원동력은 어디서 온 것 인가. 글로벌 국가경쟁력 평가에서 세계 각국에 뒤지지 않는 높은 평가를 받은 힘의 근원은 교육의 힘이었다. 이처럼 교육은 국가 백년대계를 좌우하는 중요한 과제다. 그렇기에 교육정책을 만들고 시행하는 일만큼 어려운 일도 없을 것이다. 그러나 교육은 이제 우리 삶과 미래의 모든 것과 직결되어 있다. 복지·경제민주화·일자리 등의 기초인 것이다. 교육 문제의 해결 없이는 경제민주화도 복지도 모래 위에 쌓은 성이나 다름아닐 것이다.

'교육Education'의 어원은 '밖에서 이끌어 내다'라는 뜻의 라틴어 '에듀카르educare'다. 미래를 잘 살아가게 하기 위한 우리 아이들이

지니고 있는 재능과 자질을 어떻게 하면 잘 끄집어 낼 것인가가 교육의 해답이라면 여기에 이념이 끼어들 틈이 있을까. 그렇다면 제도나 정책의 혁신도 하등의 어려울 이유가 없을 것 이다. 이번 서울시 교육감 선거가 바로 이러한 혜안의 바탕 위에서 치러지길 간절히 바라마지 않는다.

제2장

35년 공직과
강남구 인연 25년

CHAPTER 2

공직에 들어서기까지

경남 함안에서 태어나 학창 시절은 마산에서 보냈다. 1960년대의 마산시는 4 · 19혁명의 도화선이 되었던 열사 김주열의 희생으로 인해 정치적으로 국민적인 주목을 받고 있었다. 사회적으로도 민주주의

의 도화선 역할을 했다는 정의감 같은 정서가 널리 퍼져 있었다.

그런 환경에서 중·고교를 다니는 사춘기에, '내 고향 남쪽 바다… 꿈엔들 잊으리오'의 노래가사처럼 고향의 해풍과 낭만적인 정서의 영향을 받았다고 생각한다.

아무래도 세상을 보는 눈이 시골에 살 때보다 조금은 더 넓어지고 담대해졌다고나 할까….고등 학교 졸업 후 잠시 회사원 생활을 하다가 2년 동안(1972~1974년)은 경북 영천군 보현산 중턱에 있는 법용사에 기거하며 독서삼매경으로 칩거하듯이 몰입한 적이 있었다.

그 2년이란 시간은 '젊은 날의 번민' 쯤으로 돌려 버리기엔 좀 더 깊은 고뇌의 기간이었다. 가끔씩 결혼 전에 사귀던 아내가 틈틈이 구해다 주는 책을 친구 삼아 용기와 격려를 받고 삶에 대해서 진지하게 생각했던 시간들. 대충 3천여 권의 책을 읽었던 것 같다.

그때 쌓인 내공이 후일 공직 생활을 하는 동안 여간해서 시류에 흔들리지 않는 강단으로 작용했다고 본다. 강남구청 간부 시절에는 시대의 흐름에 관계되는 신간이 나오면 가능한 한 구해 보고, 짬만 나면 서점에서 책을 사서 내 사무실로 오는 직원들에게도 읽도록 했다. 그래서 '평생 공무원을 한 사람으로선 비교적 생각이 열려 있다'는 평을 듣는다.

하산한 이후, 깊은 산 거처까지 찾아오던 아내가 경북 문경 지방으로 교사 발령을 받게 되어 더욱 만나기 어려워졌기에 뭔가 하지 않으면 안 될 상황이 되었다. 아직 직업도 없었던 만 26세 1975년 2월에 서둘러 결혼부터 했다. "직업도 없는데 무슨 결혼이냐?"고 처남이 반대하는 가운데, 무직자인 신랑의 결혼을 장모가 나서서 무한 신뢰로 감싸 주었다.

우리 집에서도 반대가 심해서 결혼식을 시댁이 아닌 처가가 있는 대구에서 해야만 했으니…. 하지만 그런 문제는 그 해 10월에 공무원 시험에 합격함으로써 일단 해소되었다.

처남은 섬유산업이 호황을 누릴 때 일찍부터 왕십리 일대 섬유공장에 취직을 한 후, 사업수완이 좋아서 여러 개의 공장과 사업체를 운영해서 돈을 벌었다. 30여 년 전에 그렇게 모은 큰돈을 들고 캐나다로 투자이민을 떠나기 전까지는, 갓 결혼을 한 박봉의 말단 공무원인 나를 만날 때마다 '내 여동생을 고생만 시킨다. 공무원 그거 때려치우라!' 고 입버릇처럼 농담을 했다. 때문에 자존심이 강한 아내는 오빠로부터 거의 도움을 받지 않았다.

그런 처남이 결혼 40년이 된 올해 초, 캐나다에 살면서 한국에 잠시 다니러 왔다가 갑자기 쓰러져서 영원히 돌아가지 못하게 되었다. 뇌졸중으로 지병이 있다고 하지만 74세의 나이이니 요즘 기준으로 보면 10여 년 이상 빨리 떠난 셈이다. 한겨울에 장지를 다녀오면서도 옛날 생각이 나서 너무 마음이 아프고 안타까웠다.

4명의 자녀들이 다 캐나다에서 공부도 잘 했고, 집안에 대소사가 있으면 여동생 대신 서로 상의하는 사이로 매년 연말이면 꼭 서울에 와서 가족들과 함께 새해를 맞곤 했는데…. 돈도 제대로 써 보지 못한 이민 1세대 처남과는 친가 혈육으로 유일하게 남았던 오누이였다. 이국 땅에서 사업을 해서 기반을 잡았으나, '세금을 내도 한국에 내겠다' 며 한국 국적을 자랑스럽게 갖고 있었으며, 사업을 하던 동서들에게 많은 도움을 주었기에 떠난 빈 자리가 크게 보인다.

그리고 한 달여 뒤 고향에서 종가를 지키던 큰형님의 부음을 듣게 된다. 10여 년 동안 지병을 다스리며 71세를 사셨으니 부처님처럼 수를 누렸다고 볼 수도 있다. 하지만 객지로 나간 동생들에게는 부모님 같은 큰 의지가 되었기에 그 애통함이 남달랐다.
4형제 중 바로 위의 형과 동생은 일찍부터 엔지니어의 길을 선택해서 조국의 산업화에 일역을 담당했다고 생각한다. 특히 동생이 자동차 부품업으로 세광정밀이란 회사를 경영하며, 형으로서 '손가락질 받지 않고, 또 남에게 손 벌리지 않고' 공직을 마무리할 수 있도록 여태껏 지원해 주고 있는 것은 뜨거운 형제애 이상의 행운이라고 할 수 있다.

무엇보다도 아내 때문에 35년간 안정된 공직을 수행할 수 있었다. 평생 교직에 있으면서 집안 살림을 책임지고 꾸려 나간 내조를 글로써 다 표현할 수 없다. 더욱이 미안한 점은 퇴직 후에도 시의원을 하며 일을 놓고 여생을 함께 할 수 없다는 사실이다. 두고두고 갚을 수밖에….

서울시 공직 35년의 인연들

1970년대에는 부부의 어느 한쪽이 서울시 공무원이면 함께 서울시에서 근무할 수 있는 제도가 있었기 때문에, 공무원 임용된 지 얼마 안 가 아내도 서울로 발령을 받아서 함께 살게 된다. 그렇게 되기까지, 한동안 주말부부로서 매주 토요일이면 오후 1시경 출발하는 시외버스를 타고 6시간 이상 비포장도로에 시달려야 했다.

막상 내려가면 아내의 동료 교사들이나 교장 선생님과 같이 등산 일정이 예정되어 있거나, 아니면 휴일 행사가 있어서 함께 참석하는 것으로 데이트의 대부분을 대신했다. 다음날 일요일 저녁 막차를 타고 다시 서울로 돌아와야 하는 신혼 시절을 보냈기에, 문경시내는 물론 가까운 상주 옥천 일대까지 가 보지 않은 곳이 없을 정도로 많은 추억도 생겼다.

이런 신혼의 아픔은 역시 교사로서 육사 출신의 청년 장교와 결혼했던 처형도 비슷하게 겪었다. 대구에 사는 장모님이 처형과 어린 손녀딸을 안고 동서를 만나기 위해 강원도 양구 최전방까지 면회를 다닐 때마다, 중도에 서울 우리 집에서 잠시 머무는 시간은 참으로 지켜보기에도 안쓰러웠다.

다행히 동서가 장군의 꿈을 접고 전역하여 재무부 공무원이 되는 길을 찾아서 여러 요직을 거치며 공직을 마감할 수 있었다. 처형도 교직을 그만두고, 15년 이상 해외 대사관에서 근무를 하는 동서와 함께 외국에 거주하며 조카들도 외국 교육을 받게 된다. 그러나 전도가 양양했던 엘리트 장교의 전역을 바랐던 나는 오래도록 동서에게 말 못 하는 미안한 마음을 가졌었다.

이 책을 쓰는 과정에서 동서 형님과 그 시절의 대화를 주고받으며, "재무부 공무원이 되어서 오히려 세상을 보는 눈이 넓어졌다. 고맙게 생각한다. 내 인생의 전환점이 되었다"는 말을 듣고 비로소 그런 심적인 부담을 덜게 되었다.

첫 발령지의 가족 같은 분위기

1975년 10월 말 용산구 한강로 3동 사무소로 첫 발령을 받고 가니, 직원 10명에 공채 출신의 정규직이 5명이고, 나머지는 임시직이었다. 동장이 정규직이 아닌 시절이니 정규직, 임시직의 구분도 없이 어떻게 보면 다들 가족 같은 동료애와 유대감이 있었다.

일일이 수기로 서류를 작성하며 1년 8개월간 근무했는데, 이 기간은 동료나 선배들을 통틀어서 비교해도 동사무소에 근무한 경력으론 가장 짧은 경력에 속한다. 그때는 점심 시간이 되면 각자 돈을 갹출해서 밥을 하고 난로에다 국을 끓여먹는, 그야말로 한솥밥을 먹었던 동료로서 끈끈한 정이 있었다. 그런 유대감은 공직 생활 중에 정신적으로 좋은 추억이 되었다.

오전에 출근하면 새마을 청소부터 하고, 집집마다 오물수수료와 적십자 회비를 받으러 다니는 게 주요 일과였다. 나머지는 일일이 손으로 기재하여 주민등록 등·초본을 발급해 주는 것이 일의 전부로, '공무원이 이런 일들을 하는구나' 라는 것을 알았다. 시간이 나면 관내 도로 상태를 살피고 건물의 노후 상태를 점검하러 다니는 등 거의 몸으로 때우는 일들에 점점 익숙해져 갔다.

주민들이 뭘 불편해하고 어떤 조치를 원하는지 실제로 찾아다니며 파악해야 하기에 일찍부터 '현장에 답이 있다' 라는 말을 저절로 좌우명으로 삼게 된 것 같다. 1970년대는 새마을운동과 자연 보호, 국민교육헌장 실천운동 등이 공무원들의 최우선 사업이었다. 30~40

년이 지나고 나서 돌아보니 '우리 공무원들이야말로 산업화를 위한 전도사 역할을 했구나' 하는 자부심을 갖게 되었다.

용산구청 근무 시절에는 매일 민방위 교육을 담당했고, 강서구청 개설 때는 총무국 요원으로 차출되어 보도 자료 배포를 담당했다. 복사기와 팩스가 없었던 때라 관내에 기공식 등이 있을 경우, 50부를 등사판으로 밀어서 매일 서울시청 기자실에다 미리 배포하였다. 바쁜 가운데서 보람을 찾았던 시절이었다.

일주일에 한번 시장에게 직접 보고하는 구청장의 자료도 일일이 보도 자료를 만들어서 등사판을 놓고 긁어야 했는데, 그 일을 근 2년 동안 담당했다. 20여 명의 '강총회'는 그 시절을 잊지 말자고 만든 강서구청 총무과 직원 모임이다. 매년 분기별로 한 번씩 모이는데, 다들 다른 모임보다 우선적으로 참석하는 편이다. 비록 힘이 들고 말단 직원이었지만 지금도 그때가 좋았다며 얘기꽃을 피운다.

현장에 답이 있었다

서초구 법원 근처를 지날 때면, 해병대 출신으로 추진력이 대단했던 당시 서초구청장님 생각이 난다. 서초구의 이른바 꽃마을을 철거하며 서울시에서 책임 구역별로 할당을 해서 서초구청에는 20개 구청에서 파견 나온 직원들로 붐볐던 게 엊그제같이 눈에 선하다. 이제는 그 시절처럼 일사불란하게 도시행정을 할 수 없는 시대가 되었기에, 서울시의 철거나 정비 뉴스만 나오면 서초구 꽃마을이 먼저 떠오른다.

현장을 중시하는 공직자의 자세가 확실하게 몸에 배게 된 계기도 있었다. 특히 서초구청 교통계장 시절 기억에 남는 일로, 1980년대 말~1990년 초까지 버스 전용차로가 처음 시행될 때였다. 매일 아침 7시 구청에 출근하기 전, 교통순찰차를 직접 운전하고 구청장과 함께 전용차로 운용 실태를 점검하고 골목길까지 순찰했다.

■ 1980년대 초 에피소드

종로구청에 재직할 때, 종로구청장이 당시 수도경비사령관과 가까운 친구라서 가끔 토요일 오후에 두 사람이 청장실에서 만나 바둑을 두곤 했다. 나도 1,2급 정도의 바둑 실력이 되기에 종종 청장실로 불려가서 심판을 보았는데, 중립을 지켜야 되지만 아무래도 청장의 편을 들 수밖에 없었다.

청장이 패할 낌새가 보이면 여비서를 불러들여 실수를 가장해서 과일접시를 놓는 기회에 바둑판을 흩어 놓은 적도 있었다. 나중에 그 장군이 대통령까지 될 줄 알았다면 그렇게까지 편을 들진 않았을 텐데….

겨울철에는 그렇게 하기 위해 새벽에 일어나서 해가 뜨기 전에 집을 나서야 했지만, 현장을 아침마다 둘러보며 확인하는 구청장과 똑같은 시각을 갖고 일했다는 데 큰 보람이 있었다. 이 시기의 경험들이 이후 공직 생활에서 현장을 중시하는 행정을 하게 된 전환점으로 작용했다.

지금 내 앞에 있는 사람이 중요하다

사람은 언제 어디서 어떤 모습으로 만날지 모른다. 나는 후배들이나 지인들에게 "특히 오랫동안 소식이 없다가 갑자기 연락이 오는 사람들 말을 잘 들어줘라"고 당부한다. 왜냐하면 10년, 20년 만에 연락을 하는 사람은 며칠간을 고민했을 것이고, 어쩌면 무슨 부탁을 했다가 거절당할 수도 있는 모멸감까지 각오하고 연락했을 수도 있기 때문이다.

얼굴을 보지 못하더라도 "그 동안 어디서 무엇하고 지냈느냐?"라고 다정하게 안부를 묻고 사연을 잘 들어주는 것만으로도 반은 만난 것과 다름없다. 소통이란 꼭 어떤 갈등이 해결되는 것보다 그 문제를 진솔하게 들어주는 것에서 출발한다고 본다. 그래서 나는 동료들 사이에서도 '오지랖이 넓다'는 말을 듣는 편이다.

요즘 어느 시골에선, 평생을 타향에서 잘 살다가 죽어서 고향 선산에 묻히러 들어오는 경우는 동네 주민들이 길목을 막고 들어오지 못하게 한다고 한다. 예전에 없었던 그런 세태의 변화는, 살아 있을 때, 평소에, 앞에 있을 때 잘 해야 한다는 것을 의미한다고 할 수 있다.

한 번 맺은 인연의 소중함

강남구청 퇴직 공무원 모임인 '강남 사랑회'는 등록회원 수가 5백여 명이나 되고 정기 모임이 있으면 2백여 명 정도가 참석하는 큰 모임이다. 또한 서울시 퇴직 공무원 모임인 '시우회'와 종로구청 시절의 모임인 '셋둘회' 등 근무지 구청별로 뜻이 맞았던 동료들 모임까지 대소 모임이 많은 편이다.

그 중에는 고향인 경남 함안 출신 공직자 모임인 '함공회'도 있다. 그 회장을 맡아서 어려웠던 시절을 회고하며 현직에 있는 후배들을 위해서 할 수 있는 한 도움을 주려고 노력한다. 모임에 참석하고 격려하는 과정 자체가 공직 이후 제2 인생을 살아가는 데 많은 활력을 얻고 있다.

서울시청 관광과에 근무한 인연으로 업무상 해외 출장이나 국내 행사장에서 만났던 재외 동포 한인 회장들이 많다. 그 중에는 이철우 캘리포니아 한인회장과 남기만 애틀랜타 상공인 회장처럼 모국 방문 시마다 꼭 소식을 주고받는 분들도 있다. 이런 분들을 만날 때마다 공직 생활에 대해 큰 보람을 느낄 수 있었다.

지난 1월 18일 경주 출신의 정기완 전 중랑구 · 노원구 부구청장의 『당신이 있어 행복합니다』 출판기념회에 다녀왔다. 2천여 명이 훨씬 넘는 축하객들로 붐비는 행사장에서 많은 지인들을 만났다. 노원구를 위해 다시 봉사하겠다고 나선 그와는 1978년도 강서구청에서 창설 멤버로 처음 만난 사이였으나, 1990년대 초에 서울시청에서도 함께 일한 추억이 많았다.

청와대에서 서기관까지 지내다 서울시에서 2013년 명예퇴직을 한 인정받는 공직자로서 그 역시 인연을 소중히 하는 성격이라 진정으로 축하를 해 주었다. 그 자리에서 옛 동료들을 여럿 만나다 보니 문득 초임 공무원 시절이 생각났다.

지금도 강서구청 총무과 시절 동료들 모임인 '강총회' 처럼 재직했던 구청 직원들의 모임을 분기별로 가지며, 지난 이야기들을 나누고 정보 교환도 한다. 영등포에서 하루 2~3차례 다니는 버스를 타고 출퇴근하던 이야기, 거의 매일 야근과 휴일 특근을 하던 일···등

신설 구청에서 선후배 직원들로 만나서 따뜻한 동료애로 일했던 추억들은 끝이 없다.

'강남구청에는 민원계장이 둘이다'

1995년 7월부터 강남구청 감사과 민원 담당 계장으로 일하면서, '아, 민선 시대가 바로 이런 것이구나' 라는 것을 체감하였다. 지금도 기억에 뚜렷이 남는 신임 구청장의 명쾌한 취임사 첫 구절— "민선 구청장은 주민들의 불편한 점을 찾아 해결하는 것이 첫 번째 임무다. 따라서 오늘부터 우리 강남구청에는 민원계장이 둘이다."

그 날 이후 나는 거의 구청장과 관내 순시 일정을 함께하면서 민원 현장을 둘러보며 해결에 적극적으로 나섰다. 취임 초기 한여름 집중호우로 인해 선릉역 부근 롯데백화점 사거리 주공 APT 지대 높은 곳이 일부 붕괴되는 수해가 났을 때였다.

그때 구청장은 직접 현장에 나가서 소방관의 배수 작업 등 현장 공무원을 직접 지휘하고 나섰다. 그런 모습은 관선 구청장들이 구청에 앉아 보고만 받았던 행태와 확실히 대비되었다. 당연히 업무량은 서너 배 더 늘어났지만, 민선 시대 공무원이란 어떻게 처신해야 한다는 확실한 개념이 생겼다.

현재의 '타워팰리스' 부지는 원래 공공시설 부지로 남겨 둔 것이었다. 서울시에서 매각하여 삼성 그룹 본사가 이전키로 예정되었으나, 인근 주민들이 100층 이상 건물이 들어서면 교통지옥이 되어 '삼성에 특혜를 준다'고 반대 시위에 나섰다. 구청장에겐 허가 권한이 없었고 서울시가 허가 권한을 갖고 있었는데도…. 당시 청장은 시위하는 주민들의 편에 서서 반대했다.

구청장은 강남구의 재정자립도를 무기로, 서울시청에 가기만 하면 강력하게 반대 발언을 하여 서울시와 대립했고 언론들도 호의적이지 않았다. 그 결과 서울시는 '강남 주민들이 반대한다면 안 하겠다'고 후퇴하여, 이미 102층으로 건축심의까지 난 것을 무효화시키고 주상복합건물로 변경된 것이다.

그러나 오늘날 삼성전자의 글로벌한 위상을 감안할 때도 그렇고, 강남구 도시 발전이란 큰 시각으로 봐도 그곳은 '삼성 타운'이 되는 게 훨씬 더 좋았을 것이다. 구청장이 일부 주민들의 요구를 무조건 수용하기보다는 조정력을 발휘했었더라면 하는 아쉬움이 남는다.

그 와중에 양재천 정비사업은 시비와 구비가 투입된 친환경 정비의 대표적인 성공 사례로써 널리 주민들의 사랑을 받고 외국 관광객들도 많이 방문하는 유명세를 타게 되었다.

교육 선각자 / 주시경 선생과 도산 안창호

19대 할아버지로 풍기군수를 지낸 주세붕 선생은 요즘으로 말하자면 최초의 국립대학이자 사액서원인 소수서원을 운영했던 유학자였다. 매년 봄·가을에 아버지를 따라서 묘소에 몇 번 참배한 것을 계기로 일찍부터 교육 문제에 관심을 갖게 되었다.

그리고 가까운 선조인 한글학자 주시경 선생은 세종대왕이 만든 한글을 현재 우리글로 사용할 수 있도록 체계적인 한글교본을 만들어 보급하였다. 또한 독립신문 한국어판을 쓴 분으로, 이승만, 서재필 등과 헐버트의 제자로 알려져 있다. 지난 2013년 12월 한글학회(김종택 회장)의 청원으로 서울시에서 종로구 도렴동에 주시경 흉상을 세우고 '주시경 공원'으로 명명하는 기념식도 가졌다. 선조의 영향이 공직 생활 동안 교육행정에 각별한 관심을 가지고 각종 조례 등 교육정책을 많이 현장에 접목하는 계기가 되기도 했다.

도산공원은 1971년 박정희 대통령에 의해 도산공원으로 명명되었

고, 망우리에 있었던 도산의 묘를 1973년 강남구로 옮겨 오면서 대
표적인 강남의 상징적인 공원으로 자리 잡았다. 또한 강남구와 자매
도시 결연을 맺었던 미국 리버사이드 시 시청 앞 광장에는 교민들의
모금과 강남구의 지원으로 도산 선생의 동상이 세워지게 되었다.

교육 도시에서
글로벌 한류 도시가 된 강남

강남이란 이유로 받는 역차별

해마다 대학 입시가 끝나고 대학별 합격자가 발표되면 꼭 언론사들마다 다투듯이 짚고 넘어가는 문제가 있다. 소위 서울 대학교 등 일류 대학의 전체 합격자 중에 강남 출신이 몇 %나 차지하는지 하는 통계다. 결론은 강남 주민의 합격 비중이 해가 갈수록 높아지고 있다는 문제를 말하고 있는 것이다.

보도 내용과 방향도 단순한 호기심 차원을 넘어서 강북 주민들과의 위화감을 조성하려는 의도가 다분히 담겨 있다. 다들 살고 싶어하면서도 남이 서울의 어느 잘 사는 지역에 거주한다는 사실을 질시의 대상으로 여기는 풍조는 이제 없어져야 한다.

강남구의 교통 정체를 해소하기 위해서 3년 동안 깊이 연구하고 별도로 법인회사까지 만들었던 모노레일 건설 문제도 크게 보면 다름 아닌 강남역차별로 좌초된 대표적인 프로젝트라고 할 수 있다.

당시 노무현 정부에서 주장하는 '지방균형발전정책'과 정면으로 배치되고, 도시균형 발전을 저해한다는 부정적 시각과 부딪쳐야 했다. 때문에 인구가 계속 늘어나고 있는 강남구 대신 경기도 용인시처럼 교통수요가 부족한 곳에 모노레일 설치를 구상함으로써 실패한 대표적 사례로 남게 된 것이다.

나는 35년 공직 생활 중에 25년을 강남구에서 근무했고, 퇴직 후 강남구 시의원으로 4년을 일하고 있으니 서울특별시 중에서도 특히 강남구에 근무했다는 자부심이 있다. 즉 40년 공직 생활을 통해 도시행정 전문가로서 생각하는 지방 도시의 발전 방향에 대해 나름의 기준이 정립되어 있다.

10여 년 전에 이른바 '대치동 학원가'로 강남을 상징했던 교육도시가 이제는 국제적인 무역관광도시로 변모되어 같은 서울시민들로부터도 동경과 질시를 함께 받는 곳이 되었다.

강남은 경제적으로 부유한 동네인 동시에, 최고의 교육을 받은 지식인들이 거주하는 곳이기에 문화적 욕구도 강한 도시 속의 도시다. 외부에서 볼 때는 동경의 대상이 되고 현실적으론 늘 비판의 대상이 되니 억울한 측면도 있다. 때문에 시대 변화에 따른 강남구민만의 새로운 고양된 가치관이 필요한 시대가 되었다고 본다.

강남구청에 근무하는 동안 도산공원을 중심으로 교육문화적인 차원에서 도산 사상을 강남구민들에게 전파시키는 일에 특히 관심을 가졌던 까닭이다.

사표를 서랍에 넣고 다녔다

어떤 조직이든지 비슷하겠지만 공직자들을 크게 보면, 꼭 있어야 할 사람과 없어야 할 사람, 있으나마나한 세 분류로 나눌 수 있다. 그 속에서 나는 있을 필요가 없는 사람이라고 판단되면 언제든지 그만둘 생각을 늘 하고 있었다.

그래서 계장 보직을 받은 이후부터 항상 사표를 써서 사무실 서랍에 두고 다녔다. 그 이유는 만약 나의 잘못된 행정 행위로 인하여 조직이나 상사에 누가 끼칠 경우가 생기면 주저 없이 결단을 하겠다는 마음의 준비였다. 다행히도 그런 일 없이 35년간 공직을 마무리할 수 있었던 것은 운도 따랐다고 봐야 한다.

대부분의 보직은 원하는 상사에 의해 보직이 변경되어 옮긴 경우가

많았다. 강서구청이 개설될 때나 서초구청이 분구될 때 분구 요원
으로 차출되어 간 것도 그런 경우였다. 비록 힘은 들었지만 그 업무
를 무사히 마쳤을 때는 큰 보람을 갖는다. 반면에 열심히 일하고 있
음에도 불구하고, 이따금 불미스런 사건이 터질 때마다 전체 공무
원들이 언론에 매도당할 때는 정말 의욕도 없고 일하기 어려웠다.

평소에 나만의 스트레스 해소 방법이 있는데, 차 안에 수백 장의 다
양한 음악 CD들을 항상 비치를 해 놓고 음악을 들으며 드라이브를
하곤 한다 . 늦가을 해질녘에 가을걷이가 끝난 김제 평야와 변산 반
도 등을 케니지Kenny G의 연주 음악을 들으며 달리면서 잡념을 날
리고, 어떤 때는 정적이 깊은 한밤중에 한계령 고개에 올라 멀리 동
해 바다를 향해 크게 소리를 지르곤 한다. 그런 식으로 평소 원망스
런 일들이나 답답한 가슴을 털어 내고 나면 시원하기 그지없다.
그래서 공직 생활 중에 동료 직원들이 업무 스트레스로 시달리면서
힘들어하는 것을 볼 때, 이런 얘기를 들려 주며 '각자의 스트레스 해
소법을 만들어 보라'고 권했던 기억이 새롭다.

시립 대학 정규과정, 강남구청에 설치

강남구 공무원들은 학력이 타 구청에 비해 비교적 높은 편이다. 하

지만 주민들의 교육수준이 높기 때문에 거기에 맞춰서 전반적인 지식수준을 업그레이드할 필요가 있었다. 당시 여론 조사를 해 보니, 야간 대학을 다니는 직원들은 오후 4시 무렵부터 미리 자리를 뜨기에 업무에 지장을 초래하여 동료들 사이에 보이지 않는 불협화음이 있는 것으로 나왔다.

그래서 구청 내에 시립 대학의 정규과정을 설치하고, 일과 후(18시~22시까지) 담당 교수가 구청에 와서 수업을 하는 시스템으로 학점을 인정받도록 만드는 실무를 맡았다. 토·일요일은 보강수업까지 있었고, 수업료는 공무원복지 차원에서 구청이 50% 지원을 해 주는 4년 정규과정이었다. 이후 신입 공무원들은 대졸 출신이 대부분이라 그 수요가 줄어들어 과정이 폐지될 때까지 약 40여 명이 학위를 취득했다.

나는 비록 정규대학과정은 밟지 못했으나, 1995년도 민선 시대가 시작된 이후 나름대로 기여할 목적 의식을 갖고 고려 대학교 사회교육원에 등록했다. 일부러 야간 시간을 내서 지방자치 전문과정을 1년간 다녔는가 하면, 여러 대학의 최고경영자과정 등 단기과정도 찾아서 지방공무원으로서 시대적 흐름을 놓치지 않으려고 노력했다. 그저 과정을 수료하는 데 목적을 둔 게 아니었다. 실질적으로 주민복지에 도움이 되고 꼭 필요한 정보와 지식을 습득했다고 자부한다.

기억에 남는 자매도시 교류 사업

벨기에 브루셀 생피에르구 방문

2004년 6월 구청장을 모시고 강남구와 자매결연을 한 벨기에 수도 브루셀의 생피에르구를 방문했다. 그 도시는 1970년대 박정희 대통령 시절에 자매결연을 한 이후, 강남구에서 자치단체장이 직접 방문하기는 처음이었다.

6 · 25 참전 기념탑이 시내 공원 안에 있었는데, 기념 헌화를 할 때 보니 주위에 은퇴한 참전 노병들이 각자 가슴에 훈장과 포장을 달고 엄숙한 표정으로 참석하고 있었다. 장엄한 진혼곡 나팔 소리와 함께 우리 일행은 그 분위기에 젖어 저절로 감격의 눈물을 흘렸다. '이역 만리 타국에 와서 젊은 목숨을 바쳤던 그들에게 우린 그 동안 얼마나 진정으로 고마워했던가' 하는 생각으로 묵념을 하며, 막중

한 은혜를 입은 대한민국 국민
의 한 사람으로서 나 자신이 부
끄럽기만 했다.

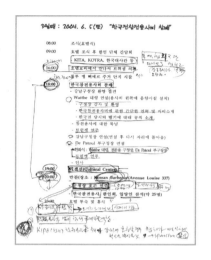

나중에 알고 보니 그들 참전 노
병은 6 · 25 참전 기념일이나 동
료 전우들이 전사한 날에는 꼭
별도로 모여서 그런 기념식을
한다고 했다. 그 동안 우리는 국
내에서 그저 형식적으로 소홀하
게 추억 속의 전쟁쯤으로 여기는 기념식으로 때우고 말았던 사실이
반성되었다. 그 이후부터 매년 강남구와 생피에르구는 격년으로 서
로 오가면서 자매결연도시로서 우의를 다지게 되었다.

서울시청에서도 1993년도에 관광과에 근무하며 선진국 안 가 본 나
라가 거의 없다. 특히 FATA 총회 업무를 담당해서 남들보다 외국
사정에 밝은 편이다. 지방 공무원이지만 '우물 안 개구리' 라는 소리
를 듣기 싫었다. 마침 외국에 거주하는 친구와 친지들이 있어서 자
주 외국 여행을 한 편이다.

당시 관광과에 통역 가이드가 10명이나 있었지만, 통역이 필요할

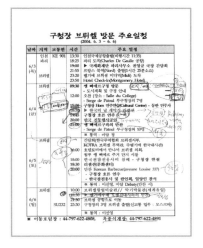

때마다 일을 시키기가 너무 힘들었다. 밥은 물론 간식도 사 주면서 통역을 부탁하는 게 자존심이 상할 정도였다. 영어라도 신세를 지지 말아야겠다는 생각으로, 종로 3가에 있는 파고다 외국어학원 원어민 회화과정에 등록하여 매일 새벽밥을 먹고 6시 반부터 8시까지 1년 동안 다녔다.

그런 이유로 강남구에 재직할 때는 구청장 외유 일정마다 거의 수행을 전담하게 되었다. 기초의원들의 외유 일정에 대해서도 많이 보아 왔고 누구보다 깊이 관여한 바 있어서, 짧은 관광 일정까지도 시민들의 입방아에 노출되지 않도록 신경을 써서 계획서를 만들 수밖에 없었다. 사전에 방문국의 자료를 취합하고 방문 지역과 인사

면담에 대한 일정을 시간별로 세밀한 기획을 통해 시민들의 혈세가 낭비되지 않도록 노력했다고 자부한다.

중국의 자매도시들

중국에는 강남구청의 자매도시가 세 군데나 있다. 서울의 강남구에 해당되는 베이징시의 조양구, 다롄시의 중산구, 공자의 묘가 있는 제남시 역성구가 교류 중인 자매도시다. 그 중에는 별로 좋지 않은 기억으로 남은 도시도 있다. 2007년경 한창 도시화가 진행되던 상하이시 푸동구와 자매결연을 하기 위해 중국을 방문했을 때다.

방문 약속한 전날까지도 구체적 면담 일정을 통보 받지 못하다가. 당일 오전 푸동구에 도착해서야 겨우 일정을 잡게 되었다. 당시까지는 중국이 고도성장 속에서 글로벌 문화에 익숙하지 않아서 그랬을 것이라고 이해는 하지만 우리 일행은 무시당한 기분이라 몹시 자존심이 상했다. 국력도 중요하지만 강남구만이 가진 도시경쟁력을 키우는 게 얼마나 중요한지를 뼈저리게 느꼈다.

자매도시 교류 사업에는 가끔 태권도 시범단도 포함시킬 때도 있다. 한인 동포들 앞에서 시범단이 환상적인 묘기와 파괴력 있는 공연을 보여 주면 크게 기뻐하며 박수갈채를 아끼지 않는다. 작은 공연 하나에도 그들이 조국에 대한 향수와 함께 무한한 자긍심을 갖는 것을 보고 덩달아 가슴이 뭉클거린다.

■ 에피소드

구청에서 자매도시를 공식 방문할 경우에는 다양한 인사들이 포함되다 보니 일부는 소통 부족으로 인해 아침을 굶는 경우까지도 나온다. 전날 방문단에 조찬회의 공식 스케줄을 브리핑했음에도 불구하고, 회의장에 비치된 빵과 음료가 그냥 제공되는 간식쯤으로 여기고 손도 대지 않다가 회의 끝나고 밥을 안 준다고 불만을 제기하는 사례도 생긴다. 본인 잘못이니 점심 시간까지 배고픈 일정을 보낼 수밖에 없었다. 문화적 차이로 인한 문제로 초행길의 외유에서는 가끔 겪는 일이다.

강남구청에서 맞은 외환 위기

강남구립 국제교육원

공직 생활 중 개인적으로 큰 보람을 맛보았던 계기가 바로 외환 위기 때 설립했던 '국제교육원'이다. '범 국민 금 모으기 운동'으로 국가적 위기가 고조되었을 때, '우리 강남구는 무엇을 해야 할 것인가?'라는 내부 논의가 시작되었다. 그 시절은 강남구민 자녀들이 어학 연수를 위해 미국 등 해외에 외국 유학을 많이 나가 있을 때였다. 대충 1년에 2천여 명 정도가 어학 연수를 하고 있는 것으로 파악되었다.

상대적으로 외화를 많이 가진 탓에 보통 한 명 뒷바라지에 매년 3천 ~5천만 원 정도의 유학 경비를 달러로 송금하고 있었다. 뿐만 아니라 자녀 뒷바라지를 위해 부모가 가끔 해외로 나가는 경비까지도

결국은 달러로 지출되는 것이니 빠져 나갈 달러를 줄일 묘안이 필요했다. 해외의 어학교육과정을 국내에서 수업이 가능하도록 설치한다면 유학을 가지 않아서 달러 유출을 막을 수 있겠다는 생각을 하게 되었다.

마침 자매도시인 미국 리버사이드 시와 구체적인 교류 사업을 어떤 프로그램으로 할까 하는 고민을 하고 있었기에, 주민들의 여론 조사를 해 보았다. 수업료가 1년에 5백만 원 정도면 충분히 경쟁력이 있다는 계산이 나와서 주민 동의를 받아 미국 분교 도입을 추진했다. 캘리포니아 주립대학 9개 중 한 학교가 선정되었다.

내가 그 사업의 정책기획단장을 맡아서 정면으로 돌파해 보기로 하고, 닥터 쉴러 랭귀지 과정 학장과 협상 파트너가 되어 협상을 해나갔다. 그때까지는 국내 자치구에서 분교를 설치한 사례가 전혀 없어서 법적인 근거가 필요했다. 미국의 교육과정이 수입되니 당연히 로열티조로 경비가 지출되는 것도 문제지만, 강남구 학원연합회와 주민들 일부가 강력하게 반대를 하고 나왔다.

당연히 쉬운 일이 아니고 상당한 협상 기간이 필요하기에 단장을 맡을 때 미리 구청장에게 두 가지를 요청했다. 이 프로젝트의 '마무리 시기는 언제까지로 할 것인가'와, 성사과정에서 '구의 모든 행정력을 우선적으로 지원해 줄 것'이었다. 그 문제를 구청장은 간부회의를 통해, "국제교육원 설립 문제와 관련해서 관련된 모든 부서는 정책기획단장을 적극 지원해 주도록 하라"고 지시했다.

IMF지원 대상국으로 '코리아 디스카운트'가 형편없이 되었을 시기라서 미국 대학의 파트너는 과도한 비용을 요구해 왔다. 비공식 루트를 통해서 미국 어학 프로그램의 외국 수출 사례를 조사해 보니, 10여 년 전에 일본 센다이 시로 수출한 사례가 나왔다. 그 자료를 근거로 하여 과다 비용 요구 문제를 양보하도록 협상 테이블에 올렸다. 왜냐하면 당시 일본과 한국의 국민소득 차이가 많아서 잘못 협상이 될 경우 후일까지 재정적 부담이 될 수 있었기 때문이다.

강남구민 소득이 일본보다 높은데…

"이번 협상은 UC 주립 대학과 강남구청이 계약 당사자이다. 강남구 소득수준은 일본 전체 평균보다 높고 센다이 시보다도 월등히 높다"라며 한국 은행의 국민소득 통계 자료를 근거로 내밀었다. 구체적인이고 확실한 근거 자료를 보고 난 후에야 당초 그들이 제시했던 액수보다 훨씬 낮은 비용으로 계약을 마무리할 수 있었다.

남은 것은 강남구 조례를 만드는 일과, 미국 교수들이 방한해서 교육할 수 있도록 E2 비자를 발급해 줘야 하는 문제였다. E2 비자 발급규정 대상으로 각급 학교만 열거되었고 자치구는 없었기 때문에, 수차례 외무부와 접촉하면서 이 문제부터 해결했다. 다음은 교육에 관해 유별나게 입김이 센 강남구의 각급 학교 운영위원들을 만나서 취지를 설명하고 설득해 나갔다. 그 결과 반대했던 학원연합회 측으로부터 조건부 동의를 얻어 냈다.

첫째, 순수하게 랭귀지 과정만 운영하고 입학 대상은 강남구에 거주하는 학생들로 한정한다. 둘째, 설립될 국제교육원 이사회에 학원연합회 대표를 1명 참여시킨다는 조건이었다. 물론 이 제한들은 지금은 없어지고 입학 대상이 확대되었지만….

길고 긴 협상 끝에 마침내 2001년 6월 21일 국제교육원이 개원될 수 있었다. 이 과정을 통해서, 무슨 과제든지 목적이 순수하고 사명 감만 있다면 어떤 난관도 돌파할 수 있다는 사실을 확인하게 된 것이다. 그 일의 성사로 인해 나는 리버사이드 시로부터 명예시민증도 받게 된다.

리모델링으로 해결한
강남구 신청사 갈등

현재 강남구의 청사는 서울에서 가장 초라한 청사 중의 하나다. 강남구 신청사 문제가 거론될 당시로 돌아가 보면, 협소한 공간에 근무 환경은 더 열악했다고 볼 수 있다.

그때는 매년 신청사 건립기금으로 강남구가 적립해 둔 기금이 천억 원 이상 적립되어 있었기에 구의 재정 상태가 좋을 때였다. 해서 구의원들 다수는 강남구 신청사를 짓자고 주장하는 편이었다. 반면 정부로서는 소위 지자체의 경쟁적인 호화 청사 건립 문제가 보도되면서 언론과 국민들로부터 지탄받던 때라 정책상 신청사 건립을 반대하는 분위기였다.

원래는 지금의 타워팰리스가 들어선 자리가 공공부지라서 거기에 강남구청을 신축할 수 있었으나 무산되었고, 마침 조달청이 대전으로 이전하면서 비게 된 삼성동의 보급창고 터를 구의회 동의를 얻어 매입해 둔 상태였다.

구 의원들이야 4년 임기 중의 치적 사업으로 내세우고픈 의도에서 대부분 신청사 건립을 주장했다. 하지만 신청사 기획단장을 맡아서 검토해 본 결과 신청사를 짓는 것보다 80억 원 정도를 들여 5천여 평을 리모델링해서 사용하는 편이 진정으로 구민들을 위한 방안라고 판단되었다.

우선 구 의원들을 한 분씩 설득해 나갔다. 가장 많이 만난 의원은 그 건만으로 15번이나 만난 것으로 기억한다. 또한 동별로 다니면서 구민 설명회를 열어 주민들의 동의도 구한 결과 리모델링으로 청사를 개조하게 된 것이다.

그 이후 기존의 낡은 동사무소를 주민 센터로 만드는 과정에서 복합문화 공간으로 확장해서 짓는 문제가 국정감사장에서 지적되었다. 강남구가 '주민 센터를 호화롭게 짓는다'며 강남구청장실 규모가 크다는 근거 없는 지적까지도 나왔다. 그 건으로 국회에서 강남구청장을 소환하기에 신청사기획단장인 내가 대신 국회의원들의 질문에 설계도면까지 들고 가서 실무적인 해명을 한 적이 있었다.

행자부 장관과 나란히 앉아서 답변하는데, 구청장도 아닌 국장의 태도가 불손하다는 지적을 받으면서 할 말은 다했다. 때문에 두 시간이나 정회를 하기도 했다. 그때 생각으론 국정을 논의해야 할 국회의원들이 일개 구청장의 집무실 크기를 갖고 왈가왈부하는 것이 실망스러웠다. 답변 서두마다 '존경하는 OOO 국회의원님!' 이라고 수식어를 붙이지 않았던 것도, 왠지 모르게 어색하고 지방자치 정신에도 맞지 않은 것 같아서였다.

지금에 와서 되돌아보면, 신청사 리모델링으로 인해 후배 공무원들에게 더 나은 업무 환경을 만들어 주지 못해서 미안한 마음이 들기도 한다. 하지만 신청사기획단장으로서 주민들의 여론과 구의 재정 부담을 먼저 고려해야 했다. 리모델링을 통해 오랜 신청사 건립 문제의 갈등을 해결한 판단이 옳았다고 생각한다.

전문 분야는 전문가 판단에

교통정책과 가로수 교체 등

우리나라 교통정책은 단순하게 눈에 보이는 것만 개선하는 경향이 많다. 버스정류장 하나만 보더라도 지역에 거주하는 시민들의 입장에서 접근성이 편리해야 하는데 그렇지 않은 경우가 가끔 보인다.

나는 서초구와 강남구에서 교통 문제를 오래 전담한 편이다. 교통 문제로 홍콩에 견학을 가서 'MTR'이란 교통 총괄 기관을 방문한 적이 있는데, 교통공학 교수와 도시공학 교수 외 심리학 교수도 회의에 참석했다. 그 사람 역할이 뭔가 궁금해서 물어보았다.

예컨대 버스정류장의 위치를 정할 때는 사람이 가장 걷기 싫어하는 심리적 거리를 감안하여 정하는 데 심리학 교수의 조언이 참조된다는 것이었다. 그 걷기 싫은 보행거리가 대충 400~700m 정도 된다고 했다. 우리 강남구의 한 블록 간의 길이도 700m인 점이 떠올랐다.

강남 지역은 처음부터 전철 위주의 격자형 도로로 건설되다 보니, 도로를 거쳐 가는 노선버스가 없어 중간에 마을버스로 보완하고 있다. 강남구에 승용차 통행이 더 많은 이유도 소득수준이 높아 보유 대 수가 많은 이유도 있지만, 연결 버스노선의 부족과 정류장의 위치 등 교통 접근성이 불편한 때문이라고 생각한다.

사람을 위해서 도시가 있는 것이지 도시를 위해서 사람이 존재하는 것이 아니기 때문에, 어떻게 하면 사람들에게 편리할까 하는 방법을 강구하는 게 도시정책의 핵심이라고 생각한다. 도시정책을 바꿀 때는 목적과 배경과 효과를 완전히 오픈한 공공정책을 펴야 지지도 받고 시행착오도 줄일 수 있다.

도시 경관은 무엇보다 최우선적으로 시민의 행복을 위해서 조성되어야 한다. 서울의 가로수 변천사를 봐도 그렇다. 과거에는 대도시 가로수는 대부분 플라타너스였으나, 수령이 30년 이상 되다 보니 훌쩍 커 버린 가로수가 상가 건물을 가린다고 제거해 달라는 민원이 많이 생긴다. 심지어 봄에는 개나리나 벚꽃을, 여름에는 느티나무를, 가을에는 은행나무를, 겨울에는 소나무를 심어 달라고 한다.

그러나 느티나무로 교체된 일부 강남 거리를 보면 겨울철이면 거리가 너무 황량해 보인다. 도시의 가로수 문제는 우선 지질에 맞는 수종을 선택하는 등 전문가의 판단에 맡기는 게 맞다. 너무 지역 주민들의 민원에만 신경 쓰다가는 정작 세월에 물든 고풍스런 도시 경관을 해칠 수도 있고, 여름철에 보행자들이 그늘을 찾아 걸을 수 없게 만드는 결과가 된다. 그건 단체장들의 잘못된 판단에도 기인한다.

예를 들어 오세훈 시장 시절 광화문 거리에 조성된 광장을 보자. 그곳은 여름이면 햇볕에 달궈진 대리석 보도 때문에 뜨거워도 전혀 그늘을 찾을 수 없기에 광장에는 돌아다니는 사람도 없다.

원래 그 세종대로 한복판에는 조선왕조 때부터 심어진 수령 200년이 훨씬 넘은 은행나무들이 위풍당당하게 경복궁 방향으로 열을 지어 있었다. 그 자체가 한양을 도성으로 정한 이후 620년 역사를 보여 주는 한 흔적이기도 했다. 그런 가로수들이 모조리 뽑혀 나간 세종로를 후세의 서울시민들이 알 리야 없겠지만….

님비NIMBY-not in my backyard 현상의 민원

일원동 소각장

1990년대 중반에 쓰레기 소각 문제로 특히 서울과 수도권의 '님비현상' 민원이 한참 심했을 때였다. 그 문제로 프랑스 파리로 견학을 갔을 때 시내 공원 안에 쓰레기장이 버젓이 있고, 세느강변에 쓰레기 소각장이 있는 것을 보고 깜짝 놀랐다. 당시 서울 한강변에 소각장을 짓는다는 것은 상상도 할 수 없지 않는가?

귀국해서 음식물 쓰레기장 용도로 우선 세곡동에 땅부터 확보해 두었다. 하지만 민선자치제가 시작되자 강남구 일원동 주민들이 강남구의 쓰레기 반입을 반대하는 대형 현수막을 아파트단지 벽면에 내걸고 노골적으로 반대하여 한동안 홍역을 치렀다.

원래 일원동의 소각장은 민선 자치 이전에 서울 남부 지역 5개구의 쓰레기 소각을 목적으로 건설된 것이다. 하지만 민선 시대가 되자 당시 소각과정에서 발생되는 다이옥신 문제를 들어 강남구의 쓰레기만 매각하도록 민원을 제기했다.

엄밀히 따지면 서울시에서 처리해야 할 민원인데 강남구청에 화살이 돌아온 셈이다. 할 수 없이 구청에 대책반을 만들고, 주민협의체를 구성하게 해서 간부회원들을 선진국의 소각장 시설로 견학까지 보내며 이견을 좁혀 나갔다. 그 결과 쓰레기 반입 용량을 줄이고, 다이옥신 피해 주민 보상을 기존의 보상 지역 밖에 거주하는 주민들에게도 보상해 주는 것으로 합의하여 슬기롭게 해결했다.

서울시 서초구 원지동의 화장장도 처음에는 지역 주민들이 격렬하게 반대하였으나, 기간을 두고 주민들을 설득한 결과 지금은 지역 발전에 오히려 도움이 되는 시설로 되었다.

임대 아파트 반대 민원

저소득층을 위한 임대 APT는 강남구가 25개 구 중에서 가장 많다. 수서 일원 세곡 지역에 임대 주택을 수시로 늘려 나가자 해당 주민들이 "왜 우리 강남구에 집중적으로 임대 주택을 짓느냐?"는 항의를 했다.

이론적으로는 부자들과 저소득층이 동거하는 주택정책이 그럴 듯
하게 보이지만, 현실적으로는 소득과 문화수준이 상당히 다른 주민
들과의 위화감도 무시할 수 없다. 심지어 아파트 통행로를 철조망
으로 막는 등 실력 행사를 하는 뉴스도 나올 정도다.

이런 사정들을 감안하여 최근 서울시에서는 집단 임대 주택 정책을
지양하고 있다. 기존 노후 주택들을 리모델링하여 임대하든가, 저
소득층에게 임대보증금을 지원하는 정책 변경으로 해결해야 한다.

시의원이 되어 더 넓은 안목으로

퇴직 후에는 사실 고향 함안으로 내려가서 봉사하는 삶을 우선적으로 생각하며 준비하고 있었다. 하지만 당시 당 내의 사정과 지역적인 연고로 강남구민들이 적극적으로 추천해서 시의원에 출마하게 된 것이다. 일반적으로 공무원 출신이 정치인으로 변신하면 잘 적응하지 못하는 경향이 있다. 그래서 후배들을 생각해서라도 '공무원 출신은 할 수 없다' 라는 인식을 깨기 위해, 편하게 당선될 수 있는 길을 버리고 골목골목을 모두 누비면서 유권자들을 만났다.

시의원으로서 4 · 11 총선과 12 · 19 대선 두 번을 치렀다. 이른바 보수 텃밭인 강남구에서 이기는 것은 당연시 되었지만, 나는 쉽게 생각하지 않고 당직자로서(서울시당 부위원장 · 강남구 대선부본부장) '직전 선거보다 1%라도 더 득표를 해야 한다' 는 일종의 의무감을 갖고 있어 전력을 쏟았던 것이다. 물론 결과는 예상한대로 노력한 만큼의

성적표를 받을 수 있었다.

114명 중 여당 28명뿐인 서울시 의회

전체 시의원의 4분의 1도 안 되는 소수당 출신으로서, 처음 등원하고 보니 막연한 무력감부터 느끼게 되었다. 특히 오세훈 서울시장의 무상 급식 파동 때 오 시장의 정책을 지지했으나, 정치적 논리에 의해 결정되고 시장이 임기 중에 퇴진하는 사태를 지켜본 소회는 정말 착잡했다.

박원순 시장으로 바뀐 이후에는 그 정도가 심하여, 시장의 비서직 채용의 사유화, 개방형 직위의 인사채용 문제, 지방대학생을 위한 공공기숙사 건립 등 잘못된 시정의 문제점과 심각성에 대해서도 본 회의에서 반대 토론을 했지만 결국은 표결로 통과시키는 다수당의 횡포에 좌절감을 느꼈다.

시의원이자 서울시민의 한 사람으로서 무력감부터 극복하는 게 먼저였다. 강남구를 대표한 시의원으로 역할의 한계를 극복하는 것은 곧 조례 개정이란 수단을 통해서 의정 활동을 적극적으로 해내는 것이었다. 그게 주민들이 원하는 것이기 때문이다.

민원과 도시 발전에 꼭 필요한 조례도 발의하는 과정에서 발의자가 강남 출신이라는 이유로 역차별되고 외면당한 경우가 많았다. 그럴 경우 내 이름으로 발의하는 대신 취지에 공감하는 다수당 출신 의원의 명의를 내세워 조례를 개정한 사례도 있었다.

대표적인 사례로 서울시의 체비지 문제를 들 수 있다. 체비지는 과거 강남개발 등 대규모 신도시 택지개발사업 시에 지주로부터 45~65% 기부체납을 받아 도로, 공원, 학교 등 도시기반 시설로 사용하고 남는 땅을 당시 서울시가 관리해 오는 부지로 주로 강남 · 서초 · 송파 · 강동 등에 많이 남아 있다.

1995년 이전에는 서울시 소유 체비지를 각 구청에서 구청 · 동사무소 · 차고지 등 공공용으로 사용할 경우 무상으로 하였으나, 1995년 7월 민선자치가 시작된 이후 서울시와 각 자치구가 별개의 독립 자치법인으로 됨에 따라 당시 체비지는 모두 서울시 소유로서 자치구에서 사용할 경우 유상으로 임대료를 내거나 매수를 하라고 매년 독촉을 받고 있는 현실적인 문제가 있었다.

과거 공무원 재직 시부터 매우 불합리하다고 생각해 온 터라, 방안을 두루 모색하다 보니 편법이지만 목적지로 가는 길이 보인 셈이었다. 시 의회에 진출하여 이 문제에 대해 집행부와 다수당 의원들을 설득하여 체비지라도 각 자치구에서 공공청사로 직접 사용할 경우에는 무상으로 사용할 수 있도록 조례를 개정하는 과정에서 부득이 같은 상임위 소속 다수당 의원의 이름을 대표 발의자로 하여 개정한 사례도 있었다.

그런데 결과는 송파 · 서초 · 강동 등에는 당장 동 주민 센터 건물이 무상 사용의 혜택을 보고 있으나 정작 강남구는 과거에 공공 청사로 사용하다 수년 전에 복지 · 문화 · 체육센터 등으로 변경 사용하고 있어 혜택을 볼 수 없는 아이러니가 생겼다. 최근 공동 재산세제 운영으로 재정형편이 과거보다 좋지 않은 강남구에서 이 조례에 맞추어 혜택을 보기 위해 지난해에 보건소와 공단을 이전한 것으로 알고 있다.

강남 주민들의 민원 해결을 위해 가능한 방법을 찾아 덩샤오핑의 말대로 '흰 고양이든 검은 고양이든 간에 쥐만 잘 잡으면 된다'고 생각했던 사례다.

예산 미반영으로 역차별 받았던 강남

강남은 재정 자립도가 높아서 오랫동안 서울시나 교육청으로부터 지원을 받지 않는 지역이었다. 아예 예산이 반영되지 않아서 역차별을 받았던 것이다. 강남구에 소재하는 많은 학교 시설이 노후되어도 그에 대한 예산이 없어 상대적으로 교육 환경이 열악했고, 학부모들의 민원도 많았다.

그러나 행정 전문가로서 예산이 편성되는 메커니즘을 잘 알고 있기에 꼼꼼하게 들여다보니 길이 보였다. 상임위원회 활동을 통해 서울시장의 특별교부금을 지원 받게 되면 예산과 같은 효과를 얻어낼 수 있었다.

그 결과 강남구가 서울시의 예산을 지원 받아 관내 각급 학교의 교육 시설 환경 개선사업을 할 수 있게 된 것이다. 강남구가 처음으로 특별교부금을 받을 수 있도록 의정 활동을 했다는 사실에 큰 보람을 느낀다. 그래서 시의원의 전문성이 특히 중요한 것이다.

다음은 압구정 지역과 삼익아파트 등 노후 아파트 재건축사업 추진을 들 수 있다. 정상적인 의결 절차를 거쳐선 강남 주민들의 의견을 제대로 반영할 수 없을 때, 시의회에서 강남구의 의견을 제대로 대변하기 위해 특정한 민원을 주제로 다양한 의견수렴 절차를 거친다.

지지부진한 민원 현장에 국회의원과 관계 공무원들을 주민들과 함께 참석하도록 하여 서로 허심탄회하게 의견을 주고받도록 기회를 만드는 타운홀미팅도 의견수렴과 소통의 장으로 활용된다.

공원 간담회나 주민 대표회의 참석, 시정 질문이나 행정사무 감사, 언론보도 등을 활용하여 필요하면 서울시장과 주민 대표들의 직접

압구정 지구 재건축 사업 타운홀미팅

2013/01/04 http://blog.naver.com/syg217

압구정 주민과의 현장 대화를 통해 주민 의견 수렴

심윤조 국회의원(새누리당, 강남갑)은 24일(금) 저녁 8시부터 압구정동 주민센터 3층 회의실에서 압구정 지구 미성 1·2차·신현대·현대 2차·한양 2차·구 현대 아파트 등 각 지구별 주민 대표들이 참석한 가운데, 총선과정에서 강남 주민들에게 약속했던 찾아가는 주민과의 현장 대화 시간인 타운홀미팅을 통해 압구정 지구 재건축 사업과 관련한 추진 경과를 점검하고, 현장에서 생생하게 주민 목소리를 듣는 시간을 가졌다.

24일 저녁 늦은 시간까지 진행된 이 날 간담회에서 주민 대표들은 심 의원에게 지역 내 오랜 현안인 압구정 지구 재건축 사업과 관련하여 진행된 다양한 정책 현안에 대한 뜨거운 질의와 관심을 표명했고, 향후 재건축 정책 방향에 대한 각종 의견을 허심탄회하게 개진했다.

심 의원은 이 날 타운홀미팅에서 개진된 주민들의 소중한 고견들을 받들어, 앞으로 압구정 지구 재건축사업 추진과정에서 주민 여러분들의 통합된 뜻이 반영되도록 서울시·강남구청·국토해양부 등 관계 기관들을 대상으로 최대한 노력해 나가겠다고 밝혔다.

한편, 이 날 타운홀미팅에는 서울시 의회 주영길 의원과 강남구 의회 이학기 의원, 심윤조 의원실 정책보좌관들도 동참해 주민들의 고견을 빠짐없이 점검했다. 심 의원은 이번 타운홀미팅을 시작으로 주민과의 소통의 공간인 '사랑방좌담회'와 '타운홀미팅'을 더욱 확대해 지역 현안을 챙기고 주민들이 계시는 현장을 찾아가 고견을 듣는 데 주저하지 않겠다고 밝혔다.

면담도 주선한다. 위례신도시~신사동 간의 도시철도사업 노선 조정도 그런 절차로 주민들의 의견이 반영된 케이스였다.

무엇보다도 114/28의 소수당으로서 의회 10개의 각 상임위원회에 10명에서 15명 정원 중 우리 당 의원은 2명으로 3명으로 정식 안건으로 의결 절차기 필요한 안건은 다수당의 동의 없이는 단 1건의 조례나 의안도 의결할 수 없다.

반면에 집행부의 각종 위원회는 오히려 개인당 평균 3~4개 각종 위원회에 참여하다 보니, 다수당이 1~2개 위원회에서 활동하는 것보다 절대적으로 시간도 부족하고, 제대로 일을 하려고 들면 힘이 부친다는 사실도 시민들이 알아 주었으면 좋겠다. 시의원들에 대한 부정적인 이미지는 결국 일을 통해서 반증해야 하는데….

의원 외유 문제에 대해서

최근 성북구 의회가 주민감사 청구를 통해서 외유 경비를 환수하도록 했다는 뉴스를 보고 착잡했다. 주민들이 선입견으로 알고 있듯이 기초의원 외유가 단순히 관광을 위주로 하는 그런 일정으로 짜는 것은 아니다. 시의원들의 외유도 비슷하다. 인터넷을 통해 해외

도시의 정보를 다 검색할 수 있는 시대라고 해도 의원 외유의 필요성은 여전히 존재한다.

선진국이든 후진국이든 직접 나가서 눈으로 보고 시정에 반영하는 것은 너무나 당연하다. 단지 그런 필요성에 의한 행사를 1회성 관광외유 중심으로 일정을 짜고, 공사를 혼동해서 관광하는 행태가 문제일 뿐이다. 사후 보고를 철저히 하도록 제도적인 감시를 하면 해결된다. 결론은 국민들의 높아진 눈 높이에 의원들이 수준에 맞지 않는 의정 활동을 하기 때문에 빚어지는 갈등이라고도 할 수 있다.

엄연히 예산이 편성되어 있고, 각 의원들은 임기 중에 상임위별로 2년마다 한 번씩 두 번은 해외로 나갈 수 있다. 문제는 평상시의 의회는 작은 일도 보도 자료를 내며 홍보를 하는데 유독 외유 일정만 생기면 쉬쉬하고 나갈 때가 많다. 당당하게 일정을 공개해서 집행부도 데려가고 필요하면 기자들도 함께해서 떳떳하게 못 나갈 이유가 없다.

그래서 2014년 연초에는 교육예산 처리도 않고 유럽으로 외유를 떠난 서울시 의원들에 대해서 비판 기사가 크게 실린 적도 있었다.

나는 서울시 의원 4년 임기 중에 한 번도 외유를 나가지 않았다. 때문에 종종 기자들로부터 "주 의원은 왜 외유를 안 나갔느냐?"고 전화 인터뷰를 요청받은 적이 있다. 개인적으로 나갈 필요성을 못 느끼고 일정이 맞지 않았다고 둘러대었지만, 외유를 나간 동료들의 입장도 생각해 줘야만 했다.

조례로 통과시킨 시우회 숙원 사업

사실 공무원들은 퇴직 이후의 삶에도 기대가 많은 편이다. 나름대로 퇴직을 앞두고 제2의 삶을 고민해 보지 않은 퇴직자는 없다. 그만큼 기대수명이 높아졌고 하고자 하면 봉사할 수 있는 일자리도 다양해졌다. 나는 공직 생활 중 비교적 상사들과 동료들 간의 거리감을 좁히는 역할을 잘 해서 '한솥밥을 먹는 식구'로 만들었고, 다른 곳으로 전직한 후에도 여러 동호회에 관계하면서 지속적인 유대를 유지해 왔다.

서울시 퇴직 공무원들의 친목 모임인 '시우회'(회장 최병열 전 서울시장 / 사무총장 황철민 전 서초구청장)의 이사로서, 또한 시의원으로 활동하며 서울시가 비수기에 사용하지 않는 수련원과 서울시 연수원을 시우회 회원들도 쓸 수 있도록 발의해서 조례로 통과시키는 등 적극적으로 참여하고 있다.

서울시 예산이 많이 투입되는 시설로서 위탁 관리하는 시설을 비수기에 한해 공무원들과 같은 조건으로 사용할 수 있도록 하는 이 조례였다. 이 안건은 1만여 시우회원들의 숙원 사업 차원에서 재추진하여 2013년 12월 '시우회 육성 및 지원조례안'을 통과시킬 수 있었다.

대도시 문제의 접근 해법

주택정책

대도시 주택정책은 그 도시 규모에 맞게 해야 한다. 땅이 넓은 미국이나 중국처럼 해선 안 된다. 강남은 주택 보급률이 100%가 되지만 정작 입지조건이 좋은 필요한 지역에 주택이 모자란다. 이를 해결하기 위해서 도심 가까운 집단 주거 지역을 타운화하고, 70년대에 건축된 아파트단지를 재건축하여 물량을 공급하도록 해야 한다.

단순히 그린벨트를 풀어서 주택 가격만 낮게 공급하는 선심성 주택정책으로 가면 안 된다고 생각한다.

공동재산세제

외환 위기 직후인 1998년 김대중 정부 들어서 지방자치단체의 격차를 해소하는 차원에서 공동재산세재를 채택했다. 정치적인 입장에서 시민들의 정서를 고려하지 않고 지방세를 시세로 바꾼 것으로, 지방자치의 원리에서 벗어난 조치였다. 강남구와 서초구, 중구가 해당 지역이 되었다.

특히 세금을 가장 많이 내고 있는 강남구 주민들이 격렬하게 반대에 나서서 입법 저지를 위해 국회까지 가서 항의 시위를 벌였다. 강남구의 일부 시의원들과 구의원들이 집시법 위반으로 처벌을 받는 등 투쟁을 하였으나 2006년도에 법안이 통과되는 것을 막을 수 없었다. 연간 복지예산이 130조 원대를 상회하는 시대에는, 국세를 지방세로 과감하게 이전하여 그 지방의 세원으로 복지 문제를 책임지고 해결하는 것이 합리적이라고 생각한다.

주차난 문제

대도시의 주차난은 교통 시설 문제와 동전의 앞뒤와 같은 신세다. 통행차량 과다로 인한 대기오염과 교통정체가 서울에서 가장 심한 지역이 바로 강남구다. 강남은 차량등록 대수가 제일 많고, 하루 통행 차량이 300만 대가 넘는다. 때문에 온종일 모든 도로가 정체되어 몸살을 앓고, 야간에는 뒷골목까지 주차 단속을 하느라 주차 단속 비용도 많이 투입되는 실정이다.

그러나 교통량 감소를 위해서 수요관리정책으로 문제를 해결하면 득보다 실이 많다. 우리나라는 자동차산업이 주요 수출사업이기 때문에 산업정책상으로 일정한 수준의 내수 기반을 유지하는 것도 필요하다. 따라서 주차장 부족 문제는 일종의 공급관리 정책으로 풀어야 한다.

주차장의 한 면을 조성하는 데 강남구의 경우 2억5천만 원이나 소요된다. 뒷골목에 거주자 전용 주차 구역을 만들고 도로변과 집 앞에 주차를 해도 절대 공간이 부족하다. 그래서 2003년도부터 강남구는 학교 시설 복합화사업을 구상하게 된 것이다.

하지만 처음에는 학부모들이 반대하고 나섰다. 구 예산으로 지하에 주차장을 건설하는 대신, 학교에 필요한 체육 시설을 만들어 주고 도서 구입 등을 지원하는 방식으로 설득하고 협의했다. 체육 문화 시설은 학생들이 이용하지 않는 시간대에 인근 주민들이 이용할 수 있도록 하여 서로 도움이 되도록 한 것이다.

초등 학교 하나에만 170억~200억 정도의 예산이 들어갔는데, 구룡·영희·논현·언북 4개 초등 학교에 주차장이 조성되었으며 신구 초등 학교는 올해에 완공할 예정이다. 중·고등학교는 재학생의 수업 연한이 3년이라서 2년 이상 공사를 계속할 수가 없는 한계로 주차장을 만들 수 없는 게 아쉽다. 물론 다른 구에서는 하고 싶어도 예산이 부족하여 착수하지 못하는 사업이기도 하다

강남의 아파트단지 경비원들은 업소에서 발레 파킹을 해 주는 정도의 주차 실력이 있어야 한다. 특히 압구정 지역의 현대 아파트, 미성 아파트나 한양 아파트처럼 지하주차장이 없는 한강변 주택은 세대당 평균 두 대 이상의 승용차가 있어서 2중, 3중으로 촘촘하게 주

차를 해야 하는 실정 때문이다. 경비원들이 입주민들의 주차 시마다 본업무인 경비보다도 주차 문제에 신경 쓰느라고 새벽부터 밤늦게까지 시달린다. 입주민들의 불편을 해소할 수 있도록 하루 빨리 재건축 문제를 해결해야 한다.

성공한 축제와 실패한 축제

축제는 무조건 재미있어야 한다. 무엇보다 참여자가 흥에 빠져 체험하며 미쳐야 한다. 그리고 그곳에서만 즐길 수 있는 고유한 전통도 필요하다. 이 세 가지 요소만 있으면 성공한다. 이 중 한 가지만 부족해도 얼마 안 가서 시들시들 사라지고 만다. 아직 서울시와 강남구에는 제대로 자리 잡은 대표 축제가 없다고 얘기하는 구민들이 많이 있는 것으로 알고 있다.

강남구에는 '패션 페스티벌'과 '국제평화마라톤', '국제 댄스 페스티벌' 세 가지 축제가 있었는데, 그중 댄스 페스티벌은 3년 전에 없어지고 말았다. 강남은 지역개발 자체가 반세기도 안 된 급성장 지역이다 보니 지역의 고유문화가 없다는 문제를 안고 있다. 그래서 더욱 글로벌 강남에 어울리는 축제를 개발할 필요가 있었다.

예컨대 매년 가을 '강남구민의 날' 행사 기간에 치러지는 '국제평화마라톤' 행사를 들 수 있다. 주민들의 적극적인 참여로 성공리에 마무리한 후 접수된 참가비로 경비를 지출하고 남은 금액 전부를 유니세프에 기증(5천만~1억 원)하는 것으로, 강남만의 기부문화를 선보인 것이다.

지난 2009년 강남구민의 날 기간에는 국제평화마라톤 행사와 함께 문화 소외 계층을 위해 잠실 주경기장에서 조용필의 무료 공연을 유치했다. 가수에게 직접 행사 취지를 설명하고, 재능기부를 받았다. 무대설치 비용만 강남구에서 지불하는 것으로, 무려 6만 명이 넘는 주민들에게 문화 서비스를 하여 큰 호응을 받았다.

평소 비싼 공연문화에 소외되었던 구민들에게 비로소 강남에 거주하는 주민이라는 자긍심을 심어 주었을 것이다. 문화 예술인이 많이 거주하고 관련업체들이 많이 있는, 그야말로 강남의 특징을 살린 문화예술 관련 지역 축제의 가능성을 보여 준 사례라고 할 수 있다.

지역 축제는 잘만 하면 도시경쟁력을 높이고 외국 관광객을 유치하여 지역경제도 활성화시키는 기폭제가 될 수도 있다. 매년 가을에 열리는 '부산국제영화제'와 '수원화성축제', 한여름 해변에서 열리는 충남 '보령머드축제', 한겨울에 잠깐 열리는 강원도 '화천빙어

축제' 등이 성공한 사례다.

하지만 지자체에서 의욕을 갖고 홍보를 해서 띄우는 축제는 대부분 해가 갈수록 힘이 떨어진다. 단체장의 얼굴 알리기나 예산 낭비만 초래한다는 비판이 많이 제기 되고 있다. 한때 전국의 지자체장들이 벤치마킹을 하기 위해 버스를 타고 단체로 보러 갔던 전남 함평의 나비 축제도, 최초 아이디어를 내었던 이석형 군수가 떠난 이후 급격히 시들해지는 추세다.

서울의 '청계천 등축제'도 단순하게 경남의 오랜 문화예술 전통(64년 역사의 개천예술제)에 기반을 둔 '진주 남강 유등축제'를 흉내 낸 눈요기거리에 불과했다. '짝퉁' 시비로 진주시장이 상경 항의하며 구설수에 올랐던 것을 보아도 알 수 있듯이, 그저 구경꾼만 모인다고 성공한 축제는 아닌 것이다.

실제로 민선 시대가 시작된 이후부터 급격히 늘어난 축제는 매년 전국에서 천여 건에 이르지만 성공작은 별로 없다. 축제 담당자가 대개 예산을 집행하는 일반 공무원들이고 전문성이 없으니, 기획과 운영을 외부 이벤트업체에 아웃소싱하여 비슷비슷한 프로그램이 되어 재미가 없기 마련이다. 게다가 행사에 앞서 지루하게 축사하는 인사들만 수두룩하니….

축제를 몇 해만 계속하면 이미 볼 사람은 다 보았기 때문이다. 더 이상 보여 줄 게 없다면 직접 체험하게 만들어야 성공할 수 있다. 이처럼 성공한 축제와 실패한 축제는 일정한 패턴과 공식이 있는 셈이다. 서울시와 강남구는 예산은 있고 아이디어는 없는 것 같아 안타깝다.

■ 우리가 익히 알고 있는 흥미로운 세계적 대표 축제도 다들 체험형으로 자리 잡은 경우다

첫째, 스페인 팜플로냐의 '산페르민 축제Fiesta de San Ferim'는 좁은 골목 길을 내달리는 검은 소 떼들을 피해서 달리는 축제로 유명하다.

팜플로나 수호성인 산 페르민을 기리는 것으로 매년 여름 7월 6일부터 14 일까지 열리는데, 헤밍웨이의 소설 『해는 또 다시 떠오른다』에 소개되어 유명해졌다. 이 작은 마을에 전 세계 관광객들 50만 명 이상이 몰려들어, 도심 한복판에서 소와 수백 명의 사람들이 뒤엉켜 850m 거리를 그냥 질 주하는 진기한 풍경이다.
참가자들은 하얀 옷에 붉은 목도리를 하고 손에는 잡지책을 들고 뛰는 전 통을 고수한다. 투우를 사랑하는 정열적인 스페인 사람들의 기질대로 피 투성이가 되어 죽거나 다치는 사람도 있지만 해마다 축제는 계속된다.

둘째, 수백 톤의 토마토를 으깨서 온 마을을 붉게 물들이는 스페인 발렌시 아 부뇰의 '라토마니나La Tomatina 토마토 축제'도, 매년 8월 마지막 주 수 요일이 되면 한 마을의 거리가 종일토록 토마토로 붉게 물든다.

하루 동안에 120톤의 으깨진 토마토를 상대방에게 '묻지 마 투척'을 하는 이 축제도 근 70년의 전통을 자랑한다. 처음엔 마을 사람들끼리 시비거리로 시작한 토마토 던지기가 세월이 가면서 전통이 되고 문화로 자리 잡은 것이다. 한마디로 광란의 축제임에도 불구하고, 그 축제에서 토마토 세례를 맞겠다고 기꺼이 관광을 떠나는 젊은 커플들의 심리를 어떻게 설명할까?

우리나라에도 한여름 해변에 비키니 차림의 피서객들이 참여하는 충남의 '보령머드축제'가 있다. 토마토 대신 갯벌 진흙을 마사지하며 뒹구는 더러운(?) 모습들이 CNN 방송에 소개되면서 매년 200만 명이상 참가하는 세계적인 축제로 자리 잡았다.

셋째, 40년 전통의 세계 최대 공연 페스티벌인 영국 스코틀랜드의 에딘버러 페스티벌은 매년 8~9월 3주간에 걸쳐 춤과 연극, 오페라, 전시 등 다양한 문화예술 공연을 즐길 수 있다. 이미 우리나라 공연 팀들도 '난타'나 '점프' 같은 넌버벌 공연으로 이 페스티벌에 참가해서 연일 공연표가 매진되며 일약 세계적인 공연으로 부상했다. 누구나 기획해서 참가하고 소개하는 자유로운 문화와 분위기가 바로 전 세계 예술인들을 자발적으로 불러 모으는 것이다.

넷째, 세계 10대 축제의 하나로, 매년 가을에 열리는 독일 뮌헨의 맥주 축제인 '옥토버페스트OKTOBERFEST'는 뮌헨시장이 맥주잔을 들고 마시는 것으로 시작된다. 이 축제는 무려 16일 동안 600만 명 이상이 참여하는 200년의 전통의 초대형 축제다. 축제 기간에 독일 전통의상을 입고 광장 같이 넓은 홀에서 수천 명이 맥주를 마시는 장면은 그 자체가 경이롭다.

전 세계에서 맥주를 사랑하는 외국인 관광객들이 100만 명 가까이 참여하는, 한마디로 술 취하는 음주 축제다. 유사한 이미지로 우리나라에선 충북 영동의 와인 축제를 들 수 있다. 우리나라에도 시장 등 단체장이 일종의 한류 브랜드로 알려진 '폭탄주'를 한잔 말아서 마시는 것으로 시작하는 한국 고유의 '폭탄주 페스티벌'을 열 수도 있지 않을까?

도심에서 안전하게 살 권리

그 동안 서울 도심에는 해외 토픽에 날 정도의 대형 사고가 많았다. 1970년대의 와우 아파트 붕괴, 1990년대의 성수대교 붕괴와 마포구 가스 폭발, 삼풍백화점 붕괴, 폭우로 인한 도곡동 주공아파트 붕괴까지….최근 들어 매년 발생되고 있는 서울과 강남 지역(은마 4거리, 강남역 4거리 등)의 침수 피해도 있다.

특히 강남권에는 초고층 아파트와 고층 건물들이 갈수록 늘어나는 추세이기에 사고의 위험도 그만큼 늘어나고 있다고 볼 수 있다. 이에 따라 도시의 안전 문제도 심각하게 제기해야 할 때가 되었다. 경주의 리조트 붕괴 사고에서 보듯이, 치명적인 사고가 일어나기 전까지는 멀쩡한 건물이었다.
노후된 건물이 아님에도 불구하고 눈의 무게가 치명적인 붕괴 원인이 되었다.

결국 붕괴위험이 있는 취약 지구의 건물들을 사전에 지자체 담당 공무원들이 수시로 현장 점검하는 것만이 사고를 예방할 수 있다는 결론이 나온다.

3년 전 서울 방배동의 우면산 산사태만 봐도 공무원이 현장에서 사명감을 갖고 일을 하면 얼마만큼 피해를 줄일 수 있는지를 극명하게 알 수 있었다. 폭우 속에서 당시 도로를 순찰 중이던 경찰은 흙탕물이 도로로 심하게 쏟아져 내리는 것을 보고 직감적으로 산사태를 예감했다고 한다.
출근길의 8차선 대로를 통제하기 위해선 인력 지원이 필요했다. 즉시 경찰서 상황실로 지원을 요청하고 지원 인력을 기다리는 동안

혼자서 도로에 임시 차단봉을 설치하고 차량부터 먼저 통제한다. 그로부터 불과 몇 분 후, 초대형 산사태가 일어나서 방배동 일대의 도로는 물론 아파트단지와 거실까지 토사와 뿌리째 뽑힌 나무들이 덮치는 엄청난 재해가 발생했던 것이다.

만약 그 현장에서 경찰관이 사명감을 갖고 대처하지 않았다면, 아침 출근길에 수백 대의 차량들이 토사에 휩쓸려 뒤엉키며 대형 인명사고로 연결될 수 있었음은 너무나 뻔한 상황이다.

문제는 우리나라 국민성 자체가 조급한 편이라서 사고의 전조가 나타나기 전까지는 안전을 그리 우선하지도 않고, 관의 개선 명령이나 공무원들의 지적을 대수롭지 않게 흘려듣는 경향이 있다. 그래

서 대형 사고 이후에 항상 언론은 사고가 예고되었는데도 막지 못한 '안전 불감증'과 '인재人災'를 지적하는 것이다.

무릇 도시란, 그곳에 살고 있는 사람들이 안전하고 행복한 삶을 누릴 수 있도록 발전되고 관리되어야 한다. 서울시가 한강의 대형 교량에 대해서 전면적인 안전 점검을 했듯이, 지역 자치단체도 관내 초고층 건물과 유류와 가스 저장 시설 등에 대해 수시로 위험성을 점검할 필요가 있다.

'사후약방문死後藥方文'이란 말과 '소 잃고 외양간 고친다'는 속담이 있지만, 안전사고의 경우에는 달리 해석해야 한다. 비록 지방의 안전사고이지만 타산지석他山之石으로 삼아서 주민들이 안전하고 행복하게 살도록 직접 발로 돌아보아야 한다. 경험상 항상 현장에 답이 있었다.

제3장

인터뷰와
주요 시정 질의

모두의 염원 담은 새 정부 기대한다
시장의 선심성 사업 지적
서울시 교육청의 수상한 예산 집행
한나라당 서울시 의회 대표 연설
5분 발언대 연설
천만 서울시민 뜻 헤아린 의정 펼칠 것

CHAPTER 3

모두의 염원 담은 새 정부 기대한다

〈시사 메거진〉 2013년 2월호

국 민 행 복 시 대

양극화 해소 위한 두 마리 토끼 사냥

모두의 염원 담은 새로운 정부를 기대한다

신뢰는 사회적 자본의 으뜸이자 시장경제의 기본요소

서울시의회 주영길 의원은 지난 해를 '격동의 시간'이라고 표현했다. 돌이켜보니 그 어느 때보다 숨 가쁘게 달려왔다는 것. "세계 경제 위기에 따른 세계 각국의 저성장과 경기침체 속에서도 우리나라는 국제적 지위가 한층 더 높아졌고, 2년 연속 무역 1조 달러를 달성해 세계 8위의 무역 대국이 되고, 국가신용등급은 건국 이래 가장 높은 단계로 올라서기도 했다"고 설명한 주 의원은 특히 국회의원 선거와 대통령 선거로 민주 역량이 다시 한번 드높아졌다고 말했다.

'격동의 시간'을 보낸 서울시의회 주영길 의원은 경제민주화와 경제성장, 국민행복의 꿈과 희망을 하루빨리 현실로 만들어야 한다고 강조했다.

지난해 놀라운 경제적 성과를 이루긴 했어도 현재 우리의 대내외 환경은 그리 밝지 못한 것이 현실이다. 유로존 재정위기와 미국의 재정절벽 우려에 따른 세계경제의 침체는 국내 경제에도 크나큰 영향을 미쳤다. 저성장은 실업률을 늘리고 가계부채의 증가는 서민경제의 불안을 키워갔다. 더욱이 베이비붐 세대의 은퇴와 맞물려 소비경제를 이끌어갈 중산층의 불안은 현실이 되어가고 있다. 이러한 사회현상은 대선을 통해 새로운 정치에 대한 국민의 갈망으로 이어졌다. 그만큼 이번 대선에서 보여준 국민의 표정은 극렬했다.

국민행복의 꿈과 희망을 하루빨리 현실로

새 정부는 양극화 해소를 위한 경제민주화와 경제성장의 두 마리 토끼를 잡는 과제와 더불어 국민행복의 꿈과 희망을 하루빨리 현실로 만들어야 한다고 주 의원은 강조했다.

"지난번 대선 결과에서 보듯 국민이 딱 절반으로 갈라진 그 중심에는 세대 간의 갈등이 강하게 자리 잡고 있다. 젊은 세대는 우리 사회의 변화에 간절한 열망을 쏟아냈고, 나이 드신 분들은 국가 안보를 우려했다."

정치는 소통에서 시작된다. 존중을 바탕으로 자유롭게 이동해야 한다. 하지만 두려운 세대와 불안한 세대 간의 의견이 엇갈리고 있다. 이에 주

> "정치인은 분열을 조장해서는 안 된다. 소통의 중심에서 통합의 정치가 될 수 있는 무게추 역할을 해야 한다. 서로 믿는 신뢰가 사회적 자본의 으뜸이자 시장경제의 기본요소다. 바로 이것에서부터 건강한 신뢰사회를 바라는 국민의 기대는 커진다."

의원은 5060세대의 뜻도 존중돼야 하지만 2030세대의 의견에도 귀 기울여야 한다고 말한다. 정치인은 분열을 조장해서는 안 된다는 것이다. 소통의 중심에서 통합의 정치가 될 수 있는 무게추 역할을 해야 한다는 게 주 의원의 주장이다. 모든 세대가 바라는 정치인의 길을 걷고 있는 모습에서 그의 신념을 엿볼 수 있었다.

"서로 믿는 신뢰가 사회적 자본의 으뜸이자 시장경제의 기본요소다. 바로 이것에서부터 건강한 신뢰사회를 바라는 국민의 기대는 커진다."

주 의원은 민생과 직접 맞닿아 있는 지방정치에서도 새로운 시각으로 시민의 삶을 챙기는 보다 큰 안목이 요구된다고 밝혔다. 이에 새롭게 출범하는 정부가 성공적인 국정운영을 할 수 있도록 서울시는 적극 협조해야 한다고 전했다. 특히 대통령 당선인의 정책과 공약들을 차질 없이 실천하기 위해서는 서울시의 절대적인 협력이 필요하다고 피력했다.

한편 주 의원은 새로 선출된 서울시 교육감에 대한 기대도 내비쳤다. "지금 우리의 교육현장은 소위 평준화와 특성화, 규제와 자율, 개인과 집단의 일대 혼란기에 와 있다"고 지적한 주 의원은 "21세기 지식기반 사회가 요구하는 교육으로의 전환이 절실해지고 있는 시점에서 미래를 잘 살아가게 하기 위한 재능과 자질을 이끌어낼 수 있는 교육만이 해답"이라고 강조했다. 그리고 이번 서울시 교육감이 이러한 혜안을 바탕으로 교육정책을 이끌어 나가길 바란다고 전했다.

"함께 꾸는 꿈은 반드시 길이 되고 현실이 될 것이다. 이를 위해 지금은 '과실의 분배'도 중요하지만 '부담의 분배'도 함께 생각해야 한다. '참아달라'는 말도 동시에 할 수 있어야 한다." 이러한 각오와 정신실 때 비로소 박근혜 당선인이 최우선 과제로 천명한 일자리 확대 및 중산층 재건 등 민생안정의 공약도 조금 더 빨리 가시화되고 앞당겨질 수 있을 것이라 확신한다."

2013년 뱀의 해. 새해에는 구각을 과감히 벗어 던지고 한 단계 더 발전하고 성장하는 우리 모두의 한 해가 되길 기원한다는 주 의원. 1,000만 서울시민 모두가 건강하고 행복한 새해가 되길 바란다며 늦은 새해인사를 전했다. ⑤

취재_백홍기 기자

시장의 선심성 사업 지적

서울시의회 행정자치위원회 2013.4.30일 토론

2013년도 제2차 공유재산관리계획 변경계획안 중 '대학생 공공 기숙사 부지 매입 및 건물 신축' 사업 법령의 절차적 위반과 위법성 문제, 사업의 불합리성에 대한 문제점을 지적했다. 권한을 일탈·남용하고 관련 법규를 위반하면서 사업을 추진하는 것은 선심성 사업으로 오해받을 수밖에 없다.

서울시 제출 자료에 의하면…

SH공사 소유의 서울시 강서구 내발산동 740번지 3,874.4㎡를 서울 시민 세금 65억 7백만 원으로 매입하여, 순천시를 비롯한 8개 다른 지방자치단체로부터 213억 5천8백만 원을 기부 받아 지하 1층 지상 7층 연면적 9,283.43㎡ 규모 기숙사를 지어 서울시 소유로 등기한 후 위의 8개 지자체에 5실에서 40실까지 각각 배정하여 해당 지방자치단체 출신 대학생들에게 임대하는 형식으로 추진하고 있다.

관련 법규 및 절차상 문제점으로 지적한 4가지

첫째, …시의회 의결 절차를 거쳐야 함에도 예산이 의결된 이후에 변경 계획이 제출되었고, 동 사업의 소요 예산도 임대주택사업특별 회계의 포괄예산을 전용한 절차적 위반 사실이 있다.

둘째, '2개 이상의 시도와 관련되는 총 사업비 10억 이상의 신규 투 자 사업에 대해서는 안전행정부 장관에게 그 심사를 의뢰하여야 한 다'는 규정에도 불구하고, 강서구 내발산동 740번지 대학생 공공 기숙사 건립 사업과 부지 선정 과정이 심사되지 않은 위법이 있다.

셋째, 법령의 근거 없이 8개 다른 지방자치단체의 사무를 위하여 서 울시가 토지를 제공한 것은 위법이며, 8개 다른 지방자치단체로부 터 건축비 213억 5천8백만 원을 기부 체납 받은 것도 위법이다.

넷째, 기타 지방자치법 제8조(사무 처리의 기본원칙), 제9조(지방자치단체 의 사무 범위), 제12조(주민의 자격), 제151조(사무의 위탁) 등의 규정에도 배치된다.

결론으로

"서울시는 공공주택사업으로 인한 부지 및 주택 미분양 등으로 약 20조 원의 부채를 짊어지고 있음에도 불구하고, 서울 시립 대학교에 2012년부터 매년 140억에서 150억 원의 시민 세금을 반값 등록금 명목으로 지원하고 있다. …지방 학생 주거 문제 해소는 우선 지방 출신으로 고가 주거비를 부담하는 학생들에게 기숙사를 건립해주거나, 서울시 보유 미분양·미입주 공공주택을 개조하여 실비 제공하는 것이 순서다"라고 지방 대학생 주거 문제 해소를 위한 대안을 제시했다.

■ 주영길 의원 조사에 의하면

서울 시립 대학교 총 8,498명 학생 중 약 50%인 4,200명 정도가 지방 출신으로 학교 내 기숙사 이용자는 460여 명이고, 나머지는 전·월세 자취나 하숙·고시원 생활로 매월 30~50만 원의 높은 주거비를 부담하고 있다.

서울시 교육청의 수상한 예산 집행

서울시 의회 도시관리위원회 2011. 4월

교육 환경개선 사업비는 화장실 및 냉난방 개선을 비롯하여 쾌적하고 공부하기 좋은 학교 환경 조성을 목적으로 2011년도에 총 690건 1,207억 원이 편성되었다. 이는 전년도 본예산 대비 48.6%가 감소 (1,144억 원 감소)한 것이다.

따라서 관련 사업비가 절반이나 줄었음에도 불구하고, 예산 절감 등을 이유로 사업 규모를 폐지하거나 축소 집행하는 것은 교육 환경 개선이 아닌 개악이다.

2011년도 교육청 예산 중 교육환경개선사업비는 당초 1,207억 원의 78.5%에 해당하는 948억 원만을 사업 부서에 배정하고 260억 원을 감액하였다.

사업비가 줄게 되면 사업 규모 축소를 비롯하여 부실 공사가 우려되고, 예산을 아예 배정하지 않은 사업(폐지 사업)에 대하여는 해당 학교의 반발을 비롯하여 사업비 축소로 인하여 일선 현장에서의 요구 사항을 반영할 수 없게 된다.

축소된 260억 원은 별도 계획을 수립하여 옥상 방수 공사나 장애인 편의 시설에 투입할 계획이라고 말하지만, 곽노현 교육감의 공약 사항인 '무상 급식' 추진 부족 예산에 충당할 것이란 의심이 든다.

의회에서 대상 학교·세부 사업명·물량과 금액을 명시하여 심의·확정한 예산을 교육청에서 집행지침에 적합하도록 집행하면 된다. 그런데 사업 자체를 교육청 임의로 폐지하는 것은 의회의 예산심의권을 침해하는 집행부의 제멋대로식 행정이 아닐 수 없다.

한나라당 서울시 의회 대표 연설

2011.06.20/ 제231회 서울시 의회 본회의

… 전략前略 인사말

시정 발전의 막중한 책무를 지워 주신 1천만 서울시민과 참석자 여러분께 서울특별시의회 한나라당을 대표해서 교섭단체 대표 연설을 드리게 됨을 매우 뜻 깊게 생각합니다.

지금 지구촌은 그리스 디폴트 위기 확산과 미국 경제 지표 악화 등 글로벌 더블딥 위기감이 확산되면서 미국과 유럽 주가가 급락하고 유가가 등락하는 등 국제금융시장이 크게 요동치고 있습니다. 세계적인 경제 석학 루비니 뉴욕 대 교수는 지난 11일 세계 경제가 "늦어도 2013년에 '퍼펙트 스톰' 즉, 강력한 폭풍을 맞을 수 있다"며 공황적 위기가 도래할 것으로 경고했습니다.

그가 말한 '퍼펙트 스톰'이란 미국·유럽·아시아 등 세계 3대 경제 축이 동시에 위기에 직면하면서 공황적 경제 재앙이 도래할 수 있다는 의미입니다. 그는 특히 많은 사람들이 공공 부문과 개인 부채로 깡통을 차게 될 것이며, 그 깡통은 점점 더 커지고 무거워져 2013년엔 최악에 달할 것이라며 이들 문제가 늦어도 2013년경에는 모두 곪아 터질지 모른다고 전망했습니다.

국가부채와 가계부채가 무서운 속도로 폭증하고 있는 우리나라로서도 결코 간과할 수 없는 경고인 셈입니다. 한국 경제 또한 성장률·물가상승률·실업률 등의 거시 경제 지표들이 별로 낙관적이지 못한 채 우리 경제의 최대 뇌관인 가계부채가 마침내 1천 조 원을 공식 돌파했습니다. 가계부채 문제는 언제든지 폭발할 수 있는 휴화산 같은 존재이며 정부나 국민 모두 위험 관리에 총력전을 펴지 않으면 낭패를 당할 수 있을 것입니다.
이러한 불투명한 비관적 경제 전망이 고개를 들고 있는 가운데 상식 밖의 도덕적 해이와 자기 밥그릇 챙기기 식의 전관 예우라는 지극히 비공정한 관행이 저축은행 사태를 빚어내 지금 시민들은 극심한 혼란에 빠져 있습니다.

그런가 하면 중앙정치 무대에서는 민생을 외면한 채 오직 국민들의 표심만 자극하는 이른바 무상 급식, 반값 등록금, 반값 주택, 무상 의료 등의 포퓰리즘 복지정책들을 앞세워 나라의 곳간과 그 곳간을 채우는 세금을 부담하는 주인인 국민들의 사정은 철저히 외면한 채

자기들만의 논쟁에 빠져 있습니다. 특히 세계 경제 10위권을 넘나
드는 경제성장의 과실이 서민들의 가계부에는 좀처럼 채워지지 않
는 채 유래 없는 장바구니 물가의 폭등으로 이어져 주부들의 한숨
이 깊어져 가고 있습니다.

대한민국의 수도 서울은 여느 수도 이상의 의미를 갖습니다. 인
구 · 행정 · 경제 · 문화 등에서 대한민국의 심장이고 얼굴이며 미래
의 동력입니다. 그럼에도 불구하고 민선 5기 1년이 다 되어 가도록
우리는 지금 무상급식 등 경제와 복지의 이념적 가치와 틀에 갇혀
국가를 위해 서울시민을 위해 무엇 하나 제대로 하고 있는 일이 없
는 것이 오늘의 서울시정의 자화상인 것입니다. 서울광장조례 개
정, 2011년 예산안 단독 수정 통과, 양화대교 공사 중단, 서울시 제
출 조례안 일괄 보류 등 민주당의 서울시 의회 독주는 서울시의 주
요 사업마다 제동이 걸리고 있습니다.

저는 여기서 민주당만을 탓하고자 하는 것이 아닙니다. 오세훈 시
장의 시정 협의 거부에 따른 갈등도 한 몫 했던 것도 사실입니다.
이런 반목과 갈등이 지난 1년의 서울시정을 제자리걸음으로 멈춰
서 있게 했습니다. 서울시민들은 지난해 지방선거에서 민주당 서울
시의원들에게 시의회 권력을 내줬지만 동시에 한나라당 오세훈 시
장을 뽑아 견제와 균형을 택했습니다.

서울시는 시정의 집행을 하고 여기 이 자리의 우리 각자는 시의회의 의원으로서 서울시정을 항시 감독하고 견제하는 역할을 합니다. 그러나 그 본질은 똑같습니다. 어떻게 하면 시민이 살기 좋은 지역으로 만들고 시민을 위할 것이냐는 차원에선 본질적으로 똑같습니다.

이런 의미에서 본다면 지난 1년의 서울시정을 멈춰 서게 한 그 책임은 서울시와 서울시 의회 모두의 공동 책임인 것입니다. 우리는 지난 1년을 되돌아보며 1천만 서울 시민 앞에 깊은 반성과 더불어 머리 숙여 큰 사죄를 해야 할 것입니다. 민선 5기 수도 서울의 시정을 이끌고 있는 오세훈 시장님! 그리고 관계 공무원 여러분! 저는 오늘 이 자리에서 먼저 오세훈 시장님께 고언의 말씀부터 드리고자 합니다.

지난 민선 4기 수도 서울의 시정은 한강 르네상스 프로젝트, 동대문 풍물시장과 역사공원 조성, 세종공원 조성, 디자인 서울거리 조성, 도시철도 민간 투자사업,대기질 개선사업 등으로 희망과 기회가 넘치는 서울로 탈바꿈시켰고 시민들의 공감대를 높였다는 평가를 자주 듣게 됩니다. 이제 민선 5기 서울시정이 시작된 지도 어느덧 1년이 흘렀습니다. 오 시장님께서는 '시민이 행복한 서울, 세계가 사랑하는 서울'이라는 비전을 내세우고 민선 5기 서울시 경영에 나섰습니다.

이는 시민의 삶의 질을 고양하고, 서울의 도시경쟁력을 높이겠다는 뜻으로 알고 있습니다. 서울 시민의 삶의 질을 높이는 방안으로 교육 걱정 해소와 보육 걱정 해소 및 주거 걱정 해소 등 서울시민의 3대 걱정거리를 최우선으로 해결하겠다고 하였습니다. 도시 경쟁력을 높이기 위해 최첨단 산업 기능을 기반으로 여기에 문화를 결합하는 방안을 펼친다고 하였습니다. 이른바 데카르트 마케팅으로 우리의 테크놀로지에 아트를 입혀 최첨단의 고급스런 이미지의 서울 상像을 창출해 보겠다는 의지를 피력하였습니다.

이러한 비전과 정책 의지의 실천을 위해 특히 문화와 복지, 소통에 무게를 두겠다고 하였습니다. 그러나 민선 5기 1년이 지난 지금 오 시장님께서 내세우신 정책들은 출발부터 삐꺽거렸습니다. 제가 판단하기로 그 근본 원인은 소통의 부재라고 여겨집니다. 어느 언론과의 인터뷰에서 오 시장님께서는 스스로 지난해의 6·2 지방선거를 겪고 현장을 다니며 '수능재주 역능복주水能載舟 亦能覆舟'의 의미를 새삼 느낀다고 했습니다. 물은 '배를 띄우기도 하지만 배를 뒤엎기도 한다.'는 민심의 가르침입니다.

그러나 시민과의 직접적인 소통은 어떠하였는지 몰라도 시민의 대표로 선출된 서울시 의회와의 소통엔 소홀히 하였다는 비판이 따르고 있는 것이 현실입니다. 저는 한나라당의 같은 당원으로서 그리고 시장경제와 자유민주주의를 지향하는 정치적 동지로서 오 시장께서 주장하시는 미래 성장 잠재력을 위해 복지 포퓰리즘을 차단해야 한다는 시대적 사명과 철학에 전적으로 동감하며 시장경제 자유민주주의 이념을 갖춘 소신 있는 미래의 정치지도자로 진정으로 존경심을 표하는 바입니다.

그러나 한편으론 오 시장님께서 내건 무상급식 주민투표에서 승리할 경우 서울시와 시의회 간 대립 국면에서 주도권을 잡고 더 나아가선 대권 도전에도 청신호가 켜지게 된다는 정치적 저의를 숨기고 있는 것은 아닌지 의심의 눈초리가 많습니다. 이것은 이 자리의 민주당 의원들님이 무상 급식에 대해 결코 양보할 수 없다는 또 하나의 이들 나름대로의 명분이며 타협을 외면하는 커다란 요인이 되고 있다고 봅니다. 무릇 동서고금의 정치 역사를 살펴보면 정치란 대화를 통한 양보와 타협 그리고 조정의 기술이라고들 합니다.

우리나라 정치 역사를 봐도 아직도 정치 후진성에 대한 국민의 따가운 시선이 팽배한 것은 우리들 정치인들이 '올 오어 낫싱all or nothing' 게임에 대한 생각에 집착해 있기 때문이라고 생각됩니다. 우리 서울시 발전을 책임진 수장으로서 이 나라 미래 지도자의 한 분으로서 우리 시민들이 아니, 국민 전체가 갈망하는 소통과 통합의 리더십을 보여 주는 진정한 정치 지도자로 거듭나 주실 것을 간곡히 바라마지 않습니다.

서울시의 모든 정책은 천만 시민을 향해 있어야 합니다. 서울시가 추진하는 470여 개의 다양한 시책사업이 있고 어느 것 하나 중요하지 않는 것이 없습니다만 본 의원은 오늘 이 자리에서 우리 1천만 시민들의 삶과 가장 밀접한 몇 가지만 강조하고자 합니다. 먼저 주택 문제입니다. 뉴타운·재건축·재개발사업에 대한 서울시의 기존정책이 시민들에게 호응을 받지 못하여 서민들의 주거 불안이 심화되고 있습니다.당장 오는 7~8월부터 학군 및 가을 결혼 수요와 더불어 재건축 아파트의 잇따른 이주 및 철거가 예정돼 있어 전세 대란이 예상되고 있습니다.

집은 모든 시민들의 안식처이며 생활의 출발점입니다. 시민들이 안식처를 잃고 길가에 내몰리지 않도록 시장께서는 초심으로 돌아가 안식처의 의미를 다시 한번 되새겨 주시길 부탁드립니다. 특히 화재 사고 등 사고 위험이 많고 주거 환경이 열악한 서울시내 무주택 시민 밀집 지역의 비닐, 천막촌 거주자에 대한 획기적인 주거대책을 마련하여 OECD 국가이자 G20 주최 국가로서의 국격國格에 맞는 서울시민으로 살아 갈수 있도록 해야 할 것입니다.

다음으론 교통 문제입니다. 시장님께서도 주지하시듯 서울시의 가장 큰 의무는 시민들이 낸 세금으로 최고의 공공 서비스를 만들어 제공하는 것입니다. 서울시의 공공 서비스 중 제일 규모가 큰 것이 대중교통이 아닌가 여겨집니다. 그 중에서도 버스공영제와 중앙차로제의 문제점입니다. 이 제도는 분명히 서울의 교통난 해소에 순기능을 하고 있는 것은 사실입니다. 그러나 제도는 지역적 특성 · 교통량 · 경제성 등 다양한 특성을 보면서 도입하여 여건 변화에 따라 점진적인 개선이 뒤따라야 본래의 취지에 맞게 운영될 것입니다.

막대한 재정이 투자되지만 적자가 누적되는 '버스공영제와 중앙차로제'가 마치 '서울의 교통문제를 모두 해결하고 있다'는 안일한 생각을 가지고 현상유지에 안주하지 말고 날로 변화되고 있는 교통여건을 보다 면밀하게 분석 검토하여 경제성 있고 시민편의를 향상시킬 수 있는 개선대책을 마련해야 할 것입니다. 더불어 서울의 동서와 강남을 연결하는 올림픽대로 · 강변도로 · 내부순환도로 등 간선도로는 물론이고 도심 내의 주요 도로가 1년 365일 내내 정체 현상을 빚어 도로에 뿌려지는 막대한 교통혼잡 비용과 시민들의 스트레스가 극에 달해 있습니다.

기존의 교통정책에 대한 정확한 분석, 개선과 획기적인 대안 제시가 시급한 시점입니다. 진정한 서울의 도시 경쟁력은 '차이'를 인정하는 지역별 그리고 그 특성에 맞는 도시계획 정책들이 제시되고 추진될 때 각계층의 시민들이 공감하고 적극 참여하게 되어 서울의 균형 발전을 이루어 도시경쟁력을 높이는 첩경임을 인식하시고 외형적이고 전시적인 균형발전정책은 없는지 전반적인 재점검을 하여 주시기 바랍니다.

또한 날로 악화되고 있는 지방정부의 재정건전성 확보와 관련해서도 평등주의에 근거한 공동재산세제 등 지방정부 내부의 제 살 깎아먹기 식이 아닌 지방자치 선진국들과 같이 정앙정부와의 세목조정 등 근본적인 제도 개선을 통하여 명실상부한 지방화 시대의 지방재정구조를 구축하는 데 보다 적극적인 역할을 해 주시길 바랍니다.

천연자원이 부족한 우리나라에서 국가경쟁력을 높일 수 있는 유일한 길은 인재양성일 것입니다. 인재양성에 있어 가장 중요한 핵심은 바로 교육이며 이것은 불확실한 우리나라의 미래에 대한 투자이자 경쟁력 확보의 첩경이기에 백년대계의 설계가 필요한 것입니다.

그래서 교육은 정당에 따라 바뀌는 정쟁의 대상이 아닌 것이며 더욱이 교육감 개인의 교육이념을 실현하는 실험의 장으로 교육정책을 펴면 안 된다는 것입니다. 수많은 교육 현안과 문제들이 산적해 있음에도 불구하고 모든 사안을 무상급식 하나로 집중해 혼란과 갈등의 원천을 만드는 것은 소모적인 논쟁이 아닐 수 없습니다. 이 밖에도 현재 서울시 교육청이 추진하는 여러 가지 교육 시책 중에서 고교 선택제를 비롯한 시민의 입장에서 짚고 넘어가야 할 사안들은 많습니다.

그러나 오늘 이 자리에선 교육예산만큼은 우리 아이들의 교육을 위한 핵심기능을 지원하는 방향으로 집행되어야 할 것임을 촉구 하고 자 합니다.. 교육감님은 당장이라도 직접 학교로 나가 보십시오. 직접 학교를 둘러보시면 우리 아이들이 얼마나 낙후되고 열악한 환경에서 공부를 하고 있으며 학교 화장실을 못 가 수업 중에 집까지 뛰어가는 아이들을 흔히 보실 수 있을 것입니다.

급식도 물론 필요하고 중요하지만 교육의 본질은 미래의 인재 양성이라는 것을 인식하시고 우리 서울시에서는 누구나 평등하게, 자신이 원하는 교육을, 자신의 개성에 맞게, 쾌적한 환경에서 언제든지 차별 없이 받을 수 있도록 해야 합니다. 그렇지만 최근 주요 언론에 보도 된 바 있듯이 무상 급식 탓에 서울시엔 위험물에 방치된 학교를 비롯하여 낙후된 화장실 등 열악한 환경에 처해 있는 학교가 한두 곳이 아닙니다.

이는 서울시 교육청이 각 급 학교의 환경 개선 예산을 무상급식 예산으로 돌리기 위해 예산절감이라는 명목을 빌려 절차적 타당성을 일탈하여 전액 또는 반액 삭감함으로써 빚어지고 있는 일들입니다. 우선 먼저 짚고자 하는 것은 교육감께서 편성하여 의회에서 심의 · 확정한 교육환경개선사업을 교육청이 임의로 규모를 축소 · 폐지하고 있는 것은 의회의 고유 권한인 예산심의권을 침해하는 중차대한 사안임을 명심해 주시고 당장 시정해 주시기 바랍니다.

당부컨대 교육 문제만큼은 포퓰리즘에서 탈피하고 교육 본연의 임무에 충실하여 교육이 당면한 시급한 문제점들에 대해 심각하게 고뇌하고 그 진정한 해법이 무엇인지를 제시하는 교육감이 되어 주실 것을 바라마지 않습니다.

민주주의라는 것이 무엇입니까? 물론 민주주의란 이 시대의 보편적 가치이기도 합니다. 특히 민주주의 실현을 위한 오랜 투쟁의 역사를 가진 민주당의 입장에선 이를 금과옥조처럼 여겨 왔던 가치이기도 합니다.

비록 정치 경륜이 일천하지만 제가 알고 있는 민주주의는 다양한 서로 서로의 입장과 차이를 인정하면서 그 차이에서 발생하는 갈등을 많은 대화와 협의를 통해 최소화하고 공통의 이해를 바탕으로 서로의 목적을 위한 결론을 이끌어 내는 것이라 생각합니다. 그런데 제8대 서울시 의회가 개원한 이후 우리에겐 이런 차이를 인정하는 이해와 협의를 전혀 찾아볼 수가 없습니다. 일방적인 통보와 공지 하물며 안건에 대한 논의조차 제대로 이루어지지 않아 당황스러울 때가 많습니다.

1천만 서울시민들 모두가 민주당 의원님들의 생각과 이념이 전부 옳다고 생각하지는 않을 것입니다. 민주당 의원 여러분! 우리는 정당을 떠나 모두 서울시민을 위한다는 같은 마음으로 이 자리에 있습니다. 우리는 1천만 시민들의 뜻을 헤아려 이를 정책에 반영될 수 있도록 하는 것이 의회의 기능이지 집행권의 주체가 될 수 없습니다.

민주당 의원들님께서는 소통과 화합이라는 민주주의의 참뜻을 되새겨 1천만 서울시민을 위한 상생의 길을 찾을 수 있는 의정 활동의 동반자가 되기를 진심으로 기대해봅니다. 자유민주주의 시장경제는 우리가 소중히 지켜서 후대에 물려 주어야 할 소중한 가치로써 사회 각 부문의 역량이 자율적으로 참여하여 그 사회의 역동성을 증대시켜 주는 유기체적 속성을 지니고 있다고 생각합니다. 물론 경쟁문화가 지니는 취약점을 최소화하기 위해 경쟁에서 탈락한 사람들에게 기회를 부여하고 경쟁 능력을 상실한 구성원들이 생존할수 있도록 복지 시혜도 베풀어야 합니다.

그러나 1950년대 후반부터 시작된 '요람에서 무덤까지'를 표방했던 영국의 복지 주의는 영국의 쇠퇴를 부른 요인이 됐습니다. 고 복지 · 고 부담 정책과 평등주의로 부에 대한 의식이 희박해졌으며 생산성은 지속적으로 떨어지고 노조들의 무분별한 파업과 복지를 위해 지출해야 할 엄청난 재정은 영국을 망국의 위험으로 몰아갔습니다.

결국 만성적 적자는 미래 세대에 현재의 소비부담을 전가 시키며 정책 대안의 폭을 좁혔고 결국 새로운 재정 지출 사업 시행 및 세율

인하 등의 추진을 어렵게 했습니다. 지금 우리나라엔 온통 복지만 능주의로 가는 듯한 신드롬에 빠져 있는 것 같습니다. 그러나 지금의 우리 세대가 먹고 사는 일도 중요하지만 우리의 후손인 미래 세대들이 먹고 살 성장 동력을 만들어 나가는 일도 중요한 우리 세대의 임무입니다.

인류 역사를 돌이켜 볼 때 문제 없는 사회는 없었습니다. 문제의 해결은 곧 발전이며 발전은 또 다른 문제의 잉태과정이었습니다. 그러나 여기서 얻는 한 가지 교훈은 비현실적 이상주의나 어떤 사안에 대한 인기 영합적 접근 등은 모두 경계해야 할 허상이라는 것입니다.

지금 우리는 매우 어렵고 힘든 시기를 겪고 있습니다. 적어도 우리 서울시만큼이라도 우리 모두가 한마음으로 힘을 모을 때라고 생각합니다. 시정의 발목을 잡고 있는 무상 급식 문제는 이제 천만 서울 시민의 선택에 맡기고, 서울시와 서울시 의회 그리고 여·야 간에 그 동안의 반목과 갈등에서 이젠 대화와 소통의 장을 만들기 위한 노력이 그 어느 때보다도 절실함을 호소드리는 바입니다.

현재 비춰지는 크고 작은 갈등들은 더 큰 발전을 위한 밑거름이 될 것을 믿어 의심치 않습니다. 불안해하지 마시고 저희를 믿어 주십시오. 저희 한나라당은 이런 갈등을 밑거름으로 든든한 서울시민의 봉사자로 거듭날 것입니다. 수도 서울의 시민으로서 자랑스러운 긍지를 가지시고 한결같이 지켜봐 주십시오.

5분 발언대 연설

2011.8.28/ 제233회 서울특별시 의회 임시회

… 전략前略 인사말

지난해 천만 서울시민 여러분들의 선택에 의해 살림 맡을 사람들을 뽑아 주셨는데 겨우 1년이 지난 이 시점에 우리의 모습들은 어떻습니까?

시장은 자기의 시정정책이 시의회와 시민들에 의해 무산되었다고 시장직을 박차고 나갔고, 서로 다른 정치철학으로 시장과 1년 내내 맞서 싸우던 교육감은 금품 관련 비리 의혹으로 출국 금지와 소환 수사대상자로 공개되어 사퇴여론이 빗발치고 있어 즉시 사퇴해야 할 것입니다.

이런 상황에서 우리 시의원들과 공직자들은 시민들을 어떻게 볼 것이며, 어떻게 다가가야 되겠습니까?

이것은 여·야나, 진보·보수 떠나 선출직이나 임명직을 떠나 우리 전체 서울시정을 담당하는 모든 공직자들이 심각하게 고민해야 할 것이라고 생각합니다,

지난 1년여 동안 의정 활동을 하면서 발생한 서울시정의 각 주체들 간의 갈등을 타협과 조정의 민주적인 방법으로 해결하지 못하고 시정 공백이 초래되어 여기까지 온 것에 대한 자성의 변과 향후 우리들이 해야 할 일들이 무엇이고 우리들을 선택해 주신 1천만 시민들에게 어떻게 다가가야 할 것인지에 대하여 말씀드리고자 했습니다.

서울시민 80여만 명이 서명 요청하여 지난 24일 실시된 무상 급식과 관련한 서울시 주민투표에서 투표율이 개표 성립 요건인 33.3%에 미달된 25.7%에 머물러 결국 관련 법에 따라 투표함을 열지 못하여 단계적과 전면적 어느 안도 결정되지 못했습니다.

이번 주민투표는 민주당과 교육감의 투표 거부와 투표 불참 선동으로 시민 여러분들의 정상적인 의사 표시 기회가 봉쇄된 민주국가의 선거사상 유래가 없는 가장 비민주적인 주민투표로 기록되어 우리들에게 많은 과제를 안겨 주었으며, 특히 이런 상황에서도 투표장에 나오셔서 시민주권을 행사해 주신 215만 시민 여러분들게 깊은 감사를 드립니다.

그러나 결과에대한 평가는 각 정파와 이해관계에 따라 다르겠지만 시민 여러분의 의사를 존중하는 바입니다. 본 의원이 무상 급식의 전면적 시행을 반대해 왔던 것은 지금 우리의 일선 교육 현장은 전면 무상 급식에 앞서 교육 인프라 등 열악한 교육 환경 개선과 글로벌 인재양성 등 돈 들어갈 곳이 한두 곳이 아닌데도 불구하고 현실의 재정 상황과 재정을 부담하는 시민들의 의사와 상관없이 오직 처음부터 정치적으로 치밀하게 계산된 선심정책이었기 때문입니다.

투표에 앞서 실시된 거의 모든 여론 조사에서 '단계적 무상 급식' 안에 대한 지지가 '전면적 무상 급식' 안에 대한 지지보다 20% 포인트 안팎으로 높게 나타났다는 사실이 이를 뒷받침하고 있습니다.

우리는 이번 기회에 꼭 한 가지 반드시 짚어 봐야 할 중요한 사안이 있습니다.
'시민 중심의 풀뿌리 정치를 실종시켰다' 는 사실입니다. 잘 아시다시피 그 동안 무상 급식을 놓고 한 치의 양보도 없었던 서울시 의회 민주당 의원들과 서울시의 대립으로 빚어진 시정파행은 '견제와 균형' 이라는 민주주의의 상식을 일탈하였습니다.

민주주의의 핵심 가치인 협상과 타협의 결과는 불만족 속의 만족이라고 생각합니다. 그러나 지금 서울시 의회는 승자 독식 논리에 의

한 '올 오어 낫싱'의 게임에 얽매어 한 발자국도 못 나가고 있어 안타까울 뿐 아니라 시의원의 한 사람으로서 부끄러움을 금할 길 없습니다.

지금부터라도 여야를 가리지 말고 서울시 의회 의원 전체가 민·관 소통의 중심자로서 지방의회 본연의 사명으로 돌아 갈 것을 간곡히 호소해마지 않습니다.

최근 하루가 멀다 하고 치솟는 물가와 민생 현안 등을 비롯하여 글로벌 경제 시대에 대외경제 의존도가 꽤 높은 우리 경제의 거시적 지표들이 그리 밝지 않습니다. 미국과 일본 등 초일류 선진국의 국가 신용 등급이 추락하고 있고 그리스와 스페인, 이탈리아 등 유로존 다수의 나라들이 국가채무 불이행 사태라는 디폴트 위기를 맞고 있는 등 세계 경제가 요동치고 있기도 합니다.

이들 선진국가들이 이 같은 지경에 이르게 된 것은 지나친 복지 확대 등으로 국가재정이 방만하게 늘어난 재정적자 탓인 것입니다. 이런 가운데 겨우 선진국 문턱에 와 있는 우리나라에서는 국가의 재정 상황은 깡그리 무시한 채 이것저것 가릴 것 없이 모조리 공짜로 해 줄 것 것처럼 떠벌리는 정치권의 사탕발림 주장 등으로 온 나라가 복지 포퓰리즘 신드롬으로 어지럽기까지 합니다.

흔히들 우리나라의 복지 지상론자들은 스웨덴의 복지국가 모델을 자주 언급하며 국민들을 현혹하고 있습니다. 스웨덴은 'North Star' 즉 '북극성'이란 애칭이 말해 주듯 지난해 경제 성장률은 독일의 3.6%를 크게 앞질러 유럽 27개국 중 최고의 성장률인 5.4%였을 기록하였을 뿐 아니라 사회 안전망 또한 그 이상으로 견고하여 한마디로 잘 나가는 나라입니다.

그러나 우리가 여기서 반드시 한 가지 간과해서는 안 될 것이 있습니다. 스웨덴은 무려 70%라는 높은 세금 부담률에도 불구하고 국민의 불평은 없고 국민행복감은 세계 최고 수준의 복지국가로 탄생한 그 힘의 배경엔 그 수준에 걸맞는 국민의 근면성과 노동생산성도 여러 선진국 이상의 모범 수준이라는 것이었습니다. 이런 스웨덴의 모습은 어디서부터 비롯된 것이겠습니까?

'주민의 세금을 어디에 쓸 것인가'를 결정하는 역할을 하는 지방의회 의원들의 지역 선거 투표율이 유권자의 절반에도 못 미치고 있는 우리와는 비교가 안 될 정도로 높은 90%가 넘을 만큼 그 동안 '정치에 대한 신뢰'라는 무형의 사회 자본을 키워 왔기 때문에 지속 가능한 복지국가가 유지되는 것입니다.

우리 모두가 염원하는 진정한 복지사회로 가는 길은 정치와 주민이 쌍방향으로 소통하고 협동하는 풀뿌리 자치 민주주의를 일상적으로 실천하는 것부터가 그 첫 걸음일 것입니다.

정치가 주민의 생활을 통해 일상화되는 것으로부터 사회적 신뢰가 형성되고 그 신뢰의 기반이 튼튼히 다져질 때 스웨덴처럼 아니 그보다 더 강한 한국형의 복지국가도 얼마든지 탄생할 수 있다고 본 의원은 확신합니다.

이제 오세훈 시장은 시민 여러분께 약속한 임기를 다 채우지 못하고 떠났으며, 곽노현 교육감의 거취도 불분명하여 서울시정의 공백이 불가피하게 되었습니다. 그러나 그 짐은 떠난 자가 아니라 우리들 남은 자가 지게 될 것입니다. 비록 더 무거운 짐을 지더라도 우리는 이보다 한 발 더 다시 나아가야 합니다.

지금 우리들에게는 현재보다도 미래를 생각하는 지혜가 절실히 필요한때 라고 생각합니다. 본 의원은 바로 이러한 정신으로 천만 시민의 시정 파수꾼 역할을 하자고 여기 계신 모두에게 간곡히 부탁하고자 합니다.

천만 서울시민 뜻 헤아린 의정 펼칠 것

〈시사 월간 서울21〉 2011년 8월호 인터뷰

인터뷰 주영길 서울시의회 한나라당 부대표

"1,000만 서울시민 뜻 헤아린 의정 펼칠 것"

"시의원 된 동기, 주민들 의견
행정에 많이 반영시키기 위한 것"

주영길 서울시의회 한나라당 부대표(강남1)는 "서울시와 서울시의회 갈등 때문에 살림살이를 제대로 돌보지 못해 시민들에게 죄송스럽다"고 사과의 뜻을 먼저 전했다. 주 부대표는 지난 20일 서울시의회 의원회관에서 가진 〈서울21〉과의 인터뷰에서 "민주주의는 대화와 협의를 통해 갈등을 최소화하고 목적을 위한 결론을 이끌어내는 것"이라며 작금의 시-의회 간 갈등 양상에 아쉬움을 표했다.

그는 "1000만 시민들의 뜻을 헤아려 이를 정책에 반영될 수 있도록 하는 것이 의회의 기능"이라며 "시의원은 서울시민이 내는 세금이 잘 집행되는지 감시하는 역할을 하면서 동시에 시민들이 동의할 수 있는 곳에 세금을 쓰도록 해야 한다"고 강조했다. 주 부대표는 지방행정은 살림을 사는 것이므로 중앙정치와 거리를 둬야하며 중앙정치에 의존해서 민의(民意)가 반영되지 못하는 상황을 최대한 막아야 한다고 말했다.

그는 "시민을 위한다는 차원에서 보면 시와 시의회의 역할은 본질적으로 같기 때문에 여야를 막론하고 시민들에게 1년 동안 소원했던 것을 제대로 서비스할 수 있도록 노력하겠다"고 다짐했다.

주 부대표는 최근 정치권에서 일고 있는 포퓰리즘 논란에 일침을 가했다. 그는 "성장이 먼저냐, 분배가 먼저냐의 정치적 이념대립보다는 세금을 부담하는 국민들 입장에서 시정을 바라봐야 한다"면서 "재정은 선입선출 원칙인데도 무상급식, 무상보육 등 정책을 먼저 만들어 놓고 세금을 짜고 있는 형국"이라고 지적했다.

이는 포퓰리즘 복지정책들을 앞세워 나라의 곳간과 그 곳간을 채우는 세금을 부담하는 주인인 국민들의 사정을 철저히 외면한 채 자기들만의 논쟁에 빠져있는 민주당의 의회 운영에 일침을 가한 것으로 풀이된다.

그는 이어 "시민 모두가 민주당 의원의 생각과 이념을 옳다고 생각하지는 않을 것"이라며 소통과 화합의 중요성을 역설했다.

주 부대표는 "경제문제는 이념문제로 접근해서는 안 된다"고 강조했다. 정치문제는 어떤 진보정당이나 극우파정당이 있어도 문제가 없지만, 경제문제는 세금을 내는 사람 입장에서 해야 한다고 거듭 강조했다.

이어 "대기업에 부가 편중돼 있는 국가 전체의 경제 틀에 대한 구조조정이 필요하다"면서 "'동반성장'을 이야기하기 전에 원인을 밝히고, 앞으로 어떻게 하겠다는 전체적인 방향성을 제시해야 한다"고 덧붙였다. 대기업이 강도질을 해서 부를 축적한 게 아닌 만큼 무조건적인 대기업 죽이기에 나서서는 안 된다는 것이다. 그는 "전 세계적인 경제 위기상황에서 '우물 안 개구리' 모양으로 우파, 진보정당에 유리하다는 것을 따져서는 안 된다"고 지적하기도 했다.

"교육환경을 가지고 교육본질을 왜곡시키는 것은 잘못"

주 부대표는 '교육'에 대해서도 확고한 철학을 가지고 있었다. 그는 "경제는 당장 시급한 문제이고, 교육은 내일의 문제"라면서도 "교육이 내일의 문제라고 미뤄서는 안 된다"고 말했다.

주 부대표는 교육감 주민직선제에 반대 의사를 표하기도 했다. 그는 "교육감을 우리나라처럼 면적이 적은 나라에서 주민직선으로 뽑는 것은 잘못"이라면서 "교육과학기술부가 엄연히 존재하고 교육정책이 내려오면 집행기관인 교육청은 집행만 하면 되는 것"이라고 일갈했다.

이어 "좌파교육감들이 연대를 해서 정부의 교육정책을 안하겠다고 하면 피해

는 세금을 내는 국민들에게 가고, 이념적으로 지역마다 다른 교육을 받게 되는 것은 잘못"이라고 비판했다.

주 부대표는 무상급식에 대해서도 단호한 입장을 견지하고 있었다. 그는 무상급식과 관련 "정확한 명칭이 '친환경 전면 무상급식'"이라면서 "무상급식을 주장하는 쪽에서도 인정하듯이 무상급식 자체에 취약점이 있는 만큼 찬성이냐 반대냐를 이야기할 필요도 없다"고 말했다.

주 부대표는 민주당이 주장하는 친환경 전면 무상급식에 대해 3가지 잘못을 꼬집었다. 그는 ▲서울에 반입되는 식자재 중 친환경 농산물이 전체 소비물량의 15%밖에 안 되는데도 불구하고 2014년까지 고등학교까지 친환경 식자재를 먹인다는 것은 어불성설 ▲전면 무상급식이 된다면 기초생활수급자 등 기존의 무상급식 대상자들에게까지 가는 급식의 질 저하 ▲법으로 기초생활수급자에 대한 식사를 제공하게 되어 있어 밥을 굶는 학생이 없고, 수업을 하는데 지장이 없는데도 이슈로 삼는 자체가 틀린 것이라고 주장하고 있다.

그러면서 곽노현 교육감에 대한 충고도 잊지 않았다. 그는 "교육감은 학생을 교육시키는 게 우선이다. 어떤 교육보다 그림을 만들어서 잘 교육시킬지 고민해야 하는 자리"라면서 "무상급식 이슈는 예산이 수반되는 것이다. 세금으로 할 것이냐 말 것이냐는 서울시장이 결정할 문제다. 집행만 해야 하는데 자기가 나서서 해야 한다는 것은 맞지 않다"고 지적했다.

"압구정 재건축 주민 반발은 당연한 것"

주 부대표는 지역 최대현안으로 떠오른 압구정동 재건축안에 대해서도 입을 열었다. 그는 "아파트도 사유재산인 만큼 압구정 주민들은 근본적으로 반대"라면서 "언론에서 기득권을 지키기 위해 반대한다고 하는데 공공기여라는 자체

가 잘못"이라고 밝혔다.

실제 서울시가 압구정동 재건축안을 발표하자 주민들은 반대하고 있는 상황이다. 재건축안은 ▲압구정동 주민이 25.5%를 기부채납 ▲1대1 재건축 ▲용적률(평균) 335%를 적용해 최고 50층의 초고층 아파트를 지을 수 있다는 내용을 담았다.

올림픽대로 일부구간(80m)은 지하로 들어가고, 460m 구간에는 덮개를 설치해 대규모 공원을 조성한다는 내용도 포함됐다. 1대1 재건축을 하게 되면, 재건축을 하면서 의무적으로 포함시켜야 하는 소형·임대주택 비율에서 자유로울 수 있다.

주 부대표는 "공공성이라는 전문적 용어를 쓰면서 결국 한강에 공연장 만들고 도로를 내는데 층수 높여 줄테니 돈을 대라는 논리"라면서 "강남구가 서울시에서 세금을 제일 많이 내고 있는데, 더 내라고 하는 이야기"라고 반박했다.

"발로 뛴 행정 경험 통해 주민 의견 최대한 반영하겠다"

그는 "35년간의 직업공무원을 마치고 시의원으로 들어온 동기가 시민들의 의견을 시 행정에 많이 반영할 수 있도록 하자는 것이었다"면서 "공무원을 하면서 정부나 관에 대해 시민들이 여러 가지 요구조건들을 많지만 수용이 안 되는 부분이 많다. 나는 필드에서 경험을 했고 발로 뛰면서 알았기 때문에 될 수 있으면 그 부분들을 수용하겠다는 입장"이라고 설명했다.

마지막으로 주 부대표는 "제가 지역구로 있는 구민들에게는 항시 싫가 불편한지 안테나를 세워서 수렴하고 있지만, 시민들이 시의원을 뽑아 놨는데 뭐하는지 모르겠다는 의견이 많다"면서 "시민들이 걱정 많이 했지만 양식 있는 사람이 시의원이고 시 공무원이라고 하니 걱정 안 해도 되겠다는 모습을 보여드리겠다. 최선을 다해서 의정생활 하겠다"고 힘주어 말했다.

〈조기성 기자〉 kscho@ilyoseoul.co.kr

제4장

언론에 비친
의정議政 활동

CHAPTER 4

서울시 '한강 공공성 회복 선언' 유감

2009년1월/ 전문 http://blog.naver.com/syg217

2009년 1월 서울시가 '한강 공공성 회복 선언'을 발표한 이후 해당 지역 아파트 주민들의 원성은 날로 커져 가고 있습니다. 사유재산권 침해가 도를 넘었다고 인식하고 있기 때문입니다.

서울시는 이후 한강변의 오래된 주택의 재건축 계획을 전략 정비 구역이라는 이름 아래 계획 용역을 실시했고 최근 2011년 1월경 여의도 · 합정 · 이촌 · 성수 등 4개 전략 정비 구역에 대한 아파트 재건축 기본계획안을 발표한 바 있습니다. 나머지 압구정 전략 정비 구역에 대해서는 다음 달로 발표가 미루어졌다고 합니다.

주거 환경이 크게 개선되는 재건축을 주민들은 왜 반대할까?

이유인즉, 주민들은 30~40년 전에 아파트 지구로 지정받으면서 이미 40~60% 이상의 기부채납(감보율 적용)을 한 바가 있는데, 이번 재건축으로 인해 또다시 각종 공공 시설을 확보한다는 명목으로 25% 이상의 기부채납을 요구하는 것에 대해 도저히 납득할 수 없다는 것입니다.

물론 기부채납을 받는 대신 문화 시설 등 각종 공공 시설을 추가하고 용적률을 올리는 등 전체적인 주거 환경 개선으로 공공성을 확보한다는 측면에서는 일견 그럴 듯해 보입니다. 하지만, 분명한 것은 이 아파트가 이미 사유화된 개인 토지와 건축물이라는 것입니다.

한강의 공공성 핵심 시설인 도로 · 공원 · 문화 시설 등 각종 공공 시설은 분명 아파트 주민들의 사유물이 아니라 모든 서울시민 나아가 전 국민이 공유하는 공유물입니다. 이를 감안할 때 공유물의 확보 및 유지 관리는 매년 부과되는 주민의 세금을 기반으로 서울시와 정부가 나서서 설치하고 관리해야 하는 것이 마땅합니다.

다만, 사유재산일지라도 공공의 이익을 위해 기여하는 방향으로 운용되어야 하는 것에는 이들 주민들도 용인할 수 있습니다. 이런 이유로 현재 아파트 재건축으로 증가되는 자산 가치에 대하여는 초과이익 환수 관련 법령 등으로 개인이 독점해 사유화할 수 없도록 제도화되어 있습니다. 때문에 공공 기여라는 명분으로 과도하게 기부채납을 요구하는 것은 사유재산 침해라는 논란의 소지가 다분히 있다고 봐야 할 것입니다.

한강 공공성 높이기 위해선 사유재산 보호가 전제돼야

노후한 주택을 재건축하는 데 거창한 구호를 내세우지 않더라도 이미 제도화된 재건축 관련 현행법 제도만으로도 얼마든지 서울시가 내세우는 한강변의 아름다운 경관을 조성해 한강의 공공성을 높일 수 있을 것입니다. 지금이라도 정부나 서울시에 시민들이 기쁜 마음으로 지지를 보낼 수 있도록 묘안을 찾아야 합니다.

건전한 사유재산의 보호가 전제될 때 비로소 국민은 국가가 필요로 하는 복지 · 교육 · 국방 등 공공 서비스 충당 비용에 해당하는 세금을 기꺼이 부담하게 되고 국가와 정부는 공공성을 지속적으로 확대, 발전시킬 수 있게 될 것입니다.

포퓰리즘 교육은
포퓰리즘에 물든 인재만을 양산할 것

2011.11.21http://blog.naver.com/syg217

서울시 의회 한나라당 소속 강남구 제1 선거구 출신 주영길 의원입
니다.

본 의원은 서울시의회 도시관리위원회에 소속되어 서울시 도시계획
심의위원 및 시의회 예산결산특별위원회 부위원장과 그리고 시의회
한나라당 부대표를 맡아 지난 1년여 동안 의정 활동을 해 왔습니다.

1975년 공직에 입문하여 35년간 서울 지역의 용산 · 강서 · 종로 ·
서초 · 강남구 등 강남 · 북의 여러 지역은 물론 서울시에서도 근무
하며 도시 행정의 각 분야를 두루 익히고 섭렵하는 가운데 마지막
근무지였던 강남구의 행정국장과 부구청장 직무대리를 끝으로 공
직 생활을 마감하고 곧이어 서울시 의회의 의원이 되었습니다.

본 의원이 서울시 의원이 되고자 했던 것은 그 동안 35년의 공직 생

활을 통해 얻고 쌓은 본 의원 나름의 소중한 경험을 계속 이어가고 더욱 발전시켜 이를 강남구는 물론 서울시정의 밑거름이 되고자 했던 사심 없고 소박한 사명감의 발로에서 비롯된 것이 그 동기였습니다.

특히 본 의원은 처음으로 서울시 의회에 진출한 초선 의원으로서 어느덧 20년 성년의 나이가 된 우리나라 지방자치를 바라보는 벅찬 기대와 감회가 새로웠으며 무슨 일을 하든지 그 분야의 초년병이면 누구나 그렇듯이 저 역시 남다른 각오와 열정으로 지난 1년의 의정 생활을 체험하였습니다.

선택해 준 강남 지역 유권자들을 비롯한 1천만 서울 시민 여러분의 각별하신 관심과 전폭적인 지원 속에 새로운 분야의 첫 발을 내딛었지만 여소 야대의 시의회의 여건과 무상 급식을 놓고 벌이고 있는 민주당과 서울시의 첨예한 갈등 등 주어진 환경이 생각만큼 쉽지 않아 그 기대에 부응하지 못했던 점에 대해 스스로 자성하면서 매우 송구스럽게 여기고 있습니다.

그런 가운데서도 먼저 강남 지역 출신 시의원으로서 강남 지역의 부진한 재건축사업의 조기 추진으로 도시 면모 일신 및 국제 경제 중심 도시 강남으로서의 각종 인프라 구축과 변화된 도시 환경에 적합하게 새로운 도시 계획의 재조정 등에 나름대로의 역할로 최선을 다해 왔습니다.

아울러 극한 대치 국면에 있었던 시의회의 여·야 간에 그리고 시의회와 서울시 간의 갈등과 반목을 풀기 위해 미력한 힘이지만 그 해법을 찾고자 노력했으며 각종 정책 질의 등을 통해 행정의 잘못된 관행이나 제도 등을 바로잡으려 한 바 있습니다.

또한 지난 6월 20일 정례 본 회의에서는 교섭단체 대표 연설을 통해서 1천만 서울시민의 소리를 전달하면서 서울시와 시의회의 상생 방안을 제시한 바도 있었습니다. 특히 최근 초미의 관심사가 되어 있는 무상 급식으로 인해 교육예산이 파행으로 집행되는 등 교육의 또 다른 사각 지대가 발생하고 있는 점에 대해선 강력한 시정 요구와 더불어 언론 등을 통해 시민 여론을 환기시킨 바도 있습니다.

이 밖에도 본 의원은 지난 1년 서울시의 재건축·교통 문제·지방 재정 문제 등 지역 현안과 관련한 주민 의견의 수렴과 이를 시정에 적극 반영토록 노력했다는 보고를 드리는 바입니다. 이와 더불어 오늘 이 시간을 빌려 시민 여러분과 뜻을 같이하고자 하는 한 가지를 더 말씀드리고자 합니다.

서울시는 2011년 1월 여의도·합정·이촌·성수 등 4개 전략 정비구역에 대한 아파트 재건축 기본 계획안 발표한 바 있으며 또한 다음 달은 압구정 전략 정비 구역 계획안을 발표할 예정으로 있습니다.

시민들은 지금 서울시의 이러한 계획에 대해 걱정과 원성이 결코 적지 아니합니다. 그런데 관련 지역 주민들은 경관 좋고 주거 환경이 크게 개선되는 재건축 계획을 반대하는 이유가 무엇이겠습니까?

이들 지역은 30~40년 전에 아파트 지구로 지정받으면서 이미 40~60% 이상의 기부채납을 한 바가 있는데 이번 재건축으로 인해 또다시 각종 공공 시설을 확보한다는 명목으로 25% 이상의 기부채납을 요구하는 것에 대해 시민들께서는 도저히 납득을 못 하고 있는 것입니다

물론 기부채납을 받는 대신 문화 시설 등 각종 공공 시설을 추가하고 용적률을 올리는 등 전체적인 주거 환경 개선으로 공공성을 확보한다는 측면에서는 일견 그럴 듯해 보입니다. 하지만 분명한 것은 이들 아파트가 이미 사유화된 개인 토지와 건축물이라는 것입니다. 때문에 공공 기여라는 명분으로 과도하게 기부채납을 요구하는 것은 사유재산 침해라는 논란의 소지가 다분하다고 봐야 할 것입니다.

본 의원은 그 동안에도 이 문제에 대해 시정 질의를 통한 개선과 서울시 관계 부서를 직접 설득하는 등 본 의원 나름대로는 최선의 노력을 다 기울여 왔다고 생각합니다만 앞으로도 시민의 대표로서 시민 여러분의 재산권과 주거권 등 이익의 보장과 보호를 위한 일에 계속 최선을 다할 것임을 이 시간을 빌려 다시 한번 약속드립니다.

서울시의 모든 정책은 1천만 시민을 향해 있어야 한다고 생각합니다. 그렇기에 이제 본 의원은 민선 5기 2년차를 출발하며 새로운 희망과 좀 더 큰 용기를 가지려 합니다. 보다 더 높은 안목과 보다 더 넓은 시야의 전문성으로 무장하고 사랑과 정성 그리고 겸손한 자세의 성숙된 시의원으로 거듭나고자 몇 가지를 다짐을 드리고자 합니다.

우선 서울시 의원의 기본적 책무인 서울시정을 좀 더 면밀히 살펴 건전한 비판과 견제의 끈을 더욱 옥죄고 대안을 제시할 것입니다. 시민들이 자신들의 삶의 질이 차츰 나아지고 있다는 것을 실제로 피부에 와 닿도록 하는 방향으로 서울시정의 역량이 집중될 수 있도록 하는 일에 혼신의 노력을 다할 것입니다.

특히 서울의 교통 · 주택 · 환경 분야 등이 글로벌 도시로서의 경쟁력 제고와 더불어 이것이 새로운 일자리 창출과 미래 성장 동력으로 연결될 수 있도록 그 해법을 모색하는 데 심혈을 기울이고자 합

니다. 서울시정은 어느 것 하나 중요하지 않는 것이 없습니다만 본
의원은 그 중에서도 우리 1천만 시민들의 삶과 가장 밀접한 몇 가지
만 강조하고자 합니다.

먼저 주택 문제입니다

집은 모든 시민들의 안식처이며 생활의 출발점입니다. 시민들이 안
식처를 잃고 길가에 내몰리는 일은 없어야 하겠습니다. 불과 열흘
전의 우면산 산사태는 70여 명의 사상자를 냈음은 물론 주택의 파
괴 등 엄청난 재산상의 피해를 초래하였습니다. 하루 아침의 날벼
락으로 선량한 시민들이 길바닥으로 내몰렸습니다.

이번 집중폭우는 기존 수방대책을 기후 변화에 맞춰 전면 재수립할
필요성을 제기했습니다. 1년 강수량의 절반이 한꺼번에 내리기도
했지만 절개지 등 산사태 위험 지역 관리가 너무 허술했던 것도 사
실입니다. 무엇보다 정부 · 지자체 · 주민 간 협조 및 소통 시스템
재구축이 시급하다 하겠습니다.

이와 같은 위험 지역은 서울 지역 저변 곳곳에 널려 있기도 합니다.
화재 사고 등 사고 위험이 많고 주거 환경이 열악한 서울시내 무주
택 시민 밀집 지역의 비닐과 천막촌 거주자에 대한 획기적인 주거
대책 마련도 시급한 것입니다. OECD 국가이자 G20 주최 국가로서

의 국격에 맞는 당당한 서울시민으로 살아갈 수 있도록 해야 하는 일은 우리 1천만 시민들의 자존심을 드높이는 일이기도 합니다.

또한 뉴타운·재건축·재개발사업 그리고 보금자리 주택 등에 대한 서울시의 기존정책이 시민들에게 호응을 받지 못하여 서민들의 주거 불안이 심화되고 있습니다. 당장 오는 이 달부터 학군 및 가을 결혼 수요와 더불어 재건축 아파트의 잇따른 이주 및 철거가 예정돼 있어 전세 대란이 예상되고 있습니다. 근본적으로는 주택의 수요와 공급에서 균형이 깨졌다는 점이 문제일 것입니다.

서울시의 주택 관련 정책의 전반적인 재검토를 요구하며 본 의원 또한 이 문제에 대한 적극적인 관심으로 1천만 시민 여러분들의 보다 나은 안식처가 마련될 수 있도록 하는데 최선의 노력을 다할 것임을 다짐을 드리는 바입니다.

다음으론 교통 문제입니다
서울시의 가장 큰 의무는 시민들이 낸 세금으로 최고의 공공 서비스를 만들어 제공하는 것입니다. 서울시의 공공 서비스 중 제일 규모가 큰 것이 대중교통이 아닌가 여겨집니다. 그 중에서도 버스공영제와 중앙차로제의 문제점입니다. 이 제도는 분명히 서울의 교통난 해소에 순기능을 하고 있는 것은 사실입니다.

그러나 제도는 지역적 특성·교통량·경제성 등 다양한 특성을 고려하여 도입하고 여건의 변화에 따라 점진적인 개선이 뒤따라야 본래의 취지에 맞게 운영할 수 있을 것입니다. 서울시의 막대한 재정이 투자되지만 적자가 누적되는 '버스공영제와 중앙차로제'가 마치 '서울의 교통 문제를 모두 해결하고 있다'는 안일한 생각부터 털어내야 합니다.

서울의 동·서와 강남을 연결하는 올림픽대로, 강변도로, 내부순환도로 등 간선도로는 물론이고 도심 내의 주요 도로가 1년 365일 내내 정체 현상을 빚어 도로에 뿌려지는 막대한 교통 혼잡 비용과 시민들의 스트레스가 극에 달해 있습니다. 날로 변화되고 있는 교통여건을 보다 면밀하게 분석 검토하여 경제성 있고 시민 편의를 향상시킬 수 있는 개선대책의 마련은 절실합니다.

우선 경기 남부 지역과 서울의 교통 소통 원활화를 위해 분당선의 조기 개통이 시급합니다. 이와 더불어 신분당선 2단계 구간인 강남역과 신사역 간의 조기 착공과 위례 신도시 철도가 강남 지역을 통과하도록 하는 노선 조정의 조기 확정도 절실합니다. 좀 더 넓게는 올림픽대로, 강변북로 등 교통 체증이 만성화된 주요 간선도로의 전철화 사업추진도 서둘러야 할 시급한 과제라고 생각됩니다.

진정한 서울의 도시 경쟁력은 차이를 인정하는 지역별 그리고 그 특성에 맞는 도시 계획 정책들이 제시되고 추진될 때 각 계층의 시민들이 공감하고 적극 참여하게 될 것입니다. 본 의원은 특히 서울시의 교통정책들이 외형적이고 전시적인 정책은 없는지 좀 더 면밀히 보살피고 서울시의 교통정책이 시민 밀착형으로 나아갈 수 있도록 서울시에 대한 정책 조언을 다하고자 합니다.

다음으로는 날로 악화되고 있는 지방정부의 재정 건전성 확보 문제입니다

특히 평등주의에 근거한 공동재산세제 등 지방 정부 내부의 제 살을 깎아먹는 식의 재정운영에만 매달려서는 안 될 것입니다. 지방자치 선진국들과 같이 중앙정부와의 세목 조정 등 근본적인 제도 개선을 통하여 명실상부한 지방화 시대의 지방재정구조를 구축하고 자치구의 안정적인 재정 건전성 확보를 위해 지방세법 및 관련 조례의 개정 추진이 필요하다고 봅니다.

이 문제에 대한 보다 적극적인 서울시의 역할이 필요한 시점이라고 생각되며 본 의원 또한 기꺼이 이 문제와 관련하여 서울시를 돕고자 합니다.

다음은 교육 문제입니다

천연자원이 부족한 우리나라에서 국가 경쟁력을 높일 수 있는 유일한 대안은 인재 양성의 길밖에 없다고 생각합니다. 인재 양성에 있어 가장 중요한 핵심은 바로 교육이며 이것은 불확실한 우리나라의 미래에 대한 투자이자 경쟁력 확보의 첩경이기에 백년대계의 설계가 필요한 것입니다.

그래서 교육은 정당에 따라 바뀌는 정쟁의 대상이 아닌 것이며 더욱이 교육감들 개인의 교육이념을 실현하는 실험의 장으로 교육정책을 펴면 안 된다는 것입니다. 수많은 교육 현안과 문제들이 산적해 있음에도 불구하고 서울시 교육청과 서울시 의회의 민주당이 모든 사안을 무상 급식 하나로 집중해 혼란과 갈등의 원천을 만드는 것은 소모적인 논쟁이 아닐 수 없습니다.

이 밖에도 현재 서울시 교육청이 추진하는 여러 가지 교육 시책 중에서 고교 선택제를 비롯한 시민의 입장에서 짚고 넘어가야 할 사안들은 많습니다. 그러나 오늘 이 시간엔 교육예산만큼은 우리 아이들의 교육을 위한 핵심 기능을 지원하는 방향으로 집행되어야 할 것임을 촉구하고자 합니다.

위험물에 방치된 학교 등 우리 아이들이 얼마나 낙후되고 열악한 환경에서 공부를 하고 있는지 눈앞의 현실이 개탄스럽기까지 합니다. 심지어 낙후되고 열악한 화장실의 환경은 수업 중에 자기 집까지 뛰어 가는 아이들을 흔히 볼 수 있는 것이 오늘의 학교 모습이기도 합니다.

이런 일들은 서울시 교육청이 각급 학교의 환경 개선 예산을 무상급식 예산으로 돌리기 위해 예산 절감이라는 명목을 빌려 절차적타당성을 일탈하면서까지 전액 또는 반액을 삭감함으로써 빚어지고 있는 일들입니다.

서울시 교육청이 편성하여 의회에서 심의, 확정한 교육 환경개선사업을 교육청이 슬그머니 임의로 그 규모를 축소, 폐지하고 있는 것은 의회의 고유 권한인 예산심의권을 침해하는 중차대한 사안이며당장에 시정이 있어야 할 것입니다.

관련하여 오는 24일 무상 급식에 대한 주민 투표가 예정되어 있습니다.
본 의원은 무상 급식은 필요하고 하루라도 빨리 전면 시행에 들어가야 한다고 생각합니다. 우리의 미래 세대가 각자 부보님들의 부의 차이를 떠나 한 끼의 식사라도 오순도순 둘러앉아 평등을 함께느끼되 각자의 미래는 저마다의 개성에 따라 다를지라도 그 미래를함께 꿈꾸고 그것을 서로가 거리낌없이 이야기를 나누는 것부터가민주주의를 제대로 배우는 시발점이라고 생각하기에 더욱 필요하다고 생각합니다.

그러나 현실의 재정 상황을 깡그리 무시하고 앞서도 말씀드린 바와 같이 학교 환경 개선 등 돈 들어갈 곳이 한두 곳이 아닌 데도 불구하고 오직 처음부터 정치적으로 치밀하게 계산된 무상 급식만큼은 단연코 재검토가 필요하다고 생각합니다.

특히 본 의원은 교육 문제만큼은 포퓰리즘이 없어야 한다고 생각합니다. 포퓰리즘에 의한 교육은 곧 포퓰리즘에 물든 인재만을 양산할 것입니다.

학생 인권을 지나치게 내세우다 보니 교권이 침해되는 등 수많은 폐해 사례와 더불어 교실의 수업 분위기가 무너지고 있습니다. 학생들이 기성 정치인들이나 하는 행태의 포퓰리즘부터 배워야 되겠습니까?
이 문제는 본 의원 한 사람만의 외침만으로 해결될 일은 아닌 것 같습니다.
자라나는 우리 아이들을 장차 글로벌 세계의 중심으로 내보내기 위해서는 교육정책과 행정 담당자들을 비롯한 선생님 그리고 학부모님들은 물론 우리 기성 세대 전부가 심각하게 고뇌해야 시대적 과제가 아닌가 생각됩니다.

1천만 서울시민 여러분! 이제 성년이 된 그것도 대한 민국을 대표하는 서울시 의회와 시의원의 역할에 대하여 다시 한번 생각해 보게 됩니다.

여러분들도 잘 아시다시피 지금 무상 급식을 놓고 한 치의 양보도 없는 서울시의회 소속 민주당 의원들과 서울시의 대립은 견제와 균형이라는 민주주의 상식을 넘어 중앙당의 권력 게임에 매몰돼 시민 중심의 풀뿌리 정치를 실종시켰습니다.
지방의회는 중앙정치의 여·야 관계가 아니라 시민 중심의 의안을 심의하는 것이 상식인데도 불구하고 정당 거수기로 변질돼 민주당과 서울시는 사사건건 부딪치고 있습니다.

지방자치가 한 걸음 더 발전하기 위해서는 어떻게 하면 의회가 주민의 의사를 거울처럼 들여다볼 수 있는 대의기관으로 거듭나느냐와 지방의회가 주민의 품속으로부터 나오는 힘을 얻느냐에 달려 있는 것입니다 또한 민주주의의 핵심 가치인 협상과 타협의 결과는 불만족 속의 만족이라고 생각합니다.

그러나 지금 서울시의회는 승자 독식 논리에 의한 '올 오어 낫싱'의 게임에 얽매어 한 발자국도 못 나가고 있어 안타깝고 시의원의 한 사람으로서 부끄러움을 금할 길 없습니다. 그러나 본 의원은 신발

끈을 다시 한번 단단히 동여매고 시의원 본연의 역할에 충실하려 합니다.

서울시 의회 의원들의 주된 역할은 1천만 서울 시민의 의사를 대변하고 서울시의 정책 및 예산 집행 과정을 감시하고 비판하는 것입니다. 하지만 그보다 더 중요한 것은 각 지역의 현안과 시민들 민원 사이에서 나타나는 대립 · 갈등 · 반목을 조정하는 역할일 것입니다.

그렇기에 본 의원은 이 같은 역할에 더욱 솔선수범함은 물론 민주당이나 한나라당을 막론하고 서울시 의회 동료 의원 전체가 민 · 관 소통의 중심자로서 지방 의회 본연의 사명을 다할 수 있도록 호소하고 설득하는 소임도 병행해 나갈 것을 다짐해마지 않습니다.

1천만 서울시민 여러분! 하루가 멀다 하고 치솟는 물가와 민생 현안 등 우리 경제의 거시적 지표들이 그리 밝지 않은 가운데 온 나라가 복지 포퓰리즘 신드롬으로 어지럽기까지 합니다.
흔히들 혹자들은 스웨덴의 복지국가 모델을 자주 언급하며 국민들을 현혹하고 있습니다.
본 의원도 물론 스웨덴의 복지 모델에 관심이 매우 큽니다. 그러나 본 의원의 관심은 구체적인 개개의 복지정책이 결코 아닙니다.

스웨덴은 'North Star' 즉 '북극성'이란 애칭이 말해 주듯 지난해 이 나라 경제 성장률은 독일의 3.6%를 크게 앞지른 유럽 27개국 중 최고의 성장률인 5.4%였을 뿐 아니라 사회 안전망 또한 그 이상으로 견고하여 한마디로 잘 나가는 나라입니다.

그러나 우리가 여기서 반드시 한 가지 간과해선 안 되는 것이 있습니다. 스웨덴은 국민의 세금부담도 그만큼 높고 실업률도 8%를 넘는 우리나라의 두 배 가까이나 되는 꽤 높은 국가라는 것입니다. 무려 70%라는 국민의 높은 세금 부담률에도 불구하고 국민의 불평은 없고 국민행복감은 세계 최고 수준의 복지국가로 스웨덴이 탄생한 그 힘의 배경엔 그만큼의 국민의 근면성과 노동 생산성도 여러 선진국 이상의 모범 수준이라는 것이었습니다.

이런 스웨덴의 모습은 어디서부터 비롯된 것이겠습니까? 그것은 다름아닌 정치에 대한 국민의 신뢰와 완벽한 주민 자치의 실현 때문입니다. 주민의 세금을 어디에 쓸 것인가를 결정하는 지방 의회 의원들의 지역선거 투표율이 90%가 넘을 만큼 정치에 대한 신뢰라는 무형의 사회 자본을 키워 왔기에 지속 가능한 복지국가가 유지되는 것입니다.

우리의 현실은 어떻습니까? 정치가 국민적 지탄의 대상이 되고 있는 한 정치권의 복지 논의는 그야말로 허공의 메아리로 그칠 것입니다. 시민이 어떤 고통 속에 있는지 어떤 도움이 필요한지를 한 시라도 늦추지 않고 그때마다 사전에 미리 파악하고 서둘러 대처하는 것이 동서고금을 통한 정치의 원리입니다.

시민의 고통과 고민을 이해하지 못하고 탁상공론의 고상한 논쟁과 정파적 이해타산만 일삼는 정치로부터 진정한 복지는 결코 나올 수가 없습니다. 민주주의는 무엇이며 정치가 왜 필요하고 지방자치는 왜 하는 것입니까? 말만 앞세운 복지와 주민의 일상 생활을 떠나 있는 보수와 진보가 무슨 의미가 있겠습니까?

우리 모두가 염원하는 진정한 복지사회로 가는 길은 주민들이 적극적으로 정치와 사회에 참여하는 가운데 정치와 주민이 쌍방향으로 소통하고 협동하는 풀뿌리 자치 민주주의를 일상적으로 실천하는 것부터가 그 첫 걸음인 것입니다.

다시 말해 정치가 주민의 생활을 통해 일상화되는 것으로부터 사회적 신뢰가 형성되고 그 신뢰의 기반이 튼튼히 다져질 때 스웨덴처럼 아니 그보다 더 강한 한국형의 복지 국가도 얼마든지 탄생할 수 있다고 본 의원은 확신합니다.

1천만 서울 시민 여러분! 우리나라는 지금 분명히 변화의 과정에 있으며 우리에게도 밝은 미래와 우리가 가져야 희망의 크기는 무한하다고 생각합니다. 아무리 어려운 시절에도 현재보다도 미래를 생각하는 삶의 지혜로 숱한 난국을 헤쳐 나왔던 것이 우리들 대한 민국의 저력이었으며 우리 1천만 서울시민들은 언제나 그 중심에 서 있어 왔다고 생각합니다.

우리는 다시 한 발 더 나가야 합니다. 또다시 10년의 미래를 말해야 합니다. 본 의원은 바로 이러한 정신으로 일하고자 합니다. 본 의원의 이러한 새로운 각오와 결의에 대해 앞으로도 시민 여러분들의 변함없는 지지와 성원을 부탁드립니다. 혹시라도 본 의원이 가는 길이 잘 못 되고 있다고 판단될 땐 매서운 질타와 고언도 아낌없이 주시기 바랍니다.

2011. 8.

서울시 의회 한나라당 소속 시의원 주영길

'하우징 헤럴드' 인터뷰

2012/02/21 17:51

하우징 헤럴드(이하 하) : 박원순 시장의 '뉴타운 출구 전략' 발표에 대해 '졸속'이라고 비판한 것에 대한 이유는?

주영길(이하 주) : 한마디로 요약하면 "4월 총선을 앞두고 지난해 무상급식 보궐선거에서 신세를 졌던 민주통합당에 입당을 하기에 앞서 또 하나의 포퓰리즘 정책으로 발표한 것"으로써 고도의 전문적인 지식과 오랜 기간의 연구 분석 과정이 필요한 주택정책을 시민운동가 출신의 비전문가인 박 시장이 취임한 지 단 3개월 만에 사업 부진의 근본적인 연구 분석 없이 사업 현장에서의 주민 간의 갈등 민원이 연일 쇄도되는 것에 대하여 책임 있는 대책을 마련하지는 못하고 책임을 떠넘기는 식의 무책임하고 법적 제도적인 뒷받침 없어 실현 불가능한 사탕발림식의 선전 선동만 가득 찬 '출구가 없는 출구 전략'을 발표한 것으로밖에 보이지 않는다.

서울은 세계에서 보기 드문 초 과밀도시로서 '주택 문제는 미래 도시 발전계획과 연계된 시정의 가장 중요한 정책과제'로 중-장기적인 로드맵을 통해 진행되고 있는 일천만 서울시민의 재산권과 주거권이 달려 있는 정책과제임에도 단순한 민원 해결용으로 출구 전략을 발표한 것은 시장으로서의 '직무를 태만'히 한 것으로 볼 수밖에 없다.

하 : 박원순 시장의 뉴타운 출구 전략이 갖고 있는 문제점은?

주 : 뉴타운사업의 부진 원인에 대한 근본적인 분석 없이 '주거 환경이 열악하고 노후한 주택을 재건축하여 새 집에서 살겠다'는 소박한 시민들을 '투기 광풍에 물든 사람들'이라고 단정하여 주민 간의 갈등의 원인을 단순히 투기이익을 노리는 '집주인과 세입자'의 갈등으로 치부하여 책임을 전가하고 있으나, 뉴타운 사업은 십여 년 전부터 관련 법령의 근거에 의하여 시민들의 주거환경개선사업을 주민 스스로 추진함에 있어 보다 계획적이고 보다 광역적으로 추진하여 도시의 면모를 일신하고 시민의 재산권과 주거권을 향상 보장시키기 위한 '도시 계획사업'으로

많은 시민들이 자발적으로 참여 추진되어 왔으나,

금융-외환 위기 등 국제적인 경제 사정의 악화와 국내 경기둔화와 부동산경기 침체에 따른 집값 폭락으로 인한 금융 비용 증대 등의 원인으로 당초에 기대했던 비용-수익의 불균형으로 추진이 지연됨에 따라 추진 단지별로 주민 상호간의 갈등이 증폭됨에 따라 사회적인 문제로 비약되게 되었음.

노후된 주택은 재건축되고, 부족한 주택은 매년 일정하게 공급이 되어야 주택의 수급이 균형을 이루게 되는데, 집 지을 땅 즉, 택지 개발이 절대적으로 부족한 서울에서 주택 공급의 유일한 방법은 '재개발-재건축' 등 '도시재정비사업에' 의한 공급에 의존할 수밖에 없음에도, 일시적인 경기 후퇴에 따른 사업 부진을 이유로 '기존사업 대상지를 해제한다'거나 '신규 재정비사업을 전면 중단'하는 것은 곧, 바로 주택 수급 불균형과 집값 폭등, 전월세 대란 등 심각한 주택난의 후폭풍을 몰고 와 집주인과 세입자 모두에게 엄청난 고통을 안겨 줄 것으로 보인다.

또 하나 매몰 비용을 세금으로 보전해 준다는 것은 무상 급식에 이은 또 하나의 주택 포플리즘이다.
뉴타운 사업 지구에서 해제 시에는 추진위나 조합에서 그 동안

쓰여졌던 매몰 비용을 서울시 예산과 중앙정부 예산을 지원받아 보전해 주겠다고 했으나 중앙정부에서는 공식적으로 불가하다고 하며, 또한 법적 근거도 없어 실현 불가능할 뿐만 아니라 이미 사업 시행인가 단계 이후에 있는 구역과의 형평성 문제가 발생될 것이 예상되므로,

이것은 선거를 앞둔 시점에서 표를 의식한 선심용으로 볼 수밖에 없다.

그리고 향후 정비사업을 소유자 중심에서 세입자 중심으로 전환하겠다고 하면서 세입자의 동의 여부를 제도화하겠다고 하는 것은 사유재산권의 훼손 우려가 있는 지극히 위험한 발상이라고 할 것이다.

하 : 서울시의 정책대로 뉴타운 사업 및 정비사업이 중단 시 예상되는 후유증은?

주 : 서울시의 주택공급 원천인 재개발, 재건축사업의 중단 및 급격한 축소로 2~3년 이후부터 주택수급 불균형으로 집값 폭등, 전ㆍ월세 폭등 등 극심한 주택난 초래. 해제 단지의 매몰 비용

의 부담을 둘러싼 중앙정부와 지자체 간, 시행사와 주민 간, 주민 상호간 극심한 갈등 초래로 사회적 비용 낭비.

소유자 중심의 지구별, 광역적 도시재정비사업이 세입자 중심의 개별 단위의 소규모 정비사업으로 전환되어 낙후된 도시의 인프라와 열악한 주거 환경의 방치로 대도시 기능의 상실과 시민 주거 생활 불편 가중.

사업 추진 관련 세입자의 동의 여부의 제도화를 비롯하여 세입자 재정착률을 높인다는 이유로 세입자 대책을 주택 소유자 책임으로 유도하여 결국 주택 재정비사업의 추진이 불가하여 주택 공급이 대폭 축소되어 세입자의 주거 불안만 가중시킬 뿐 아니라 사유재산 제도의 근간을 훼손시킬 소지 발생이다.

하 : 또한 서울시는 최근 개포 지구의 정비계획(안)에 대한 도시관리위원회의 심의에서 '기존 가구 수의 절반 이상을 전용 면적 60평방미터 이하 소형으로 배치하라' 며 또다시 보류시켰습니다. 이로 인해 개포 지구 재건축 추진위 및 조합들은 '재건축을 하나마나' 라며 강하게 반발하고 있습니다. 이에 대한 시의원의 의견은?

주 : 한마디로 주택정책의 깊이와 폭을 전혀 이해하지 못하고 특정
　　정치 세력의 자의적인 입맛에 맞게 재단되어 나온 것으로 정말
　　한심한 생각이 든다.

바꾸어 말하면 사유재산 제도가 보장된 나라에서 각자 국민들
의 개인적인 사유와 도시의 공간적 밀도 관리에 의한 도시 기능
의 배치 계획 등 에 의하여 선택되어지는 주택 문제를 '소유자
와 세입자' '가진 자와 못 가진 자' 의 형평성 문제 즉 이념적으
로 접근하는 것에서 나온 발상이라고 본다.

그리고 지난해 10월 갑자기 시행된 보궐선거에서 당선된 박원
순 시장이 임기 중 8만 호의 임대주택을 공급하겠다는 급조된
공약을 취임 후 이행시키려고 하다 보니, 그 동안 서울시에서는
매년 7,000~8,000호의 임대주택을 공급하는 데 지나지 않고
있을 뿐 아니라,

' 뉴타운 사업의 전면적인 중단 및 해제', '신규 건축택지 부족'
과 '20조 원을 상회하는 부채' 등으로 사실상 공약 실현이 불가
한 실정에서, 법적 근거도 없이 일방적으로 기히 지구 단위 계
획심의가 통과된 기존 재건축 아파트단지의 아파트 평형을 쪼
개기를 하여 소형평 아파트를 절반 이상 배치하도록 하는 것으

로써,

이것은 결국 공약 이행에 협조를 하거나 아니면 재건축사업을 하지 못하도록 하는 압력 수단으로 사용하고 있는 것으로 볼 수밖에 없다고 할 것이다.

압력의 행사 방법도 시장이나 직접 나서지 않고 부시장이 위원장으로 있는 서울시 도시계획위원회(30명)에서 집행부와 가까운 위원들로 구성된 소위원회(5명)를 통하여 실질적인 압력을 행사한 것이 참석한 관계자들에 의해 외부에 알려져 각종 언론에 구체적으로 보도되고 있어 서울시민과 관련 조합원들의 공분을 사고 있다.

이렇게 되면 서울시내 재건축단지에서는 재건축사업이 전면 보류되는 사태가 속출하게 되어 결국 당분간 주택공급이 줄어들게 되어 뉴타운사업의 중단 및 해제와 함께 서울의 주택공급이 중단되어 심각한 주택난을 불러올 것이다.

이에 본 의원은 지난 2월 17일 서울시 의회 임시회 도시관리위원회 상임위원회의 주택정책실 업무 보고를 받는 자리와 21일 도시 계획국 업무 보고를 받는 자리에서, 뉴타운사업의 출구 없는 출구 전략의 문제점과 개포, 반포 등 기존의 재건축사업단지에 대한 도시계획위원회의 압력 행사에 대하여 문제점을 지적하고 즉각적인 시정을 요구한 바 있으며, 앞으로 이들 지역 주민들과 연대하여 박원순 시장의 반시장적이고 무계획적인 주택정책에 대한 감시를 철저히 해 나갈 것이다.

박 시장은 숨지 말고
전면에 나서 입장 밝혀야

소위원회를 통한 서울시의 압력 행사–2012/03/13

공약 달성 위해 무리한 탁상공론으로 서울 재건축사업 전면 보류 위기

쪼개기 꼼수 주택정책으로 누더기옷 자꾸 입혀

도시계획위원회 뒤에 숨은 서울시의 횡포, 소위원회를 통한 압력 행사 사실로 드러나

박원순 시장의 무리한 소형 주택 늘리기 재건축사업을 도시계획위원회를 이용하여 권고한 사실이 사유재산권 침해 압력으로 받아들여져 관할 구청 및 해당 재건축 단지 주민들로부터 " '쪼개기 주택 정책' 을 즉각 철회하라"며 강력한 반발을 사고 있다.

이와 같은 반발은 지난 2월 9일 서울시 도시계획위원회 소위원회(소위원장 : D대학 건축설계학과 K교수)가 개포 지구 재건축단지 내 개포 주공 2·3·4 및 시영아파트 단지의 주택 재건축 정비 계획에 대한 자

문회의에서 "재건축시 소형 평형 가구를 기존 가구 수의 50% 이상으로 건립해야 한다.", "만약 이를 이행치 않을 경우에는 다른 문제점을 계속적으로 도출시킬 수밖에 없다"며 해당 구청에 대한 은근한 압력성 발언을 한 것이 밝혀지면서 더욱 확산되고 있다.

서울특별시 의회 주영길 의원(새누리당 강남1)은 이러한 사실을 관할 구청을 통해 확인했다며 이를 공개하면서, 이렇게 되면 "서울시의 재건축사업 계획이 신뢰를 잃게 되어 뉴타운 출구 전략에 이어 서울의 주택시장에 빨간 불이 켜지게 된다."며, 박원순 시장은 직접 나서서 이 같은 사실을 해명하고 비정상적으로 운영되고 있는 도시계획위원회가 객관적이고 독립적으로 운영될 수 있도록 심의위원의 대폭 교체를 포함한 특단의 조치를 취하도록 요구하면서 의회에서도 관련 조례의 개정 등을 검토하겠다고 했다 .

이 같은 일은 이미 주요 일간지에 일부 공개된 바 있어, 서울시 관련 부서에 확인한 바 "공식적인 회의 결과 발표가 아니라"고 주장하나 해당 주민들과 관할 구청에서는 권고가 아닌 압력으로 받아들여져 주민들이 집단 반발을 하면서 대규모 시위도 계획하고 있는 것으로 알려졌다.

개포지구 32개단지 재건축사업은 지난 10여 년 전부터 추진되어 왔으나 각종 재건축 규제 관련 법규에 묶여 진행되지 못하다가 지난해 6월 23일 서울시 도시계획위원회에서 소형 주택 반영 비율을 포함한 공공 기여 비율, 공공 기반시설 계획, 용적률·층수·가구 수 등을 정하는 개포 지구 32개단지 전체의 '지구단위계획'이 가결되어 결정 고시까지 끝난 지역임에도, 지난해 10월 박 시장 취임 이후 단지별로 신청한 개포 2~4 및 시영 아파트단지의 재건축 계획인 '정비 계획'을 특별한 사유 없이 2차례나 심의 보류시켜 오다 이번에 법적 근거도 없는 '소형 평형을 50% 이상 배치하라'는 서울시의 압력성 권고를 받게 되어 사업 추진 자체가 불투명해져 열악한 주거 생활의 고통이 더 길어질 것 같다.

주 의원이 제236회 임시회 관련 부서 업무 보고 시에 해당 소위원회 관련 자료를 제출 받아 확인한 바에 의하면, 지난해부터 현재까지 서울시 도시 계획위원회(위원장 : 제2 부시장) 소위원회는 총 13회가 열렸으며 소위원회는 30명의 도시계획위원 중에서 매 개최 시마다 5명 내외의 위원을 위원장이 임의로 선정하여 운영되어 왔으나 "소위원회 위원 구성 내용을 살펴보면 각 분야 전문가들로 구성된 전체 위원 30명 중 불과 10여 명이 매번 전담하고 있어 객관성과 다양한 전문성이 결여되었을 뿐 아니라 엄격한 중립성과 신뢰성이 크게 훼손되고 있다."고 했다.

주 의원은 이와 함께 "30명의 위원 중 이번에 권고 발언을 한 것으로 알려진 K교수를 포함한 9명은 2년 임기를 2회 내지 3회씩이나 연임하고 있으며, 특히 K교수는 2011년부터 현재까지 열렸던 13회 중 12회나 소위원회 위원으로 선정된 것을 보면 이른바 서울시의 의견을 가장 잘 대변하는 사람으로 볼 수밖에 없다"는 것이며, 따라서 "서울시의 백년대계인 중요한 도시 계획심의를 이렇게 시장의 입맛에 맞는 사람들로 구성 운영하여 자의적으로 재단하는 것은 관련 법령상 별도의 독립심의기구인 서울시 도시 계획위원회를 시장의 자문단에 불과한 것으로 전락시킨 결과를 가져와 심의위원회의 대외 공신력에 큰 타격을 받게 되었다"고 주장했다.

그리고 주 의원은 "이번의 소형 평형 아파트 쪼개기 사건은 박 시장의 임기 중 임대주택 8만 호를 공급하겠다고 한 공약을 무리하게 추진하려 한 데서 비롯된 것으로 볼 수밖에 없다"며 "뉴타운 출구 전략으로 새로운 주택 공급 물량 확보가 현실적으로 불가능하다 보니 기존의 대규모 재건축단지의 건축계획을 K교수 등 비교적 오랫동안 서울시 도시계획심의 위원으로 참여하여 집행부 의중을 잘 헤아릴 것 같은 위원들로 구성되는 소위원회를 통해서 주택 쪼개기 사업으로 물량을 확보하기 위한 꼼수를 부리고 있다"고 주장했다.

주 의원은 박 시장 취임 이후 진행되고 있는 뉴타운 정책과 재개발 재건축 정책 등을 보면, 주택정책의 깊이와 폭을 전혀 이해하지 못하고 주택 문제를 '소유자와 세입자', '가진 자와 못 가진 자'의 형평성 문제 즉, 이념적으로 접근하는 것에서 나오는 발상으로 보이며, 이렇게 되면 '서울시내 거의 대부분의 재건축단지는 사업이 전면 보류되는 사태가 속출하게 되어 결국 당분간 주택 공급이 크게 줄어들어 종래에는 주택 수급 불균형을 초래해 심각한 주택난을 가져올 것'이라고 진단했다.

끝으로 주 의원은 현재와 같은 근시안적이며 자신의 공약 이행을 위한 무리한 꼼수 주택행정을 즉시 철회할 것을 공개적으로 촉구하며, 박 시장의 반 시장적이고 무계획적인 주택정책에 대한 감시와 견제를 시민과 함께 철저히 펼쳐 나갈 것이라고 했다

박원순 주택정책은
'하우스 푸어' 만 양산

[인물 초대석][일요 서울/서원호 취재국장]2012/03/14

'집주인 · 세입자 모두에 고통 안겨 줄 것'

서울시 발發 부동산 한파가 매섭다. 박원순 서울시장이 최근 뉴타운 정책을 포기하는 출구 전략과 재건축 소형 평형 의무 방안을 잇달아 발표한 뒤 서울의 재개발 · 재건축 사업 포기가 본격화되고 있기 때문이다.

특히 최근까지 마포구 등 7개 구에서 재개발 1곳 · 재건축 9곳 등 10개 구역의 추진위가 주민 절반 이상의 동의를 받아 구청에 해산 신고서를 제출했다. 강남권의 송파구와 서초구에서도 사업을 접는 구역이 속출하고 있다. 게다가 강남 개포 지구 재건축 주민들은 29일 서울시청 광장에서 규탄집회에 나선다는 방침이다.

서울시 도시관리위원회는 개포지구 정비계획(안) 심의에서 '기존 가구 수의 절반 이상을 전용 면적 60평방미터 이하 소형으로 배치하라'며 보류시켰기 때문이다.

〈일요 서울〉은 지난 20일 주영길 서울시 의회 의원(강남 1)을 서울시 의회 의원 사무실에서 만나 '서울시의 뉴타운 출구 전략과 재건축 소형 평형 50% 의무 방안'의 문제점에 대해 들어 보았다. 주 의원은 35여 년 동안 서울시와 구청에서 행정 경험을 쌓은 '지방행정의 전문가'로 현재 서울시 의회 도시관리위원회 위원으로 활동 중이다.

주영길 시의원은 "박원순 시장의 뉴타운 출구 전략과 재건축 소형 평형 의무 방안은 4월 총선을 앞두고 지난해 무상 급식 보궐선거에서 신세졌던 민주통합당에 입당하기에 앞서 발표한 또 하나의 포퓰리즘 정책"이라며 쓴소리로 인터뷰를 시작했다.

주 의원에 따르면 서울은 세계에서 보기 드문 초超과밀 도시로 주택 문제의 경우는 미래도시발전 계획과 연계된 시정의 중요한 정책과제인 만큼 중장기 로드맵을 통해 진행돼야 1,000만 서울시민의 재산권과 주거권을 온전히 보호할 수 있다.

서울시의 부족한 주택은 노후된 주택을 재건축 하는 등 매년 2만 가구 내외로 일정하게 공급돼야 주택 수급이 균형을 이룬다는 것이다.

집 지을 땅 즉, 택지 개발이 절대적으로 부족한 서울에서 주택 공급의 유일한 방법은 재개발·재건축 등 도시재정비사업에 의한 공급이기 때문이다.

하지만 박원순 시장은 주거 환경이 열악하고 노후한 주택을 재건축하여 새 집에서 살겠다는 소박한 시민들을 '투기 광풍에 물든 사람들'이라고 단정해 집주인과 세입자 간 갈등으로 내몰았다는 게 주 의원의 지적이다.

주 의원은 "사업 부진을 이유로 기존사업 대상지를 해제한다거나 신규 재정비사업을 전면 중단하는 것은 곧바로 주택수급 불균형과 집값 폭등, 전월세 대란 등 심각한 주택난으로 이어지는 후폭풍을 몰고 올 것"이라며 "집주인과 세입자 모두에게 엄청난 고통을 안겨 줄 것"이라고 우려했다.
그러면서 대략 몇 가지의 후유증이 예상된다는 분석을 내놓았다.

첫 번째는 서울시의 주택공급 원천인 재개발·재건축 사업의 중단과 급격한 축소로 2~3년 이후부터는 주택 수급 불균형으로 집값 폭등, 전월세값 폭등 등 극심한 주택난을 초래한다 .

두 번째는 해제 단지의 매몰 비용의 부담을 둘러싼 중앙정부와 지자체 간, 시행사와 주민 간, 주민 상호간 극심한 갈등 유발로 천문학적인 사회적 비용을 지불할 것으로 내다봤다.

세 번째는 소유자 중심의 지구별, 광역별 도시재정비사업이 세입자 중심의 개별 단위의 소규모 정비사업으로 전환돼 낙후된 도시의 인프라와 열악한 주거 환경의 방치로 대도시 기능의 상실과 시민 주거 생활 불편을 가중시키고 있다는 것이다.

넷째는 세입자 재정착률을 높인다는 이유로 사업을 추진할 때 관련 세입자의 동의 여부를 제도화함으로써 세입자 대책을 주택 소유자 책임으로 유도하여 주택 재정비사업의 추진이 불가능하도록 만들어 결국은 주택 공급이 대폭 축소되어 세입자의 주거 불안만 가중시킬 뿐 아니라 사유재산 제도의 근간을 훼손시킬 우려가 높은 위험한 발상이라고 비판했다.

'이념적인 형평성 문제로 인식한 잘못된 접근'

특히 '재건축 소형 평수 50% 의무 비율'과 관련 "지난해 10월 보궐선거에서 당선된 박원순 시장이 임기 중 8만 호의 임대주택을 공급하겠다는 급조된 공약을 내건 뒤 취임 후 이를 이행하려다 보니 도저히 8만 호를 채우지 못할 것 같아 그에 근접한 물량을 메우기 위해 '소유자와 세입자, 가진 자와 못 가진자'의 이념적인 형평성 문제로 접근해 나온 잘못된 발상"이라며 "이는 자신의 공약 이행에 협조하지 않으면 재건축사업을 하지 못하도록 하는 압력 수단에 불과한 것"이라는 것.

주 의원은 지난 17일과 21일 서울시 의회 임시회 도시관리위원회 상임위원회의 주택정책실과 도시계획국의 업무 보고를 받는 자리에서 "서울시의 이번 주택정책은 잘못된 정책"이라며 "주민들과 연대하여 박원순 시장의 반시장적이고 계획성 없는 주택정책에 대한 감시를 철저히 진행해 나갈 것"이라고 즉각적인 시정을 요구했다.

한편, 새누리당이 최근 이명박 정부가 야심차게 추진했던 보금자리주택에 대한 재검토를 이번 총선 공약으로 내놓은 것을 환영했다.

아울러 이명박 정부의 보금자리주택이란 단순히 주택 가격을 낮추어 서민들이 쉽게 내 집을 갖게 하겠다는 순진한 생각으로 추진한 근시안적 주택정책의 표본이라고 꼬집었다.

이명박 정부는 집값 폭락을 마치 집값 안정으로 오판해 단순히 몇

만 가구의 공급을 위해 수십 년 전부터 보존되어 도심의 허파 역할을 하는 그린밸트를 해제하여 비합리적인 저가의 주택을 공급함으로써 시장가격을 왜곡시켜 주택시장의 혼란을 가져와 급기야는 서민경제의 회생을 가로막았다는 것.

그 결과 '월세에서 전세로, 전세에서 은행 융자를 통한 소규모 내 집 마련으로, 소규모 내 집에서 평수 늘리기로' 발전해 가는 우리나라 서민들의 주택시장 기본 사이클을 무너뜨려 내 집을 마련한 많은 국민들을 융자금 이자 물기에 바쁜 '하우스 푸어'로 심지어는 '하우스 리스(무주택자)'로 전락시킨 것을 문제점으로 꼽았다. 이런 점에서 우리나라 주택 문제를 단순한 '가격 문제로 본 이명박 정부'나 '공급 물량으로 본 박원순 시장'이나 똑같은 오류를 반복하고 있다는 것이 주 의원의 생각이다. "내 집 마련의 꿈을 안고 사는 서민들을 위한 획기적인 주택정책이 하루 빨리 마련돼야 한다"고 목소리를 높였다.

무상 급식 곽노현,
학교 시설 개선은 안중에도 없나?

뉴데일리 2011/04/21

서울 동작구 Y고등학교 여학생들은 올해 10년 가까이 된 화장실이 교체된다는 소식에 잔뜩 기대감에 찼었다. 지저분한 변기와 헐거운 문고리 등 감수성 예민한 여고생들이 이용하기에는 불편한 점이 이만저만이 아니었기 때문.

하지만 여학생들의 소박한 소망은 금세 물거품이 됐다. 지난 연말 시의회까지 통과된 예산 2억 원을 서울시 교육청이 지급하지 않기로 한 것. 이와 함께 교육청은 Y고등학교에 약속했던 교실 바닥 공사비용 3억 원도 취소했다.

서울시 교육청이 애당초 없는 돈이 아니라 이미 예산까지 확보된 돈을 주지 않자 Y고등학교는 황당한 모습이다. Y고 행정실 담당 직원은 "올해 초 갑자기 교육청 직원이 찾아와 '화장실 공사를 할 수 있는 이용 연수 기준이 강화됐다' 며 지급을 거절했다"며 "왜 그런지 이유를 모르겠지만, 학생들이 계속 불편한 화장실을 이용해야 하는 처지가 됐다"고 했다.

Y고처럼 교육청으로부터 지급받기로 했던 예산이 취소되는 사례가 속출하고 있다. 곽노현 교육감이 이끄는 서울시 교육청이 학교 시설 개선사업을 대폭 줄이고 있기 때문이다. 우려됐던 무상 급식에 따른 학교 시설 개선 작업의 차질이 현실화되고 있는 셈이다.

서울시 교육청에 따르면 올해 교육 환경개선 사업비에 책정된 예산은 총 690건 1,207억 원. 이 돈은 노후 교실 · 화장실 등을 보수하고 냉난방 시설과 이중 창문을 설치하는 등 학교 시설에 쓰인다. 그런데 올해 예산은 지난해 같은 사업에 투입된 2,351억 원의 절반 수준에 불과하다. 덕분에 전면 무상 급식을 추진하기 위해서라는 비난이 이어졌다.

곽 교육감 취임 직후 예산이 절반이나 줄였지만, 서울시 교육청의 무차별 예산 삭감은 여기서 그치지 않았다. 그나마 확보한 1,207억 원 중 948억 원만 사용하고 나머지 259억 원은 집행을 취소했다. '시설은 노후됐지만, 아직은 더 사용할 수 있다' 는 이유가 대부분이었다.

감액 사업의 내역을 살펴보면, Y고를 비롯해 34건 69억 원이 전액 삭감됐고 656건에 대해서는 191억 원으로 규모를 줄였다. 특히 사업비가 당초 예산액 대비 50% 미만으로 감액된 사업도 27건에 이른다.

전면 무상 급식에는 수천 억 원을 투입하는 것과는 사뭇 다른 모습이다.

때문에 그 동안 시교육청에게는 관대하던 서울시 의회도 제동을 걸고 나섰다. 의회가 이미 의결한 돈을 교육감이 임의로 집행을 하지 않는 것은 예산심의권을 침해한다는 것이다.

한나라당 주영길 시의원은 "시의회가 심의 · 확정한 사업을 교육청 임의로 폐지하는 것은 의회의 예산 심의권을 침해하는 집행부의 제멋대로식 행정"이라며 "곽 교육감이 무상 급식 추진에 따른 부족 예산에 충당할 생각이 아닌가 한다"고 말했다.

이에 대해 서울시 교육청 관계자는 "사업 추진에 있어 예산을 절감한 것으로 봤야 한다"며 "아낀 예산 260억 원은 추경예산에 편성해 옥상 방수 공사나 장애인 편의 시설 설치에 투입할 계획"이라고 설명했다.

제241회 임시 의회 상임위원회 운영 등

기간 : 2012. 10. 4(목) ~ 10.13(월)

⊙ 주요 안건

- 2012년도 행정사무 감사 계획서 채택의 건
- 서울특별시 금고의 지정 및 운영에 관한 조례 일부 개정 조례안
- 2012년도 제4차 공유 재산관리 계획 변경 계획안
- 서울특별시 서울 광장의 사용 및 관리에 관한 조례 일부 개정 조례안

현장 방문(우리 은행 OCR 센터)

행정자치위원회는 제241회 임시 회의에서 2012년 행정사무 감사 계획서를 채택하고 「서울특별시 서울 광장의 사용 및 관리에 관한 조례 일부 개정 조례안」 등 3건의 안건 심사와 우리 은행 OCR센터 등 2곳의 현장 방문을 했다.

안건 심사

「서울특별시 서울 광장의 사용 및 관리에 관한 조례 일부 개정 조례안」은 광장 사용 신고에 있어서 사용 신고 기간을 확대(60일부터 7일 전 90일부터 5일 전)하고, 신고 순위가 동일한 경우는 협의 조정하되 조정이 이루어지지 않을 경우에는 위원회의 의견을 들어 신고 수리를 결정토록 하며, 신고자의 귀책 사유 없이 사용일에 광장을 사용하지 못한 경우에는 납부한 사용료에 이자를 가산하여 반환하고, 신고자의 사정으로 광장 사용일 전일까지 그 사용을 취소한 경우에는 납부한 사용료의 10퍼센트를 공제한 후 반환토록 하는 등 운영상 나타난 미비점을 보완하고 이용자들에게 편의를 도모하고자 하는 것으로 위원회에서는 공익적 광장 사용의 선언적 의미를 부여하고, 광장 사용료 규정을 보다 명확화하는 등 관련 규정의 정비 필요성 등을 감안하여 일부 조항을 보완하여 수정 가결하였다

「서울특별시 2012년도 제4차 공유재산관리 계획 변경 계획안」은 미래 행정 수요에 대비한 공공 용지 확보를 위해 동대문구 회기동에 위치한 농촌경제연구원 부지 및 건물과 버스업체 경영 개선 및 시내 버스 차고지 확보를 위해 서초구 염곡동 소재 사유지를 매입하고, 정밀안전진단 결과 위험 시설물로 판정된 노원구 상계동 소재 시립노원 시각장애인복지관의 멸실 및 재건축을 위한 것으로 사

업의 취지 등을 감안하여 시장이 제출한 원안대로 가결하였다.

현장 방문

서울시 신청사 현장 방문에서는 신청사 건립 개요 및 특징에 대한 현황을 보고받고 신청사 주요 시설을 둘러본 후 새 집중후군을 일으키는 유해 물질이 없도록 하여 직원들에게 쾌적한 근무 환경을 조성할 것과 시민들이 편리하게 이용할 수 있는 공간이 되도록 최선의 노력을 다해 줄 것을 주문했다.

시금고 OCR센터 현장 방문에서는 OCR 수납 시스템, 인터넷 납부 및 전자고지(ETAX 시스템) 등 시금고 운영 센터 운영 전반에 대해 보고를 받고 서울시 세입금 수납 관리 집중 센터로서 시스템의 안정적 운영과 세금 납부 편의 확대를 위해 노력하여 줄 것을 주문하였으며, OCR센터 전산 시스템 등 주요 시설물을 둘러보고 관계자들을 격려했다.

'2013 대한민국 세종대왕 나눔 봉사대상' 수상

2013/11/28 09:49 http://blog.naver.com/syg217

서울시 의회 행정자치위원회 주영길 부위원장(새누리당, 강남 1)은 KBS가 참여 후원하고 (사)한국국제연합봉사단(총재: 백선엽 장군)이 공동 주관하는' 2013 대한민국 세종대왕 나눔 봉사대상' 수상자로 선정되어 2013년 11월 27일(수) 14시 30분 KBS홀에서 수상을 했다.

(사)한국국제연합봉사단은 묵묵히 각 분야에서 국가와 지역 사회 발전에 크게 기여한 분 중 특히 나눔과 기부 봉사에 공이 지대한 분들을 찾아 격려하고 이를 널리 알려 기부와 나눔 봉사 문화를 우리 사회에 더욱 확산시키겠다는 취지와 목적으로 매년 '대한 민국 세종대왕 나눔 봉사대상' 을 제정하여 시행하고 있다.

서울시 의회에서 대표적 행정통으로 정평

주영길 의원은 현재 서울특별시 의회 행정자치위원회 부위원장으로 활동하고 있으며, 서울시 강남구청 정책기획단장 · 건설교통국장 · 행정국장 · 부구청장 직무대리 등을 역임하고 홍조근조훈장을 받은 대표적인 행정통으로 알려져 있다.

서울시 의회에서도 행정자치위원회 부위원장 · 인권특별위원회 부위원장 · 예결산특별위원회 부위원장으로서 활발한 의정 활동을 통해 시정 발전에 기여하고 있으며, 최근 '2013 한국을 빛낸 자랑스런 한국인 대상(지역 발전 공로)'을 수상하기도 했다.

다양한 분야 봉사 활동한 노고와 기여 인정받아

(사)한국국제연합봉사단이 밝힌 수상 이유를 보면 주영길 의원은 '강남 비전 포럼' 상임고문 · '(사)한국한아름복지회' 회원 · '강남 사랑회' 부회장으로서 봉사 활동에 적극 참여하였으며, (사)한국UN봉사단에 참여하여 2013년 제5기 한국UN봉사단 CEO Summit 과정을 수료한 바 있다. 또한 민주평통 강남구 협의회 산하 '사회복지단' 회원으로서 북한 이탈 청소년 정서 안정사업을 추진하기도 했다.

주영길 의원은 강남구청 재직 동안 (사)청호불교문화원을 통한 대학생 학비 지원뿐만 아니라 독거 노인 및 결손 가정 자녀 등을 대상으로 한 김장김치 담기 행사 등에 참여한 공로도 인정받았다.

저개발국가 의료 봉사단체와
베트남 한국어 교실 운영하는 단체 등 지속적 지원

구체적인 활동 실적을 보면 '강남 비전 포럼' 상임고문으로서 매년 정기적 자선 행사를 통하여 (사)사담사와 (사)국제연꽃마을 및 강남구청 관내 복지관에 복지기금을 전달해 왔으며, (사)사담사는 북한 및 아프리카 등 저개발국가를 대상으로 의료 등 봉사 활동을 하는 단체이며, (사)국제연꽃마을은 베트남 한국어 교실 운영 등 다양한 분야에서 활동하는 봉사단체라고 한다.

직접 어르신 도시락 배달 봉사를 하는 등
실천적인 봉사 활동 묵묵히 펼쳐 와

주영길 의원이 회원으로 참여하고 있는 '(사)한국한아름복지회'는 독거 어르신 도시락 배달 및 정서적 위로, 위생 환경 개선 사업을 펼치는 사회봉사단체이다. 이곳에서 주영길 의원은 자문 역할 뿐만 아니라 도시락을 독거 어르신에게 직접 배달하는 봉사 활동을 하고 있다.

주영길 의원이 부회장으로 있는 '강남 사랑회'는 생명의 하천 살리기 등 각종 캠페인을 펼치는 단체로서 기초 질서 지키기와 농촌 일손 돕기 등의 사업을 정기적으로 펼치고 있다.

북한 이탈 청소년이 한국 사회에서 잘 성장할 수 있도록
따뜻한 마음으로 감싸안고자 노력

북한 이탈 청소년에 대한 관심이 많은 주영길 의원은 민주평통 강남구 협의회 산하 사회복지단 회원으로서 강남구에 거주하고 있는 북한 이탈 청소년들을 대상으로 '추석 맞이 위로 행사(2013. 9)', '따뜻한 겨울 보내기 행사(2013. 11)'를 주도적으로 시행한 바, 앞으로도 지속적으로 추진할 계획이라고 한다.

(사)한국국제연합봉사단은 공적 심사위원회(대회장 : 이수성(전 국무총리) 외 2명) 심사 등 엄격한 자격 심사와 검토를 거쳐서 주영길 의원을 '대한 민국 세종대왕 나눔 봉사대상' 수상자로 선정하였다고 밝혔다.

'2013 한국을 빛낸 자랑스런 한국인상' 수상

2013/11/08 10:23 http://blog.naver.com/syg217/10179515055

서울시 의회 행정자치위원회 주영길 부위원장(새누리당, 강남 1)은 11
월 7일(목) 백범김구기념관에서 대한민국 신문기자 협회, 언론인연
합 협의회 등이 주관하고 '2013 한국을 빛낸 자랑스런 한국인 대상
조직위원회'가 주최한 시상식에서 '한국을 빛낸 자랑스런 한국인
대상'을 수상했다.

의회 발전 부문에서 지역 발전 공모 대상 수상자로 선정

동 조직위가 주최하는 시상식은 정치 · 사회 · 문화 · 예술 · 과학 ·
스포츠 부문과 일반 기업 및 공직 부문 등에서 평소 봉사 · 선행 ·
효행 등 투철한 사명감과 확고한 국가관으로 국가 발전은 물론 우
리 문화예술의 우수성을 국내외에 널리 알리는 데 귀감이 되는 분

들을 찾아서 그 공로를 치하하고 표창함으로써 국내외에 대한 민국의 이미지 홍보 및 우리 문화의 우수성을 널리 알고자 하는 취지에서 2001년부터 이루어지고 있다.

서울시 의회 주영길 의원은 지방자치 발전에 공헌해 온 공로가 인정되어 '의회 발전 부문'에서 '지역발전공로대상' 수상자로 선정된 것이다.

대한민국신문기자 협회와 언론인연합 협의회 등이 주관하는 '2013 한국을 빛낸 자랑스런 한국인 대상'은 국내의 대표적인 신문·방송·통신 등 전국 50개사로 구성된 대표심사위원단이 엄정한 심의를 거쳐 2001년부터 시상하고 있는 권위 있는 상이다.

조례와 청원 등 활발한 의정 활동으로 서울시정 발전 기여

이번 대상을 수상하게 된 주 의원은 강남구청 정책기획단장·행정국장·부구청장 직무대리를 역임했고, 2010년 6월 홍조근정훈장을 수상한 경력도 있으며, 지난 2010년 지방 선거를 통해 서울시 의회에 진출한 보기 드문 행정 분야 달인達人 출신의 현역 서울시 의회 의원이다.

주 의원은 서울시 의회에 입성하여 총 38건의 조례 발의에 참여하였으며, 이외에도 24건의 조례에 찬성하는 등 활발한 자치법규 입법 활동을 펼쳤다.

특히 행정자치위원회 부위원장으로서「서울특별시 열린 시정을 위한 행정정보 공개 조례 전부 개정 조례안」을 발의하여 시정 정보에 대한 시민의 알 권리를 충족을 통해 서울시민의 권리를 증진함은 물론 행정의 투명성과 책임성을 강화하는 데 기여하는 등 서울시정 발전을 위해 많은 활동을 해 왔다.

지역 발전 위해 열정 쏟아

또한 주 의원은 강남구 출신 시의원으로서 그 동안 강남의 지역 발전과 현안 사업에서도 그 동안 적잖은 활동을 펼쳐 왔다. 지역 발전의 저해 요인으로 지역 주민들의 오랜 민원인 '동호대교 남단 압구정 사거리 연결 고가차도 철거 요구에 관한 청원서'를 제출 심의 의결하여 '이 지역의 교통 흐름을 원활하게 하고, 이 일대의 도시 경관을 아름답게 꾸미며, 나아가 지역 경제의 활성화와 현재 추진 중인 이 지역 재건축사업과 조화롭게 어우러져 발전된 도시개발이 이루어지도록 처리하는 것이 바람직하다.' 는 의견을 서울시 집행부에 건의하는 등 지역구 현안 사업에도 적극적으로 참여해 왔다.

또한 주 의원은 지난 8월 확정 발표된 국토부와 서울시의 광역 교통 개선 사업인 '위례 신도시-용산 구간 도시철도사업'이 '위례 신도시-신사 간 구간'으로 조정 확정 추진과정에서 노선 조정, 지하주차장 병행 건설, 도산대로 변 도시 계획 시설 조정 등 지역 발전을 위한 주민들의 의견을 수렴하여 서울시장 등 관계 공무원과의 면담 및 지속적인 협의를 거쳐 서울시와 중앙정부에 적극적으로 건의하여 이를 반영토록 한 바 있다.

교육 시설에도 남다른 관심 보여

또한 주 의원은 무상 급식으로 인한 예산 부족으로 인해 지연되거나 방치되고 있던 관내 각급 학교의 노후화된 시설 개선 사업을 대부분 해소하는 데 기여하였다. 서울시 교육청과의 적극적 교섭과 건의 및 서울시 의회 심의를 거쳐 언북 초등 학교 등 10여 개 학교의 화장실 개선 사업 및 소방 시설 개선을 비롯하여 창호 교체, 창문 안전 시설 및 경기 고등 학교 장애인 시설 및 청담중 담장 설치와 어린이 놀이터 개선 등에 예산이 지원되도록 하여 일선 학교의 교육 환경 개선에 크게 기여하였다.

이번 수상에 대해 주 의원은 "서울시 및 강남구 발전을 위해 시의원으로서 본분을 다한 것인데, 이런 상을 받게 되어 뜻밖이다."라고 소감을 밝히면서 "더 부지런히 일하라는 채찍으로 알고 서울시민 및 강남구민의 삶의 질 향상을 위해 더욱 매진하겠다."고 서울시 의원으로서의 다짐과 열정을 밝혔다.

서울시 재건축 · 주차정책 문제 지적

시정일보/ 언론에 비친 의정議政 활동/ 2013/07/09

서울시의 재건축 정책과 주차정책의 문제점을 지적하고 개선을 촉구했다. 먼저 재건축 정책과 관련, "많은 예산을 들인 기존 용역을 활용하지 않고 또다시 예산을 중복 투입해 법정 사항이 아닌 자문용의 각종 용역을 새롭게 추진하면서 시민의 혈세를 낭비하고 있다"면서 "서울 전역에 걸쳐 있는 노후된 아파트 재건축사업이 하루라도 빨리 추진돼 주민들의 주거 환경 개선과 경쟁력 있는 도시 환경을 만들 것"을 주장했다.

주 의원은 "재건축 사업은 사유재산인 낡고 노후된 아파트를 새로 재건축해서 주거 환경을 개선하고자 하는 지극히 사유재산관리 업무"임을 적시하고, "연구 용역에 따라 수립된 계획을 시장이 바뀔 때마다 폐기하고 새로운 연구 용역을 발주하는 등 반시민적이고 행정편의주의적인 재건축 행정을 추진해 오고 있다"고 개탄했다.

주 의원은 또 주차정책과 관련, "서울시는 공급정책보다는 승용차 요일제, 차 없는 거리 운영, 혼잡통행료 징수 등 예산을 들이지 않고 시민들의 차량 이용을 억제하는 수요 관리 정책에만 중점을 두고 있다"면서 "공영주차장의 공급을 늘리는 정책이 보완돼야 한다"고 강조했다.

그 보완정책의 하나로 "지하철 공사 시 공사 구간 도로의 지하 주차장 건설을 함께 추진한다면 주차장 건설 비용을 획기적으로 줄일 수 있을 것"이라며 "위례 신도시 지하철 공사 구간 중 도산대로 3.1km 구간을 시범 구간으로 추진해 볼 것을 적극 권유한다"고 제안했다.

반값 등록금정책 개선 필요하다

강남신문/ 언론에 비친 의정議政 활동 2013/07/09

"반값 등록금정책이 긍정적인 측면도 있지만 십수 년 전 유행했던 반수(등록금을 내놓고 다음 연도에 더 좋은 대학에 진학하기 위해 사설 학원 등에서 재수를 하는 것)를 다시 유행하게 하는 등의 문제점이 있다"며 "차라리 전액 장학금을 늘려 실질적으로 지원이 필요한 학생에게 도움을 주도록 하는 정책 개선이 필요하다"고 주장했다.

서울시의 아파트 재건축 정책에 대한 시정 질문에서는 "서울시가 기존 용역을 활용하지 않고 또다시 예산을 중복 투입하여 법정 사항도 아닌 자문용 용역을 새로 추진하고 있다"며 시민의 혈세를 낭비하는 것이라고 비판했다. 아울러 "서울시의 전역에 산재된 아파트 재건축사업을 하루라도 빨리 추진하여 주민들의 주거 환경과 서울의 도시 환경을 개선해 달라"고 건의했다.

갑오년의 염원

2014/01/28 http://blog.naver.com/syg217

서울시민 여러분 過歲 안녕하셨습니까?

묵은 해를 떨쳐 버리고 새로 맞이하는 우리네 고유한 최대 명절인 설날을 맞이했습니다. 즐겁고 행복한 시간 되시고 운수대통하는 대박의 한 해 되시기를 바라마지 않습니다.

설 명절은 우리 민족의 정서가 듬뿍 담긴 소중한 문화유산으로, 온 마을 사람 나아가 이웃 마을 사람들과도 함께 즐기는 윷놀이와 널뛰기 및 지신 밟기나 풍물굿 등 여러 가지 전통놀이는 각 개인과 가정, 마을 공동체의 평안과 풍년을 기원하는 잔치라 생각됩니다.

이러한 일체감의 형성은 사회적으로나 국가적으로도 결속을 강하게 한다는 점에서 설은 단순한 명절 이상의 의미를 지니고 있는 것 같습니다. 무엇보다도 설날은 새로운 시간에 대한 성스러움을 느끼게 하는 설렘으로 한 해를 출발하는 우리에게 희망과 용기를 듬뿍 주기에 밝은 미래에 대한 기대를 부풀게 하고 있습니다.

하지만 〈2014 다보스 포럼 주제〉가 '세계의 재편The Reshaping of the World' 이었듯이 올해도 우리 앞엔 대내외적 수많은 변화와 도전에 대한 응전과 해결 과제가 주어져 있습니다. 우선 예측 불가능한 북한의 위협은 물론 힘의 논리가 지배하기 시작한 동북아 정세 변화 등 대외적 변수가 심상치 않습니다.

안으로는 여러 가지 사회적 갈등을 풀고 비정상의 정상화를 실현해야 할 시대적 명제와 더불어 저성장 경제기조로부터 한시 바삐 탈피하여 밝은 미래의 토대를 마련해야 하는 등 우리의 갈 길을 재촉하고 있습니다.

결코 쉽지 않은 난제들이지만 그렇다고 벅찬 일들만 주어져 있는 것은 아닙니다. 새싹이 돋아나듯 경제가 조금씩 살아나는 조짐과 오랜 숙원이던 통일에 대한 기대도 한껏 높아지고 있으며 대한 민국을 바라보는 세계적 위상도 날로 높아지고 있습니다.

이렇듯 길조의 밝은 마음으로 명절 아침 시민 여러분과 다시 한번 다짐해 봅니다. 주어진 것을 받아들이고 이를 헤쳐 나가는 우리 마

음 자체를 희망이라고 생각하면 그것은 희망이라는 이름의 선물이
될 것이라는 점입니다.

특히 올해는 60년마다 찾아온다는 상서로운 기운을 지닌 '청마靑馬
의 해'로 우리 모두들 희망과 꿈을 더욱 키우고 있는 것 같습니다.
예로부터 말馬은 추진력과 순발력·진취성을 상징하는 동물로 아무
리 멀고 험한 길도 거침없이 내달리며 힘든 장애물을 뚫고 나아가
는 도전정신은 우리 민족의 정신과도 닮았습니다.

'미래가 좋은 것은 그것이 하루하루씩 다가오고 있기 때문이다' 라는
말도 있듯이 명절에 느끼는 설렘이 더욱 큰 것은 한 해를 출발하는
우리에게 보이지 않는 자산이자 힘이고 열정이라 생각되며 한 해의
첫 단추를 잘 꿰어야 할 이유가 바로 여기에 있는 것 같습니다.

변함없는 성원에 대해 올해도 더욱 열심히 하는 것으로 되돌려 드릴
것을 다짐을 드리면서 2014년 한 해가 시민 여러분의 가정마다 사랑
과 기쁨의 좋은 선물이 되시길 다시 한번 기원해마지 않습니다.

청마의 해 설날 아침
서울시 의회 의원 주영길 배상

기사로 본 의정 활동

시민일보 2011년 04월 15일 금요일 004면 정치

서울시교육청, 시의회서 심의·확정된 교육환경개선 사업 축소·폐지

"시의회 고유권한 예산심의권 침해"

주영길 서울시의원 주장

"어린이들 앞으로도 열악한 교육환경서 공부해야 할 듯
지방정부 예산질서등 문란 교육감·공무원 책임 물어야"

서울시교육청의 교육환경개선 사업예산가 담긴 회의에서 심의 확정된 예산보다 21.3% 강제로 집행됐다는 것으로도 있는 것으로 나타났다.

14일 서울시교육 주영길 의원(한나라당·강서1)이 서울시교육청으로부터 받은 자료에 의하면, 2011년도 교육환경개선 사업의 공무 기수에서 폐지된 교육환경개선사업들이 대폭 축소됐거나 폐지됐음이 드러나 있어 논란이 일고 있다. 부실교육·예산당초를 우려하는 교육환경개선사업비 대폭 축소·변경 등으로 비춰진 고윤환한 교육환경개선 사업예산이 담겨 확정돼있음에도 비겨 집행한거나 삭감을 추진한지 않을 예정인 것으로 나타났다.

이어 대해 주 의원은 "어린이들의 배당나청가 부실하는 우려가 있을 뿐만 아니라, 서울시민들은 앞으로도 계속해서 열악한 교육환경에서 공부해야할 것 같다"면서 "회의에서 심의 확정된 사업을 교육청이 임의로 변경돼 축소·폐지시키는 것은 교육청 예산심의권을 침해하는 것"이라고 지적했다.

그는 또 "교육청예산편성의 문란"이라는 화장실 및 난방·냉방개선 같은 것들이 축소되고 공부하기 좋은 예...

(본문 중략)

시민일보 2011년 06월 23일 화요일 004면 정치

민주당 맹공
(김명수 시의원) "朴시장 일방적 시정협의 중단은 비겁한 행위"

한나라 반격
(주영길 시의원) "野, 포퓰리즘 앞세워 자기들만의 논쟁에 빠져"

朴시장 참석 — 서울시의회 정례회서 與野대표 연설

김명수 "지금 당장 '서해뱃길사업 중단'을 선언하라"
주영길 "멈춘 서울시정 市·시의회 모두의 공동책임"

김명수   주영길

(본문 생략)

서울교육청,
무상급식 예산때문인가? 시설비 135억 또 깎아

주영길 시의원, 교육환경개선사업 축소·폐지...무상급식 충당 의혹 제기

강동-송파관내 7개 초중교 전액삭감 4개교, 50%미만배정 3개교

■ 강동-송파구 학교별 전액삭감사업 현황(단위/천원)

학교명	세부사업명	물량	단위	예산액(a)	배정액(b)	유보액(c=a-b)
묘곡초	중현창교체	75	실	315,000	0	315,000
천일초	바닥교체	12	실	120,000	0	120,000
거원초	화장실개선	4	동	336,000	0	336,000
상덕여중	바닥교체	43	실	301,000	0	301,000

■ 강동-송파구 예산대비 50% 미만 배정사업현황

학교명	세부사업명	물량	단위	예산액(a)	배정액(b)	유보액(c=a-b)	배정비율(%)
주명학교	복도및 램프바닥교체	4	실	40,000	5,000	35,000	12.5
영일중	화장실개선	4	동	336,000	150,000	184,000	45.2
남천초	화장실개선	8	동	672,000	320,000	352,000	47.6

서울시-시의회, 여전히 평행선

오세훈 시장 "서해뱃길 계속 … 주민투표 결과 승복해야"
시의회 민주당 "서해뱃길사업·주민투표 중단해야"

문화일보

2011년 04월 29일 금요일 039면 오피니언

화장실 수리비 깎아 무상급식 생색내는 서울교육청

곽노현 서울시교육감의 무상급식 포퓰리즘 집착이 교육환경을 악화시킬 수밖에 없다는 교육계 안팎의 우려가 잇달아 현실로 나타나고 있다. 주연길 서울시의원이 28일 공개한 '2011년도 교육환경개선사업 예산의 효율적인 운용 추진 계획'에 따르면 서울시교육청은 교육시설 사업비를 당초보다 대폭 축소하기로 했다. 524개 초·중·고교의 낡은 화장실, 전기·소방 시설 등을 개선하기 위해 책정한 예산 1207억원에서 1차로 125억원을 삭감한 데 이어 추가로 135억원을 더 줄여 947억원을 배정키로 했다. 이로 인해 32개교는 676억원이 드는 시설 보수를 아예 하지 못하게 되고, 492개교는 공사비 199억원이 절반 이하로 줄어 난감한 상황이다. 심지어 어느 중학교는 1987년 개교 이래 한 번도 고치지 못한 문짝이 떨어지기까지 한 화장실 수리조차 포기해야 한다.

이러고도 서울시교육청이 교육 행정기관이라고 할 수는 없다. 교육환경 개선 예산을 지난해 2351억원의 절반 수준으로 축소한 배경부터 올해 무상급식 예산 1162억원과 무관할 리 없다. 서울시교육청은 부인하고 있으나 급식 시설비의 잇단 삭감도 그 연장선으로 비친다. 올해부터 초등학교 1~3학년 전원에 대해 무상급식을 강행한 사실 자체가 무리수임을 입증한다. 무상급식한다고 생색을 내느라 낡은 학교 화장실 수리까지 미루는 이중적 행태는 중단해야 한다. 무상급식 포퓰리즘의 단념은 빠르면 빠를수록 폐해를 줄인다.

朝鮮日報

2011년 05월 31일 화요일 A06면 정치

"무상급식 탓에…" 위험물 방치된 학교들

운동장 옆 위험천만 지난 13일 서울 강남구 봉은중학교 운동장 한쪽 구석에 위치한 정자 앞 철조망 아래로 울림피대로틀 향해 경사면이 급하게 깎여 있다. 이 공사면은 작년 9월 폭우로 토사가 유실됐지만 학교 예산 부족으로 8개월 넘게 방치되고 있다.

교육청 환경개선 비용 부족

'본 구역은 재해로 인해 위험하오니 접근을 금지합니다.'

30일 서울 강남구 삼성동 봉은중학교 운동장. 한쪽에 서 있는 정자에는 위험한 공사장을 방문하게 하는 경고문이 붙어 있다. 이 정자는 울림피대로와 맞닿은 언덕 정상에서 한강을 내려다볼 수 있어 학생들이 즐겨 찾는 장소였다. 그러나 지난해 9월 폭우가 내린 이후 이곳은 하루에도 몇 차례 '철조망 가까이 가지 마라'는 교내 방송을 할 만큼 위험한 장소로 변했다. 차들이 달리는 울림피대로를 향해 약 50m의 경사면이 정자 바로 앞까지 위험하게 깎여 내려간 것이다. 봉은중학교 관계자는 "올해 장마철이 되면 학교 지반이 위험해질 수 있는 상황인데도 교육청에서 8개월 넘게 '예산이 부족하니 강남구청에 지원을 요청하라'는 말만 하고 있다"고 말했다.

서울시내 상당수 학교들이 시설물이 낡아 보수가 시급한데도 서울시교육청으로부터 예산 지원을 받지 못해 구청에 손을 내밀고 있다. 봉은중학교는 강남구청이 1억원가량을 들여 31일부터 공사를 해주기로 가슴을 쓸어내렸다. 휘경동 전동중학교는 교실 도색 및 시물은 구입비 9900만원을 동대문구청으로부터, 보라매동 삼윤재활학교는 보일러 교체비용 4000만원을 관악구청으로부터 지원받을 예정이다. 문제는 각 구청 역시 예산 사정이 여의치 않다는 것이다.

서울 도봉동 육영여중은 화장실 타일이 떨어져 나가고 문은 잘 안 닫히는 상황인데도 시교육청은 예산 부족을 이유로 지원을 미루고 있다. 학교 여름 관계자는 "화장실 대부분이 재래식이고 문도 고장 나 아이들이 볼일을 참았다가 집에서 보는 경우가 많다"고 털어놓았다.

서울시교육청 교육환경개선사업
예산 단위: 원

■ 2011년 무상급식 예산 1162억원

2008	2009	2010	2011
3777억원			1470억원

※ 자료: 서울시교육청

61개교 예산 전액·반액 삭감
학교들, 구청에 손 내밀어
교육청 "무상급식과는 무관"

신림동 신림중학교는 시교육청으로부터 운동장 스탠드 보수비를 1억원을 받지 못해 관악구청에 요구했지만 확답을 듣지 못하고 있다.

서울시의회 예산결산특별위원회 주연길 의원(한나라당)에 따르면 올해 환경개선사업 예산을 기다리던 34개 학교의 사업 예산이 전액 삭감됐고, 27개 학교의 사업은 절반이 삭감됐다. 강남 A중학교 교장은 "학교 개보수 관련 비용은 매년 들어가는 일종의 '고정 비용'인데 시교육청이 갑자기 반이나 삭감하면 학교는 어찌 살 말이냐"고 말했다.

시교육청이 올해 책정한 무상급식 예산 1162억원을 확보하기 위해 교육환경개선사업 예산을 대폭 삭감한 게 때문에 이런 상황이 벌어지고 있다는 주장이 나오고 있다. 시교육청의 올해 교육환경개선사업 예산은 1470억원. 지난해 2571억원보다 1101억원, 최근 3년 평균 3161억원보다 54% 삭감됐다. 신연희 강남구청장은 "무상급식을 무리하게 진행해 학교에서 당장 급한 시설보수가 미뤄지고 있다"고 주장했다.

서울시교육청 조신 공보담당관은 "올해 예산이 줄어든 것은 낭비되는 예산을 줄여보자는 것으로, 무상급식과는 상관없다. '시설 보수가 시급한 학교엔 예비비를 지원하겠다'고 말했다. 정세영 기자 jungse@chosun.com

새콤달콤
도시락 都市樂
이야기

2014년 2월 25일 초판 1쇄 인쇄
2014년 3월 3일 초판 1쇄 발행

지은이 / 주영길
펴낸이 / 조종덕
펴낸곳 / 태웅출판사

주   소 / 135-821 서울 강남구 언주로 136길 28 (논현동) 태웅 B/D
전   화 / 515-9858~9, 팩스 / 515-1950
등록번호 / 제 2-579호
등록일자 / 1988. 5. 26.

ISBN 978-89-7209-246-9 03320